# 빨간 구두당

구병모
소설

창비

# 차례

일러두기

- 수록작 중 「개구리 왕자 또는 맹목의 하인리히」는 인터넷 사이트 '웹진 문장'(2014. 6.1.)에 발표되었고, 「화갑소녀전」은 청소년소설집 『파란 아이』(창비 2013)에 수록된 바 있습니다. 이 책에 실린 두 작품은 작가의 수정을 반영하였습니다.
- 수록작 각 편과 관련된 민담 및 동화의 줄거리를 담은 『빨간구두당: 이야기의 뿌리들』(전자책)을 인터넷 서점에서 무료로 다운로드받으실 수 있습니다.

빨간
구두당

그것이 언제부터 시작되었는지를 확실히 아는 이는 없다. 아흔두 살로 그 도시의 최고령자인 신부의 증언에 따르면 그가 기억하는 어린 시절의 최하한선인 여섯 살 때도 이미 그러했으나 어느날 갑자기 모두에게 일어난 일이 아님은 확실하며 수 세대 이전부터 서서히 발생하여 확산되었으리라는 것이다. 신부는 그 첫 번째 증거로 자신의 유년기에 아직 생존해 있었던 증조부로부터 색에 대해 들은 기억을 더듬었다. 그러나 신부의 증조부 또한 직접 색을 본 적은 없고, 그 자신이 어렸을 적 한참 위의 어른들에게 색이 존재했던 시절에 관해 들은 바를 전하는 데 지나지 않았으므로, 그 내용은 상당 부분 왜곡 및 편집되었을 것이다. 어쩌면 초록 나뭇잎이 늦가을에 붉게 물든다느니, 무거워져 허리를 숙인 노란 곡식의 물결이 끝없이 펼쳐진다느니 하는 말들은 전설에 불과할지도 몰랐다.

다음으로 노신부가 내세운 증거는 성서였다. 성서에는 깨끗하고 고귀하며 정의로운 영혼을 나타내는 흰색과, 물리쳐야 하는 어둠과 악을 뜻하는 검정 말고도, 여러 가지 색깔이 구체적으로 묘사되어 있었다. "대대로 옷자락에 술을 만들고 그 옷자락 술에 자주색 끈을 달게 하라"[1]거나 "자주와 자홍과 다홍 실, 아마실, 염소 털, 붉게 물들인 숫양 가죽"[2]과 같은 구절이 그랬다. 어떤 대목에서는 질병에 걸린 자의 피부를 상술하면서 '누런' '푸르스름한' '붉그레한' 등의 표현이 나타났으므로,[3] 그 색들이 불쾌감 내지는 더러움이나 공포와 관련되었음을 추측할 수 있기도 했다. 그러나 그처럼 명시된 부분에서가 아니라면, 신부는 강론을 하면서도 말씀 가운데 언급된 색들에 대해 어떤 특별한 감정을 느낄 수 없었고, 가끔씩 순수하게 학문적 호기심으로 그 색깔이 어떻게 생겼는지 궁금할 따름이었다.

사람들은 흰색이나 검정 때로는 이도 저도 아닌 회색 옷을 입었다. 흰 열매를 따고 검은 빵을 씹으며 회색 강물을 마셨다. 검은 불

1 민수기 15장 38절.
2 탈출기 25장 4~5절.
3 레위기 13장 전체.

꽃에 흰색 또는 회색 고기를 구워 어느 정도 거무스름해졌을 때 먹었다. 어떤 색이 음식을 취하기에 가장 적절한 때인지를 알지 못하고 종류마다 기준이 다른 데다 질감과 맛, 냄새와 날씨 등 다양한 변수가 존재했으므로 순전히 본능에만 의지해야 할 때도 있었다. 생활의 지혜가 부모에게서 자식한테로 이어져 쌓이기까지 배앓이와 고열로 무수한 사람들이 목숨을 잃었다. 상처를 입은 자리에 검은색 피가 흘렀다. 회색 새들이 검은 나뭇잎을 입에 물고 날아갔다.

색 없는 세계에서 사람들의 판단 능력은 원시적이고 기초적인 수준을 유지했다. 상처에서 흐르는 검은색 물을 피라고 부르면서도 그것이 얼마나 많이 폭포처럼 흘러야 사람이 죽고 마는지는 비극적 경험이 수차례 누적된 다음에야 평균을 내어 기록할 수 있었다. 상처에서 검은색 물이 적어지면 환부가 아무는 과정이었고, 회색이나 맑은 물이 배어나면 며칠 내 완치라고 보아도 좋았다. 구토물부터 분비물 그리고 배설물에 이르기까지 사람의 몸에서 나오는 것이라면 대강 비슷한 범주에서 다루었다.

색 없는 세계에서는 감정 표현 수단 또한 부족했다. 사람의 안색을 살피는 일은 무의미했고, 상대의 피부에 직접 밀착하지 않으면 그의 온도를 느끼지 못하는 만큼 서로가 같은 감정을 공유하고 있는지, 그 감정은 발전적이고 건설적인지를 확신할 수 없었다. 색 없는 세계에서 온도와 감정을 포착하려면 다양한 표정과 언어가

대체 수단이 되어야겠지만, 색이 돕지 않고서는 그 또한 상호 이해의 폭을 넓히거나 오해를 불식시킬 만큼 풍부하지 않았다. 모든 이의 눈에 비친 무채색의 세계는 공평하고 고요했으며 희로애락은 최소한의 종족 보존과 번식을 위해서만 미미한 수준으로 존재했다. 화가들은 회백색과 검은색으로 정물화와 풍경화를 그렸는데, 눈에 보이는 대로의 세계를 묘사하므로 어떤 미지의 풀이나 꽃을 따다가 죽은 곤충과 한데 개어서 새로운 안료를 개발할 필요가 없었다. 태어나서부터 무채색의 세계만 알고 자랐으므로 그들이 화폭에 펼쳐 놓는 기괴하거나 아름다운 상상의 세계 또한 흑백과 회색으로만 이루어졌다.

언제부터 그리되었는지는 아무도 몰랐지만 이 세상은 신이 손가락을 잘못 스치고 지나간 결과물로 보였다. 볕에 넌 이불의 먼지를 몽둥이로 떨어내듯, 언젠가 분노와 쾌락과 무절제가 허용 한계를 넘어선 적이 있어 신이 채찍을 휘둘러 모든 것을 그 자리에 그대로 두되 다만 색깔들만 떨어낸 것 같기도 했다. 신의 징벌이 아니라면, 심술궂고 장난기 많은 마녀가 제 지팡이에 닿는 사물마다 색을 빨아들여서는 거대한 자루에 훔쳐 달아난 모양이었다.

어느 날 한 처녀가 이 엄숙하고 경직된 도시에 문제의 구두를 신고 한 마리 나비 같은 발걸음으로 나타났을 때 그것을 알아본 소수의 사람들은 경악했고, 그 가운데 심장이 좋지 않은 몇몇 노인들은 쓰러져서 영영 일어나지 못했다.

그것을 뭐라고 부르는지 사람들은 처음에 알지 못했으나 점점 입에서 입으로 '빨강'이라는 이름이 전해졌다. 신부의 강론을 통해 한 번쯤 들어 본 적 있는 이름이었지만 그것이 이렇게 생겼을 줄은 몰랐다. 춤추면서 들려준 처녀의 대답에 따르면 그것은 피와 같은 색이라고 했는데 그거야말로 더욱 모를 일이었다. 불과 같은 색이라고도 하자 사람들은 더욱더 알 수 없었다. 내리쬐는 태양과 같은 빛이라고도 하자 가까스로 그것이 따뜻함에서 시작하여 더 나아가선 위험하리만치 뜨겁고 아픈 색임을 어렴풋이 알았지만 얼떨떨하긴 마찬가지였다. 중요한 사실은 사람들이 태어나서 처음으로 흰색도 회색도 검정도 아닌 색을 보았다는 것이지만 그 갑작스럽고 극단적인 경험이 어째서, 태어날 때부터 은혜를 내려 준 태양이나 일용할 끼니를 굽어살피는 불, 언제든 살갗을 그어 자기 몸에서 꺼내 볼 수 있는 피가 아닌 한 켤레의 구두에서 시작되었는지는, 아무도 알지 못했다. 그 구두는 이 세상에서 마녀가 지팡이로 찍지 않은 유일한 물건인가? 아니면 신의 특별한 재료로 만들어졌는가? 호기심을 이기지 못한 이들은 처녀의 구두 재질을 알아보고자 했지만 그때마다 춤을 추던 그녀의 발길질에 누구도 다가설 엄두를 내지 못했다. 어쩌면 그녀 자체가 마녀인가? 생각해 보면 그녀는 누군가의 눈에 띌 때마다 사뿐거리며 춤추고 있었고, 그에 따른 구두의 움직임과 두드러진 인상이 사람들의 망막에 착시를 불러일으키는지도 몰랐다. 춤사위로 흑백의 몸짓에 색을 입힌다면 그거야말로 마녀가 하는 일이 아닌가?

시간이 조금 더 지나자 사람들은 구두만이 아닌, 구두와 같은 색의 것들을 일상에서 보기 시작했다. 사과도 한 송이 꽃도 입 속의 혀도, 저마다 농도는 제각각이었으나 구두와 같은 색을 조금이라도 품은 사물들이 서서히 눈에 띄었다. 사람들은 시력을 잃었던 자가 신의 은총으로 눈을 떴을 때만큼이나 놀라고 두려워했다. 어느 날 톱날에 손을 베인 남자가 자신의 팔뚝을 타고 흐르는 액체가 그녀 구두와 같은 색깔의 것임을 알아차리곤 아픔도 잊고 거리로 뛰어나왔다. 제 손을 흔들어 보이며 소리치는 남자 주위에 너도나도 몰려들어 그것을 구경했으나 누구에겐 빨강이 보이고 다른 누구에겐 평소처럼 검은색이 보일 뿐이었다.

그리 오랜 시일이 지나지 않아서 도시에는 색이 보이는 사람들끼리만 알 수 있는 유대감 내지는 결속력이 형성되었다. 그들은 '빨강'이라는 이름을 입 속에서 되뇌는 동안 어느새 심장 박동이 빨라지며 머리에 피가 시큰하게 몰리는 경험을 공유하기 시작했다. 처음에는 그저 두근거림이었지만 맥박의 행방은 때론 환희를 향해, 어느 순간은 울화와 폭발을 향해 서로 다른 갈래로 뻗어 나갔다. 그 감정들은 모두, 기존에 그들이 지니고 드러냈던 일상적인 수위를 넘어 광기를 포함하고 있었으며 그러한 광기가 일상이 되고 마는 것도 시간문제처럼 보였다.

노신부는 아흔일곱 살로 신의 부름을 받았는데, 자신의 뒤를 이어 미사를 집전해 온 젊은 신부의 손을 쥐고 마지막으로 빨간 구두를 보고 싶다는 뜻밖의 부탁을 했다. 노신부는 사람들이 열광하는 빨강을 아직까지 알지 못하고 세상이 무채색으로만 보이는 이들 가운데 하나였으므로, 자신이 온몸으로 공감하지 못한 신의 창조물에 대해 임종 전 한 번쯤 관심을 갖는다 하여 이상한 일은 아니었다. 그러나 어떤 이들에게는 그것이 신의 아들로서 적절하지 않은 태도로 보였다. 병자 성사를 집행하려던 젊은 신부는 노신부의 시간이 얼마 남지 않았음을 알고 서둘러 환의한 후 빨간 구두 처녀를 찾아 나섰다.

그때 마침 처녀는 언덕에서 많은 사람들과 함께 춤추고 있었는데, 춤추다 지친 사람들이 그늘에 앉아 쉬거나 춤에 질린 사람들이 자리를 떠나는 가운데서도 다만 혼자서 몸짓을 멈추지 않고 있었다. 빨간 구두를 신은 뒤 한 번도 그쳐 본 적 없는 듯한 움직임으로 인해 처녀의 눈 밑은 거뭇하고 볼도 꺼져 보였는데, 그녀는 움직임에 중독되거나 죽을 때까지 움직임을 그칠 수 없는 저주에라도 걸린 듯했다. 그런 그녀의 얼굴에서 춤추는 행위에 대한 냉소나 회의가 드문드문 느껴질지언정 그녀 스스로 그것을 그만두지는 않으리라는 단호한 기색 또한 엿보였기 때문에, 젊은 신부는 당황스럽다 못해 겁에 질렸다. 사실은 그녀만이 아니라 그 언덕의 사람들 모두에게서 정도는 조금씩 다를지언정 그같이 불가해한 분위기가 풍겨 나왔다. 그들은 특별히 기쁨이나 기념비적 사건이 있어서 파티를 벌이는 게 아니었고, 따라서 주위에 음식이라곤 보이지 않았으며 그저 빈 물병이 곳곳에 흩어져 있었다. 먹지 않는다는 것은 춤출 힘이 소진되어 간다는 뜻이었고, 가끔씩 목을 축이는 정도론 팔다리를 있는 힘껏 움직이는 동작을 지속하기 어려운 법이었다. 그럼에도 그들은 춤을 추었으며, 누군가는 아쉬운 얼굴로 자리를 떠나거나 지친 얼굴로 그늘에 드러눕는가 하면 새로운 사람이 언덕을 올라와 그 자리를 채우기도 했다.

그동안 보이지 않던 게 임종을 앞두었다고 새삼 보일 리는 만무하겠지만 노신부께서 마지막으로 빨강을 두 눈으로 보고 싶어 하시니 잠깐만 춤을 멈춰 달라고 젊은 신부가 입을 열었을 때, 아무도 그 말을 듣지 못했다. 사람들의 몸짓이 빚어내는 각종 소음과 열기 때문에 누구의 귀에도 신부의 목소리가 들리지 않았다. 신부가 언성을 높여 거듭 외치자 비로소 처녀를 비롯한 몇몇 사람이 그를 돌아보았다. 상기된 얼굴로 앞섶을 비틀어 쥔 채 시근벌떡거리는 신부의 모습에 사람들이 터뜨린 웃음은, 앞다퉈 쏟아지는 말마디와 뒤섞인 흥분과 열광의 표현이었을 뿐, 신부를 비웃거나 약올리고자 함은 아니었다. 사람들의 말소리를 대강 조합해 보니, 빨간 구두는 그녀의 발에 딱 달라붙어 벗겨지지 않으며 그녀는 춤을 멈추지 못하므로 구두가 필요하다면 춤추는 그대로 그녀의 손을 붙잡고 데려가야만 한다고 했다. 그것은 젊은 신부에게 부적절한 일이었으나 그는 오랜 망설임 끝에 노신부를 위해 내키지 않는 임무를 수행하기로 마음먹었다. 창백하고 바싹 마른 여인의 손목을 틀어쥔 채 언덕을 내려가는 신부의 모습은, 사정 모르는 사람 눈에는 바람난 아내를 강제로 끌고 가는 포악한 남편처럼 보였다. 그녀는 자신의 의사로 손짓 발짓을 멈출 수 없어서 마을로 내려가는 동안 줄곧 신부의 뺨에 주먹을 날리거나 그의 정강이를 걷어차기 일쑤였으므로 양자의 흐트러진 머리와 매무새가 그 같은 의혹과 어울리기도 했다.

노신부의 말씀이라 데려가기는 한다만, 또 그에 대해 자신은 어떤 논평도 주석도 하지 않기로 결심했건만, 젊은 신부는 이제 곧 신에게로 돌아갈 아들이자 일꾼이 어째서 이 긴박하고도 중요한 순간에 천국의 영광 대신 지상의 색에 관심을 보이는지 알 수 없었다. 지상의 색 또한 신의 섭리라는 점에서 탐구해야 마땅하다손 치더라도, 지금 대부분의 사람들이 흑백과 회색만을 감각할 수 있다 함은 그것이 곧 신의 섭리라는 뜻일 터였다. 젊은 신부는 다른 많은 사람들과 마찬가지로 춤추던 이들의 옷에서, 머리카락에서, 두 뺨에서, 그들의 주위를 굴러다니던 열매에서, 무엇보다 그녀의 구두에서 여느 때와 다름없는 무채색만을 보았으므로 빨강이 어떻게 빛나는지 알 수 없었고 궁금하지도 않았다. 빛이라는 것은 어둠과 어둡지 않음으로만 인식되었고 밝음이란 당장 눈앞을 실패

없이 분별하게 하는 작용 이상을 의미하지 않았다. 성서에 명시된, 무채색 외의 다른 색깔들이 어떠한 감각을 불러일으키는지는 알 방법도, 알 필요도 없었을뿐더러 색이 감각을 깨운다는 일 자체를 이해할 수 없었다. 그럼에도 그는 마을로 내려가는 동안 그녀를 붙든 손이며 맞닿은 어깨에 흥건한 땀과 함께 걷잡을 수 없는 분노와 수치심을 느꼈고, 그 감정은 영문 모르겠다는 얼굴로 그들을 바라보던 끝에 손으로 입을 가리고 수군거리는 사람들과 마주치는 횟수가 거듭될수록 증폭되었다. 세상에 정말로 붉은색이라는 게 존재하여 그것이 어떤 특정한 감각을 유발한다면 꼭 지금과 같은 무엇이리라고 그는 막연히 짐작했다.

두 사람이 숨을 헐떡이며 병자의 머리맡에 도착하자 의사와 하녀는 아연실색했고, 노신부는 눈을 떴다. 신부님, 늦었습니다, 드디어 찾으시던 것을 데려왔습니다! 젊은 신부는 승전보를 전하고 장렬히 전사한 고대의 전령처럼 그 자리에 주저앉았으므로, 어째서 빨간 구두 아니라 빨간 구두 신은 여인을 통째로 끌고 올 수밖에 없었는지를 미처 설명하지 못했다. 노신부는 다 이해한다는 듯, 혹은 말할 기운마저 이미 몸 밖으로 모두 빠져나가고 신에게로 한 걸음 더 가까워져서인지도 모르지만, 다만 손짓으로 여인을 곁에 불렀다. 그러나 그녀는 침대로 다가설 수 없었는데, 끊임없이 발을 들어 올려 허공을 찍어 대니 조금만 삐끗하면 노신부의 얼굴을 걷어찰 위험이 있기 때문이었다. 그녀는 노신부의 바람을 들어주려 조금씩 신중하게 접근하다가도 무릎이나 발목으로 침대 모서리를 몇 번 친 뒤 의사와 하녀의 손에 끌려 뒤로 나오기를 되풀이했다. 그러는 동안 그녀가 건드린 탁자가 나동그라지고 물 잔이 깨졌으며 의사는 주전자를 뒤집어썼고 젖은 수건이 날아가 하녀의 얼굴을 철썩 덮기도 했다. 그래도 아수라장 가운데 노신부는 간간이 그녀의 구두를 일별할 틈을 얻었다. 현란하게 움직이는 그녀 두 발의 궤적을 눈으로 좇다가, 노신부는 이윽고 희미한 미소와 함께 고개를 끄덕이곤 눈을 감았다. 얼마쯤 시간이 흘러 몸을 추스른 젊은 신부는, 그것이 이제 물러가도 좋다는 뜻인지를 알지 못하여 날뛰는 처녀를 계속 힘으로 찍어 누르고 있었다. 의사는 병자의 코밑에 얼굴을 가까이 가져가다가 고개를 저었고 하녀는 손등으로 눈가를 연방 찍었다. 젊은 신부는 손발에 힘이 풀려 그 자리에 다시 한 번 주저앉았는데 그의 손에서 빠져나온 처녀는 사뿐거리며 다시 마을 밖으로 천천히 떠나갔다. 그 순간만큼은 자리를 이런 식으로 떠나는 것이 결코 그녀가 바라는 바 아니었을 수도 있으나 두 다리가 그녀의 몸을 자꾸 밖으로 끌고 나가는 듯했다. 그녀가 한 발을 축으로 삼아 몇 바퀴를 빙그르 돌자 눈물인지 땀인지 알 수 없는 물방울이 둘레에 흩어져 내렸다. 노신부가 이승에서 마지막으로 원하던 것을 보았는지는 그 누구도 알 수 없었다.

처음 사람들은 거친 숨을 몰아쉬고 땀을 흘리며 즐거운 기분으로 춤추었다. 핏줄은 흥분과 열락으로 부풀었고 의식은 육신을 초월하는 듯했다. 몸짓이 몸짓 그 자체일 동안에는 단지 들어 올린 팔이나 몇 걸음 내딛는 발끝만으로도 외부와는 다른 시간과 공간을 만들어 낼 수 있을 듯 보였다. 더 크게, 더 많이 움직이는 것이 살아 있는 이유가 되었다. 그러나 둘 이상의 사람이 한데 모여 흥을 내다 보면 으레 부딪치기 마련이라 서로 팔다리를 걸어차거나 머리채를 틀어쥐는 일이 생겨났다. 얼굴을 가볍게 찡그리다가 곧 고성과 욕설이 오갔다. 춤은 주먹질이 되었고 사람들은 코뼈가 부러졌으며 빠진 앞니들이 피와 함께 사방으로 튀었다. 둘러선 이들은 그 선명한 빨강을 보고 한동안 멍하니 있다가 이윽고 무리에 뛰어들어선 최초의 이유를 잊고 싸우기 시작했다. 맞닿은 살과 뼈에서 열기가 피어올라 불그스름한 기운으로 감돌더니 그들 주변으로 둥근 띠를 이루었다. 한편으론 처녀의 구두에서 빨강이 보이지 않으면서 보이는 척하는 이들이 그 무리에 끼어들었다는 사실도 뒤늦게 발각되었으므로 그들을 배제하고 축출하는 와중에 더 큰 난동이 벌어졌다.

얼마 지나지 않아 시(市)를 다스리는 이들에게 양팔을 붙들린 처녀가 재판정에 끌려 나왔다. 사람들은 춤을, 또는 서로에 대한 약탈을 잠깐 멈추고 재판을 지켜보았다. 처녀는 춤을 더 이상 추지 못하도록 발이 땅에서 들린 자세로 기둥에 온몸이 묶였다. 여전히 누구도 벗기지 못한 빨간 구두를 신은 채 두 발목은 허공에서 부질없이 달싹거렸다. 처녀는 오랫동안 색이 보이지 않고도 건실히 잘 살아온 마을 사람들을 춤과 향락에 빠뜨린 죄명으로 기소되었고, 거기에 더해 그간 처녀가 춤을 추는 것 외에 무언가를 먹거나 마시는 모습을 보인 적 없음에도 아직까지 살아 있다는 사실 때문에 마녀로 추가 고발되었다. 애당초 춤과 열광 자체를 마녀적인 것으로 간주하고 싶었던 지도자들에게는 더할 나위 없이 좋은 구실이었다. 모범적이고 성실한 노동을 하는 대신 비생산적이고 자극적인 춤을 춤으로써 게으름과 나태함으로 일관하며 삶을 낭비했다는 비난은 가장 가벼운 트집에 속했다.

그녀에게 최후 변론의 기회를 주지 않고 재판관은 빠르게 판결문을 낭독해 내려갔다. 미풍양속을 해치는 사회의 해충이 평생 더는 춤추지 못하도록 다만 구두를 벗겨 버리는 관용을 베풀려 했으나, 힘센 남자 몇이 들러붙어도 소용없으니 어쩔 수 없이 두 발목을 잘라 버릴 것이며, 자른 발은 구두와 함께 그대로 불에 태워 버림이 마땅하다는 내용이었다.

사람들의 야유와 환호가 악마의 수프처럼 끓어넘치는 가운데 형이 집행되었다. 사형 집행인은 죄인의 목을 치는 데 쓰는 자신의 소중한 도끼로 목 아닌 발목을 잘라야 한다는 데에 선뜻 동의하기 힘들었으나, 위에서 시키는 일이니 탐탁지 않은 얼굴로 임무를 다했다. 그는 처녀의 고통을 가능한 한 짧게 줄이기 위해 그 어느 때보다도 정성 들여 날을 벼렸다. 반나절 가까이 다듬어 비로소 집행인이 만족할 만큼 예리해진 도끼날에 흥분한 군중의 얼굴이 선명히 비쳐 보였다. 도끼가 허공을 세로로 가르고 살과 뼈가 날카로운 비명을 질렀다. 빨간 구두를 신은 두 발이 날아갔다. 몇몇 집행관들이 엄숙하게 발을 수습해선 타오르는 모닥불에 던져 넣었다. 그러나 두 발은 살아 있는 듯 불에서 뛰어나와 사뿐사뿐 걸어갔다. 그 모습에 기겁한 집행관들은 발목을 붙잡아 다시 불에 던져 넣기를 세 번 되풀이한 뒤에야 자신들의 힘으로는 빨간 구두의 춤을 막을 수 없음을 인정했다.

 빨간 구두는 그 뒤로도 온 마을을 활보했고, 사람들은 어디서나 그 장면을 목격할 수 있었으며 곧 익숙해졌다. 처음 형이 집행된 뒤 두려움과 회의에 춤을 그만두었던 이들이 다시금 하나씩 둘씩 빨간 구두의 뒤를 따라다니기 시작했다. 처녀는 더 이상 춤추지 못했고 그녀의 생사를 아는 이는 아무도 없었지만, 그녀가 남긴 발과 그것을 단단히 감싼 빨간 구두는 닳지도 떨어지지도 않고 언제까지나 소리 없는 절규인 듯 춤추었다. 그리고 빨간 구두의 뒤를 따라다니는 사람들은 자신들을 스스로 '빨간구두당'이라 일컫기 시작했다. 그들은 자신들 눈에 빨강이 보인다고 주장했으며 빨강을 알지 못하는 사람들에게 빨강이 얼마나 위험하고 아름다우면서 인류에게 유용한 색깔인지를 설명했다. 빨강이 보이는 사람이 늘어나자 빨간구두당의 규모는 점점 커지기 시작했고, 그것은 처녀를 마녀로 몰았던 재판관들에게 큰 위협이 되었다. 힘을 쥔 자들이 어떻게 생각하는지, 그들 심기가 얼마나 불편한지는 아랑곳없이 빨간구두당의 사람들은 너도나도 어디선가 얻은 무언가의 재료로 빨간 구두를 만들어 신기 시작했으며, 그 구두를 처치하라는 명을 받아 도끼를 들고 선 사형 집행인과 다른 집행관들 앞에서도 발을 구르며 노래를 불렀다. 그 노랫말은 '나는 빨간구두다'와 '나도 빨간구두다'로 이루어진 지극히 단순하며 단도직입적인 문구의 나열이었고, 그런 만큼 한층 더 중독성이 강했다.

그 규모가 걷잡을 수 없이 커지기 전에, 시를 다스리는 자들은 빨간구두를 자칭하는 이들을 눈에 띄는 대로 잡아넣기 시작했다. 구두가 벗겨지지 않아서라던 처음의 핑계는 어느새 자취를 감추었고 절차도 없이 발목을 잘랐다. 날마다 절규가 끊이지 않았고 잘린 발목이 수북이 쌓이다 차례로 불에 던져졌다. 그 발들은 처녀의 발이 그랬던 것과는 달리 대부분 불에서 빠져나오지 못하고 기름과 가죽 냄새를 풍기며 타들어 갔다. 이 과정에서 누군가를 미워하거나 심사가 뒤틀린 이들은 검은 구두를 신은 이웃까지 빨간구두로 고발하여 단족대로 보냈고, 검은 구두 신은 이들은 억울하다며 아우성쳤지만, 그들이 신은 구두가 검정이라고 확실히 말할 수 있는 빨간구두당의 일원들은 이미 발목이 잘려 밖에 나오지 못하거나 숨어 지냈기 때문에 그들을 도울 수 없었다. 진작 빨강을 볼 수 있었지만 빨간 구두를 신지 않은 채 잠자코 일이 굴러가는 꼴을 지켜보던 이들 또한 검은 구두 신은 이들을 변호하러 나서지 않았다. 빨간 구두 아닌 검은 구두라고 증언하기 위해선 제 눈에 빨강이 보인다는 사실부터 밝혀야 했고, 단지 빨강이 보인다는 이유만으로 빨간구두당의 일원으로 몰릴 위험이 있었다. 이제 이 도시에서는 누구도 색깔에 대해 이야기하지 않고 색깔로 인해 누군가를 사랑스러워지도, 어딘가에 분노하지도 않을 것이며 무엇보다도 춤을 추지 않을 터였다. 세상은 다시금 검정과 하양 그리고 그 사이를 어중간히 맴도는 회색으로 물들었고, 빨강을 볼 수 있는 이들은 침묵했으며, 빤히 보이는 것에 대해 이야기하지 않는 동안 어느새 아무도 더 이상 빨강을 보지 못하게 되었다. 타오르는 불꽃에서도, 연인의 두 뺨과 입술에서도, 서로 맞부딪치며 발효하는 분노에서도. 이는 그리 놀랄 일도 아니었는데, 모든 것이 원래 자리로 돌아가는 움직임일 뿐이었다. 그 과정에서 적지 않은 사람들은 여럿이 떼를 지어 춤추거나 홀로 마을을 누비는 빨간 구두 신은 발을 목격했지만, 아무것도 보지 못했다고 시침을 떼고 외면함으로써 그 이야기도 어디까지나 기담 수준에 머물다 마침내 사라지고 말았다.

한 사나이가 잿빛 두건을 깊이 눌러쓴 모습으로 모래바람을 헤치며 걷고 있었다. 그는 빨간 구두 처녀의 강렬하고 부단한 춤을 그 누구보다 가까이서 지켜보았던, 그럼에도 그녀가 발목이 잘릴

때 두려움 때문인지 체면에서인지 알 수 없는 이유로 그 자리에 나서지 않았던, 그리하여 빨간구두당은 말할 것도 없고 빨간구두당 아닌 일부 사람들마저 껄끄러워하며 등을 돌려 버린 젊은 신부였다.

젊은 신부가 사람들과 척을 지기 전부터도, 노신부가 세상을 떠난 뒤 성당은 문을 닫은 거나 마찬가지였다. 미사는 한두 번 집전을 지나치더니 곧 드문드문해졌고, 빨간 구두 처녀가 발목을 잘린 다음부터는, 꼭 그 이유만은 아니겠으나 사람들이 어디에도 구원 따위 존재하지 않음을 각성하기라도 한 듯 성당을 찾는 발길을 거의 끊었다. 벽에 걸린 십자가에는 거미가 앉아 여덟 개 다리를 꿈틀거리며 한가로이 줄을 쳤고 감실을 밝혀야 할 불은 꺼진 지 오래였다.

구원과 영생을 거부하는 이들을 이해하기 위해 젊은 신부는 노신부가 생의 마지막에 보고 싶어 했던 것의 정체를 알고자 했다. 그리하여 성당을 떠나 먼 길에 올랐다. 노신부가 끝내 알려 주지 않았고 알려 줬다 한들 자신이 알아들을 수 없었을 무엇이 있다. 이 세상의 끝으로 가다 보면 방향을 분간할 수 없는 이정표이자 자신의 눈으로 직접 보아야만 하는 그것을 발견하거나, 혹은 이미 곁에 존재했을지 모를 그것을 새삼스레 알아볼 수 있으리라는 막연한 기대로 길을 떠난 지 몇 년이 흐른 지금이었다.

이제 그가 떠나온 도시에서는 빨간 구두 처녀의 생사를 알기는 고사하고 그녀를 기억하는 이들조차 거의 없을 터였다. 허공을 난도질하는 도끼날과 함께 사람들의 열기는 빠르게 식고 집집마다 문은 닫혔을 터였다. 그러니 사람들이 빨강을 모르던 그때로 돌아가서 살면 그만인 일이었다. 그러나 젊은 신부는 노신부의 마지막 미소가 언제까지고 잊히지 않았다. 그 미소가 보고자 했던 것을 본 데서 비롯된 벅찬 기쁨인지, 끝내 볼 수 없었기에 드러난 실망인지, 보기는 보았으나 남는 것은 허무뿐이라는 쓴웃음인지 그 어느 쪽으로도 해석할 수 없었으나, 젊은 신부는 그 미소의 의미를 알려면 노신부가 찾던 것을 자신도 찾아야 하고 그것과 마침내 마주해야 하리라는 강박에 어느새 사로잡혀 있었다. 구원과 영생을 위해서인들 혹은 다른 무엇을 추구해서인들 상관없었으며 더 나아가 그 무엇도 목표로 하지 않아도 좋았다.

그러는 동안 신부는 외투 소매 밖으로 드러난 자신의 손등에 깊고 자잘한 협곡이 파여 있음을 발견했고, 그 손으로 찬찬히 만져본 뺨과 이마 역시 그러함을 알았다. 손가락으로 주름을 훑어 내리자 눈앞으로 모래 먼지가 휘날려 갔는데, 그는 줄곧 앞이 잘 보이지 않는 까닭이 한때의 모래 먼지 때문이 아님을 알았다. 그는 언젠가부터 지팡이를 짚었고 떼어 놓는 걸음은 점차 느려졌으며 호흡과 맥박은 불규칙했다. 자신이 찾던 것을 찾지 못한 채 눈감을 수도 있다는 예감이 들 때, 너무 멀리 오래도록 헤매 이곳이 이 세상 끝인지 저세상 문턱인지 그도 아니면 앞만 보고 걸어왔다고 생각했으나 떠나온 도시의 그 자리로 돌아왔는지를 분간할 수 없는 지경에 이른 신부의 눈앞에, 무언가가 희미하게 보였다.

신부가 다가감에 따라 그것은 먼저 강렬한 냄새로 제 존재감을 드러냈다. 진한 꽃향기에 피비린내가 끼얹어진 냄새였다. 다음은 역시 그가 알던 세상 그대로 회색의 꽃밭이었다. 그런데 그 거대한 꽃밭은 계시록의 득세한 악마들이 쓸고 지나가기라도 한 것처럼 이리저리 짓밟히고 파헤쳐져 있었다. 회색 꽃밭 대부분에 물든 검정 얼룩의 분포로 보아 적어도 한 도시민에 이르는 대규모의 인원이 이곳에서 피를 흘렸음을 짐작할 수 있었는데, 이상하게도 시신은 단 한 구뿐이었다.

보통의 학살 현장과 다르게 맨발 어린이의 시신은 얼굴도 옷도 모두 깨끗하며 반듯하게 두 손을 모은 자세로 누워 있었고, 눈 감은 표정이 평화로웠기에 얼핏 보기엔 깊이 잠든 것처럼 보였다. 혹시나 하여 신부는 어린이의 가슴에 손을 올려 보았으나 심장은 뛰지 않았다. 팔과 얼굴을 만지자 어린이의 살에 깊은 손가락 자국이 남았다.

그는 자신에겐 이미 육신을 떠난 어린 영혼을 신께 인도할 자격이 없다고 느끼면서도 시신을 향해 고개를 숙이고 기도를 올렸다. 기도문을 읊조리는 동안 그는, 자신이 여생을 걸고 찾아 헤매던 것을 이제 자기에게서 영영 거두어 가시기를 신께 간구했다. 존재하는 색깔을 인간이 볼 수 없게 만드신 데에는 분명 이유가 있을 터였고, 노신부가 알려 한 것도 다름 아닌 신의 그 이유였을 테지만, 한 죽음 앞에서는 어떤 색깔도 무의미했으며 그는 아무것도 보고 싶지 않았다.

절실한 마음으로 더 이상 그 무엇도 보이지 않기를 바라며 고개를 든 그의 눈앞에, 어린이의 하얀 얼굴이 조금씩 물드는 듯하더니 그가 태어나 처음 보는 색으로 바뀌었다. 그는 거기에 어떤 이름을 붙여야 할지 몰랐지만 적어도 심장이 목구멍을 뚫을 것처럼 세차게 밀고 올라오는 듯한 감각을 느낄 수 있었다. 온몸이 석탄을 가득 채운 무쇠 난로처럼 따뜻해지며 머리 위로 영광과 은혜가 쏟아져 내리는 것도 알 수 있었다. 그는 지금 이 순간 자기도 모르게 입가에 띠었을지 모르는 미소가 오래전 노신부의 그것과 다르지 않으리라고 믿었다.

개구리 왕자 또는
맹목의 하인리히

아닙니다, 걱정하실 만한 일은 아무것도 없습니다. 지금 들으신 소리는 마차 바퀴가 진흙탕에 빠져서 주저앉았거나 돌부리에 걸려 덜컹거리는 소리가 아닙니다. 모든 일이 원하신 그대로 되어 가고 있으니 부디 천리향이 나는 그녀 목소리에만 귀 기울이시고 두 눈은 감람과도 같은 그녀 눈동자를 응시하세요. 백마 네 마리가 끄는 황금 마차는 생각보다 매우 튼튼하여, 오래전 떠나온 왕국까지 두 분의 몸을 실어 나르는 데에 아무런 문제가 없을 겁니다.

저는 당신께 기꺼이 순응합니다. 그것은 무거운 빗물을 머금고 축 늘어졌다가도 태양이 고개를 내밀기만 하면 그리로 온몸을 돌리며 파르르 잎사귀를 떠는, 이름 모를 꽃의 섭리만큼이나 당연합니다. 그러니 당신의 선택이 잘못이었다고, 이제 와서는 말하지 않습니다. 신께서 이 세상의 틀에 부어 주조하신 우리의 삶이란 제 꼬리를 물고 도는 우로보로스[1]를 닮았을 테고 당신은 먼 길을 돌아 결국 그토록 떨쳐 버리고 싶었던 최초의 마녀에게로 도달한 것이나 다름없다는, 섣부른 판단은 거두겠습니다. 어쩌면 그보다도 못한 패를 뽑았을지 모르지만 그것은 앞으로 저 없이 살아갈 당신이 누구보다도 잘 아시게 되겠지요. 당신의 피가 불을 밝힌 등잔 기름처럼 타들어 가고 근육과 뼈가 흙에 스미는 날을, 언젠가는 맞이하시겠지요. 그 순간 당신이 후회하지 않으신다면, 저는 그걸로 됐습니다.

지금에서야 하는 말이지만 최초의 그녀는 우리에게 더할 나위 없이 잔혹한 짓을 했다는 사실만 제외하면 그런대로 우아하고 기품 있는 여왕이었다고 기억됩니다. 눈매와 시선은 아름다움과도 상냥함과도 거리가 멀고 미소는 보는 이의 피를 얼릴 듯했지만 저는 그녀의 꼿꼿한 태도야말로 오히려, 익은 사과처럼 누군가가 따

1 자기 꼬리를 물고 있는 원형의 뱀이나 용. 윤회 사상을 뜻하는 고대의 상징이다.

주기를 기다리며 다소곳할 뿐인 세상 여느 왕녀들과는 달라 보였습니다. 무릇 왕의 반려란 불가피한 일이나 비극적 사태로 왕의 자리가 공석일 때 백성들이 그것을 느끼지 못하게 할 만큼 지성과 수완이 있어야 하는 법이니까요.

그녀가 남다르다는 소문을 듣고 먼저 알현을 청한 쪽이 당신이 었음을 잊지 않고 있습니다. 늙은 왕과 왕비의 전폭적인 지지와 사랑을 받아 철없고 고생 모르는 왕녀가 아니라, 백조가 된 열두 오빠를 위해 수년간 침묵하며 쐐기풀 스웨터를 떠 주는 보편적 여성미와 희생적 강인함을 갖춘 왕녀 또한 아니라, 자신의 성과 토지와 심지어는 군대를 따로 보유하고 홀로 사는 젊은 여왕에 대한 소문을. 정사에 밝으며 재물도 넉넉하고 남자들과도 얘기가 통한다는 그녀를 잘 사귀어 두면 우리나라에도 도움 되리라고 판단하신 것은 당신이었습니다.

그러기에, 언제라도 다가오는 자의 눈을 찔러 추락시킬 법한 음산한 가시로 에워싸인 고성의 모습을 보고도 당신은 아랑곳하지 않으셨지요. 그 가시들이 꿈틀거리며 길을 열어 주자 이것이야말로 여왕이 환영하는 증거라고 여기셨지요.

첫 만남에서 당신은 그녀에게 좋은 인상을 심어 주기 위해 노력하셨습니다. 여인의 몸과 영혼으로 어찌 이토록 광대한 왕국을 거느리는지 비결을 물었을 때 그녀가 가끔 한마디씩 던지는, 만질 수 없는 구름이나 손대면 부서지는 물방울 같은 말들을 하품하지 않고 참아 내셨던 것을 보면 압니다.

"빛과 물과 바람만 있으면 세상 모든 곳이 자신의 왕국이지요."

"그건 뜻밖의 말씀인걸요. 게다가 흙이 빠졌군요. 이…… 땅 말입니다."

"백성이 있는 곳이면 어디나 땅이 됩니다."

"백성은 왜 그 자리에 있습니까? 그러니까…… 백성은 어떻게 그 자리에 모이지요?"

"가장 하찮은 날벌레도 빛나는 곳으로 모여듭니다. 어둠을 따라다니는 건 시궁쥐 같은 것들이지요. 하물며 사람은 어떨까요. 저한테서 의지할 만한 빛을 발견하는 자들은 제게로 와서 몸을 부칩니다. 제가 비록 여인이지만 빛나는 데에는 문제가 없으며, 원래 사람이 살게 하려면 남자와 여인의 일이 모두 필요한 법이랍니다."

목적이 따로 있었던 당신께서는 한 귀로 듣고 흘리셨을지 모르나, 저는 연회 홀을 지키고 선 내내 그녀의 말을 귀담아들었고 아직까지 기억하고 있습니다. 그녀는 칼과 창으로 세상을 이끄는 일보다는 우주에서 별이 움직이며 구축하는 세계의 구조와 순환의 원리에 관심이 더 많은 것 같았습니다. 이 세상은 구부러지고 휘어져 있는가, 곧게 뻗어 있는가? 한 마리의 나비가 날갯짓하면 그것이 일으키는 바람은 그대로 사라지는가, 아니면 세상 끝 어느 무명의 사막으로 날아가 모래 폭풍이 되는가? 사람을 가치 있게 만드는 것은 빵인가, 보석인가, 아니면 눈에 보이지 않는 어떤 것인가?

그 자리에서 오간 대화의 내용은 이러했습니다. 우리가 그녀의 성에 머무는 동안 그곳에는 경제학자와 천문학자, 연금술사는 물론 외국의 탁발승에 상인까지 다녀갔는데, 그들 중 누구 하나 그녀와 대화를 나누고서 감탄의 낯빛으로 떠나지 않는 자가 없었습니다. 그들은 궁에 머무는 내내 인타라망[2]의 보주처럼 서로의 말과 행동을 비추었고, 거기서 겉도는 것은 우리뿐이었습니다.

그런데도 당신은 궁을 떠나오기 전날 그녀에게 반역을 꾀하는 영주를 토벌하기 위한 군대를 지원해 달라 요청하셨고, 지내는 동안 서로 각별하고도 깊은 관계를 맺지 못했음에도 "왕자의 무예와 재치는 저희로서도 쓸데가 있을 것 같군요."라는 대답과 함께 그녀가 추후 약혼식만을 조건으로 군대를 내주어서 저는 놀랐습니다.

당신은 그녀가 남자들의 자리에서 함께 말하기를 겨루는 모습이 마음에 들지 않았고, 세상의 질서에 대한 그녀의 탐구를 신에 대한 항의나 조소로 간주하여 쉽게 피로를 느꼈습니다. 한 나라의 왕이 될 자에게, 백성의 세금과 왕실의 풍요와 후계자 생산에 관심을 두는 대신 세계의 근본과 이치를 따지는 여인은 어울리지 않

---

2 불교에서 인타라가 사는 궁을 장식하는 그물. 각 그물코에는 보석 구슬이 달려 있어서 그 보주마다 서로의 그림자가 비친다고 한다.

는다고 생각하셨습니다. 어머니다운 섬세하고 온화한 돌봄의 자질이 결여된 여성에게 아무리 뛰어난 지성과 재능이 있어 봤자 그것은 수정에 난 흠집에 불과하다고 보셨습니다. 그러나 그 모든 구실을 앞서는 이유가 그녀의 썩 곱지 않은 외모에 있었음은 부정할 수 없을 겁니다. 우리가 기억하지도 추론하지도 못할 만큼 오랜 옛날부터 정해진바 이 세상에 존재하는 모든 존귀한 남성은 벨벳 같은 머리카락과 빛나는 눈동자에 핏빛 입술을 지닌 여성을 찾게 마련이니까요. 그 머리카락 아래 담긴 게, 그 눈동자에 비치는 게, 그 입술에서 나올 게 무엇인지는 확인하지 않은 채. 그들의 눈을 덮은 얇은 껍질은, 그 뒤로도 오랫동안 두 사람이 행복하게 살았으며 잔치 무도회가 파하지만 않았다면 아직도 춤추고 있으리라는 첨언마저 끝난 뒤에야 벗겨지는 법입니다.

볼일을 마쳤으면 약속대로 군대를 돌려주고 약혼식을 올려 달라며 직접 방문한 그녀를 보고 당신은 역정을 냈습니다. 전투 때 입은 부상을 핑계로 중문을 열어 주지도 않은 채 왕궁의 넓은 정원에 그녀를 홀로 세워 두었습니다. 저런 돌덩어리 같은 여인은 그냥 줘도 갖고 싶지 않다느니, 마음에 없이 한 약속은 짠맛이 없는 소금과도 같아 무시해도 좋은 법이라느니 하면서 한술 더 떠 군사마저 돌려주지 않을 생각이었습니다. 당신의 독설을 그대로 그녀에게 전달할 수는 없었기에 나는 병사들의 충분한 휴식을 구실로 단 얼마라도 말미를 얻어 만남을 미룰 생각이었는데, 이 완곡한 거절의 말을 하러 가는 동안 나는 세상에 이보다 더 어려운 심부름은 없으리라는 확신이 들었습니다. 이를테면 적국의 왕에게 무역 금지나 화폐 유통과 관련한 서신을 전하러 혈혈단신으로 보내졌을 때도, 불문곡절 그 신하들의 칼에 한 눈을 잃었을 적에도 이토록 절망적이고 수치스럽지는 않았던 것으로 기억합니다. 일부러 여인을 망신 주고 쫓아 보내러 가다니, 신분 고하를 떠나 남자로서 할 짓이 아니었다고 아직도 믿습니다.

그러나 그녀는 눈물 흘리는 대신 다짜고짜 저를 앞세워 당신께로 걸어갔습니다. 궁에 들어서자마자 한 나라의 왕자가 되어서는 쩨쩨하게 신하를 시켜 말하지 말고 당신의 목소리로 직접 들려 달라 했지요. 그 뒤로는 당신이 기억하시는 대로입니다.

"그래도 할 말이 남았나! 하인리히, 나가서 대체 뭘 한 거냐?"

당신의 말이 끝나기도 전에 그녀는 옆구리에 찬 비단 주머니에서 작은 병을 꺼냈고, 깜짝 놀란 내가 검을 뽑기도 전에 당신은 이미 검붉은 역청과도 같은 개구리 피를 머리부터 뒤집어썼습니다.

다음 순간 당신의 모습이 푹 꺼진 금의에 가려 보이지 않았고 나는 당신이 흔적 없이 사라진 줄로만 알았기에, 어느새 궁 밖으로 빠져나간 그녀를 쫓아갔습니다. 군대는 빠른 시일 내로 돌려 드릴 테고, 약혼 대신 달리 원하는 게 있다면 가능한 한 들어주도록 왕자를 설득해 볼 테니 부디 모든 일을 처음으로 되돌려 달라고 부탁하자 그녀는 비웃었습니다.

"주인이 시키는 대로밖에 중얼거리지 못하는 주제에."

그러면서 그녀가 내 가슴을 살짝 떠민 순간 몸속 깊은 데서 첫 소리가 길어 올려지더니 곧 연옥의 입구에 가 닿지 못한 자들의 통곡처럼 아우성을 쳐 댔고, 이어서 달군 무쇠를 얹은 듯 무거운 통증이 심장을 잡아 비틀었습니다. 버티고 설 힘이 고갈된 나는 벌레가 꼬인 버드나무 둥치처럼 그 자리에 무너져 내렸습니다. 그녀는 바닥에서 꿈틀거리는 나를 굽어보면서 말하기를,

"당신 주인은 세상에서 가장 미끈거리고 축축한 껍데기를 쓴 피조물이 되었어. 원한다면 당신은 파렴치한 명령을 아무렇지도 않게 내린 고약한 주인을 쥐도 새도 모르게 갖다 버릴 수 있을 거야. 그러나 굳이 충성을 지키고 싶다면 이렇게 전해. 어디, 물이끼 냄새를 풍기며 공주의 침대에서 재주껏 하룻밤을 보내 보라고. 그럴 수만 있다면 당신 주인은 그 이튿날 여명이 밝을 때 원래 모습으로 돌아올 테니."

그러더니 그녀는 발끝으로 내 어깨를 밀어 눕혔습니다.

"그리고 그날이 저물기 전에 당신의 심장을 옭은 쇠사슬은 끊어질 거야. 단, 사슬의 고리가 하나씩 떨어져 나갈 때마다 당신의 심장은 부서지고 점점이 뜯길 테지. 목숨을 부지하고 싶으면 허튼짓 말고 저것을 왕궁 연못가에나 풀어 두는 게 좋을걸."

손을 뻗어 그녀의 검정 로브 자락을 잡으려 했을 때, 교회에 고발하여 응분의 재판을 받게 하고야 말리라 외치려 했을 때, 그녀는

이미 눈앞에서 사라지고 손안에 고인 것은 한 줌의 습기뿐이었습니다. 그와 거의 동시에 고통스러운 비명인지 환희의 아우성인지 모를 한 무더기의 소리가 들려오며 원래는 그녀의 군사였을 것으로 짐작되는 삼백 마리의 까마귀가 성 곳곳에서 날아올라 내 머리위 하늘을 긋고 지나갔습니다.

이십 년 전 선대 왕이 취하신 몰락 귀족의 다락방에서 태어난 날부터 나는 당신의 충신이 될 운명으로 정해져 있었으므로, 내게다른 선택이 있을 리 없었습니다. 그 운명은 흐르는 맑은 물에 씻기고 다듬어진 둥글고 매끄러운 조약돌처럼 단단했습니다. 주인이 손바닥만 한 개구리로 모습이 바뀌었을 적에 보통의 신하로서할 수 있는 일이란, 주인을 따라 개구리가 되지 못한 것을 통탄하며 단도의 날을 세워다 그 위로 엎어지는 것이었습니다. 반대로 내가 사악한 역적이거나 당신에게 억하심정을 품었다면, 옷가지를헤치고 뛰어오른 당신을 누구도 보지 않는 틈에 낚아채다 마구간백마의 발아래 던져 놓았겠지요. 그러나 그 모든 가능성을 접어 두고 다만 저주를 푸는 조건만을 당신에게 밝혔을 적에는, 더구나 저주가 풀린 다음 이어질 나의 운명에 대해 함구했을 적에는, 어찌마음에 한 조각 동요나 갈등마저 없었을까요? 사실을 말했다면 당신은 조금쯤 망설였을까요, 하찮아했을까요? 실은 그까짓 거 대수롭지 않은 일이라며 코웃음 치실까 두려워 숨기고 있었답니다. 정말 두려웠던 것은 그 코웃음마저 감사히 여길 나 자신의 모습이었을지도 모릅니다.

궁을 떠난 지 한 달 남짓하여 첫 번째 공주를 만나기도 전에 당신은 이미 낯선 여행길에 지쳐 있었습니다. 가능하면 안락하게 모시려 했으나, 인간의 말을 하고 성정이 그대로인들 당신의 몸과 본능은 개구리의 그것이라서 젖은 흙과 말린 생선가루와 작은 유충들을 담은 상자에 넣어 운반하는 것이 최선이었습니다. 달리는 말 안장에 묶은 유리 상자가 흔들려 당신이 끊임없이 투덜댔으므로 도무지 속력을 낼 수 없었습니다. 저 역시 움직일 때마다 심장을 옭아맨 사슬이 절그럭거려 목적지에 닿기도 전에 죽을지 모르는 처지여서 유리 상자 벽에 이리저리 부딪히는 당신의 비명을 돌아볼 만한 여념이 없었으니, 한 가지 목적을 향하면서도 우리의 움직임에는 규칙적인 리듬도 아름다운 선율도 없었고 이처럼 소음만으로 가득했습니다.

여행을 하루라도 빨리 종결하고 싶은 당신은 어떻게든 공주의 침대에서 하룻밤을 보내기만 하면 되는 거 아니냐고, 이제는 그 공주가 패망국의 몇 번째 첩의 여식이든 신경 쓰지 않으며 설령 얼굴이 얽었더라도 관계하지 않겠다고 했습니다. 말하자면 사악한 요술을 부리는 마녀만 아닌 다음에야 누구든 상관없는 것으로 보였습니다. 그러면서도 막상 여러 나라를 거치며 아름다운 공주들에 대한 소문을 들었을 때 당신은 이런저런 이유를 붙이며 주저했습니다.

"조건이 붙은 달콤한 과일에는 손을 뻗지 않는 게 좋아. 얻을 것에 비해 위험 부담이 크거든. 자리를 봐 가며 하는 도전이 진짜야. 덮어놓고 불구덩이에 뛰어드는 건 앞으로 백성을 돌볼 자의 자세가 아니야."

그것은 원치 않는 모험을 겪는 자의 보편적 초기 증세인 회피일 뿐이었지만 나는 당신의 거듭되는 망설임을 이해할 수 있었습니다. 공주와 나라를 모두 주겠다는 임금의 약속 앞에는 어떤 어려운 과제가 있을지 몰랐습니다. 원인 불명의 병으로 시름시름 앓는 공주의 나라에 가서 당신은, 만일 그 병을 고치지 못한다면 나라를 얻는 건 고사하고 산 채로 배가 갈려 네 발이 고정된 채 박제가 될 수도 있지 않느냐며 고개를 돌렸습니다. 그 공주는 결국 어디선가 망원경과 양탄자와 황금 사과 같은 것들을 가져온 삼 형제 가운데 막내가 데려갔다고 합니다만, 들리는 소문에 따르면 형제가 돌아가면서 한 달에 열흘씩 그녀를 아내로 삼고 있다 하지요.

그뿐인가요. 태어나서 한 번도 웃지 않았다는 공주의 나라에 가서는 뭐라고 하셨습니까. 세상에서 가장 유명한 광대와 악사, 만담꾼들이 차례를 다투며 그녀 앞에 나섰음에도 실패했다는 얘기를 듣고, 인간이라면 모르되 개구리의 몸으로는 멀쩡한 사람도 웃게 하기 힘드니 말 머리를 돌리라 하셨지요. 그러면서 세상의 권력 가진 것들은 어찌 그리 말도 안 되는 임무를 주고 거기 큰 포상을 다느냐며 분개하셨고요. 나는 기꺼이 다른 나라로 이동하면서, 거듭되는 지체에 조금은 안도하고 있었을지 모릅니다. 심장을 쥐어 비틀며 내 귀에만 들리게 철컹거리는 사슬이 고통스럽기는 하나, 나의 충성심을 시험에 들게 하지 않고 당신의 선택을 존중하면서도 운명에 대한 두려움을 앞당기지 않을 수 있었으니까요. 물론 어디까지나 나는 적당한 때가 오면—무엇보다 현명하고 지혜로우며 아름다운 공주가 눈앞에 나타나면 언제라도 이 심장을 바칠 것이었지만, 한편으로는 이 숲길이 끝나지 않기를 빌었을지 모릅니다. 참, 그 무뚝뚝하고 세상만사 즐거움도 기쁨도 없다던 공주는 한 마리 거위에 줄줄이 들러붙어 법석을 떠는 궁궐 밖 평민 무리를 보곤 무심코 코웃음을 터뜨리는 바람에, 결국 임금은 어딘가 약간 모자란 거위 주인을 데려다가 사위로 삼았다더군요. 고귀하신 당신께서 까딱하면 그런 정식 참가자도 아닌 지나가던 얼뜨기에게 패배할 뻔했으니, 그녀를 비켜 가신 것도 잘한 선택 같습니다.

그러나 그 어떤 공주도 수수께끼 내기를 좋아하는 공주를 능가할 수 없었지요. 질문은 단 한 가지, 공주가 무엇을 머릿속에 떠올리고 있는지 알아맞히라는 것이었습니다. 공주의 머리 뚜껑을 연다 해도 알지 못할 문제 앞에서, 정답을 맞히지 못한 수많은 구혼자의 목이 베였다 하지요. 어째서 우리의 발길 닿는 곳마다 착하고 눈부시진 못할망정 최소한 평범한 공주조차 없는지 모르겠다고 혼잣말하시는 걸 저도 옆에서 들었는데, 오해 마시길. 제가 일부러 신의 저주를 받은 환자들이 즐비한 데로만 말을 몰아간 것이 아니랍니다. 저는 당신의 충신인걸요. 어쨌거나 그녀는 그때까지의 여정을 통틀어 가장 위험한 공주로, 실제로 마녀라는 소문도 전해집니다. 당신을 개구리로 만든 여인처럼 공주나 여왕의 탈을 쓴 마녀가 세상 어딘가에 또 있을 법도 하므로 충분히 믿음 가는 소문이었습니다. 우리는 모두 마녀라면 학을 뗀 다음이었으니, 거기서 곧바로 다음 숲을 향해 떠나갔다 하여 결코 수치스러운 일이 아닙니다. 그 뒤 허무하게도 '구두' 같은 걸 정답이라고 맞힌 떠돌이 용사가, 나중에는 공주의 연인이었던 사악한 마법사의 머리를 베어 버림으로써 그녀를 손에 넣었다지만 조금도 부러운 일이 아닙니다.

그런 일련의 과정을 거쳐 우리는 은연중에 하나의 결론에 도달했는데, 그건 '불가능에 가까운 과제를 내주고 왕위 계승을 공약하는' 공주가 아닌, 번듯이 자라고 정치적 내란 같은 데에 휩쓸리지 않은 순진한 공주와 조우하는 게 좋겠다는 것이었습니다. 그런 이를 만난다면 당신은 전후좌우 따져 묻지 않고 그녀와 결혼하리라 했지요. 나는 당신의 생각에 동의했습니다만, 아무리 그래도 하필 연못 가까운 숲에서 황금 공을 갖고 노는 어리광쟁이 공주를 선택하시다니 그건 당신을 모시는 제 자존심 때문에도 선뜻 내키지 않았습니다.

당신은 그 뒤 내가 보인 모든 언행을 단지 실없는 트집이나 악의 담긴 훼방이라고 생각하셨겠지만, 나는 한 나라의 주군 될 자를 모시는 충신으로서 그 정도 조언은 할 자격이 있다고 믿었습니다. 그러나 그때 우리의 여행은 일 년을 막 넘겼고, 설마 그것이 진심이라곤 생각지 않지만 당신은 자포자기식으로 말하기를,

"어린애건 철없건 이제는 그런 거 아무래도 좋아. 공주이기만 하면 갓 태어나 내일모레 세례를 받을 예정인 아기의 요람에 숨어들더라도 침대 위의 하룻밤이 성립될 테니."

나는 그때 막 굴러 와 연못에 빠진 황금 공을 주워 나무 뒤에 숨은 채, 풍성하고 거추장스러운 드레스 자락을 휘날리느라 연못가에 뒤늦게 도착한 공주의 훌쩍임과 유모의 위로를 엿듣고 있었습니다. 다시 한 번 말씀드리지만 당신 입으로는 그 커다란 공을 물기 힘드니 내가 온몸을 던져 건져 왔다는 겁니다. 단벌옷을 다 버려 가면서요. 당신이 알아주거나 말거나 나는 당신 옆에 있다는 까닭만으로 항상 그렇게 해 왔다는 겁니다. 그러니 목표물을 코앞에 둔 당신의 상기된 목소리를 모른 척하고 젖은 머리카락만 비틀어 짜던 제 심중에 깔린 상심 정도는 이해해 주셔야 합니다. 어디까지나 나는 본분을 잊지 않았고, 당신을 위하는 마음으로만 오롯하게 존재했습니다.

"예예, 그럴지도 모르겠네요. 하룻밤이 지나기 전에 궁중 유모한테 뒷다리를 잡혀 창밖으로 내던져지지 않으면 말입니다."

"너는 어째서 그렇게 최악의 경우만 골라 가며 말하지?"

"옳아서 그렇습니다. 예상 가능한 최악의 상황만 가정해서 세상 모든 공주들을 마다하고 여기까지 온 게 누군데 그럽니까."

"신중하다고 말해 줬으면 좋겠군. 나는 그저 길을 조금 돌아왔을 뿐이야."

야곱은 라헬을 얻기 위해 레아를 먼저 아내로 맞이하여 십사 년 동안 노역을 치렀고, 이스라엘 백성은 약속의 땅에 닿기 위해 사십 년을 광야에서 헤맸는데 고작 일 년이라니 퍽이나 신중하시다고, 나는 말하지 않았습니다.

"공주가 어떤 사람이든 이제 신경 쓰지 않겠어. 생명을 담보로 거는 도전 과제를 내지 않은 평범한 공주는 이번이 처음이란 말이다. 두 번 다시 이런 공주는 만날 수 없을지 몰라. 내 말을 무시하겠다는 거냐?"

"그럴 리가요. 어서 이걸 들고 가서 공주님을 위로해 주시죠."

그리하여 당신은 황금 공을 앞발로 밀면서 공주에게 다가가서는 어느 솜씨 좋은 극작가의 각본이나 되듯 정해진 대사를 읊었는데, 원래 우리가 짰던 말과는 뉘앙스가 미묘하게 달라서 듣는 제가다 민망하더군요. '약속해 준다면 이걸 내드리겠소.'가 아니라 '약속하지 않으면 이 공을 도로 물속에 빠뜨리겠소.'라고 사뭇 협박조로 을렀으니까요. 아무리 상대가 침착성도 참을성도 없는 어린 공주라 한들 그처럼 무례하고 거만하게, 맡긴 보퉁이나 내놓으라는 식으로 용건부터 조급히 말씀하시면 안 되었습니다. 그러니 공주가 무게 없는 약속을 던진 뒤 공만 낚아채서 달아날 법도 하지요. 상대가 왕자든 개구리든 간에 예로부터 공주란, 달콤하고 경건하며 무엇보다 헌신적인 기사의 말투와 단정히 꿇은 그의 무릎에 반하는 법이랍니다.

그 아버지 되시는 왕이 다행히 엄격하고 양식 있는 분이었기에 망정이지, 그렇지 않았더라면 당신은 성문지기들의 발에 밟히거나 창끝에 꿰여 꼬치 요리의 일부가 되었을지 모릅니다. 일단 성문 앞에서부터 "공주님이 약속을 어겼다."라고 목소리를 높였으니까 말입니다. 제가 떠나기 전에 다시 한 번만 당부를 드리자면, 아무리 버릇없는 공주를 대하더라도 항상 잊지 않으셔야 할 점은, 비록 당사자에게는 준엄하게 조치하시더라도 다른 이에게 사연을 고하실 적에는 항상 그녀의 허물을 덮어 주시고 명예를 지켜 주심이 현명하다는 것입니다. 이를테면 그녀가 미물과의 약속을 한낱 물거품처럼 여겼음을 고발하시기보다는, 축축하고 미끄러운 피부를 꺼린 그녀가 자기도 모르게 도망갈 수밖에 없었던 것으로 보이니 이제라도 심신을 가라앉히시어 원래의 약속을 이행해 줄 것을 감히 부탁드린다고 하셨어야 합니다. 그리고 이왕 말이 나온 김에 보태자면 당신도 애당초 여왕과 한 약속을 지키지 않은 전적이 있다는 사실을 잊어서는 안 됩니다.

어쨌거나 왕 가족의 호화로운 저녁 식사가 순식간에 아수라장이 되었는데 그 와중에도 저를 완전히 잊지는 않아 주셔서 고맙습니다. 비록 그 소개의 내용이, 황금 공을 건진 장본인과는 전혀 무관하며 그저 힘없는 개구리 한 마리를 공주가 도망간 성까지 무사히 집어다 준 길가의 나그네일 뿐이었어도 말입니다.

태어난 날부터 내 몸과 마음은 당신께 바치기로 예정되어 있었고 그에 따라 살아왔습니다. 그러니 젖은 옷을 시녀가 내준 옷으로 갈아입고 금실 자수가 놓인 안대를 찬 뒤 그 어린 공주에게 손 내밀었던 까닭은, 내게 다른 욕망이 있어서가 아니라 오로지 당신을 위해서였음을 의심하시면 안 됩니다. 저녁 식사 자리에서 내내 찡그린 얼굴을 한 채 신의와 도리를 갖추라는 왕의 교훈에도 볼멘소리를 서슴지 않았던 그녀가, 앞으로 백성과 당신에게 성실한 피앙세가 되리라곤 도무지 기대할 수 없었습니다. 당신은 이왕 지금까지 개구리의 껍질을 뒤집어쓰고 고생해 온바 앞으로 좀 더 나아가 다른 숲을 헤매고 국경을 넘으면 또 다른 공주를 만날 수도 있었습니다. 국경 너머의 새 공주는 약속을 헌신짝처럼 저버리지도 않고 언제나 상냥한 웃음과 고운 말씨를 겸비했을지도 몰랐습니다. 어쩌면 적절하게 나이를 먹어 사물에 대해 눈 밝은 태도를 지녔을 것이며, 특히 신의 피조물을 동정하는 마음이 있을지도 모르는 일이었습니다. 지금 마주 앉아 계시는 그녀보다 얼굴이 아름답기라도 하다면 일석이조일 테며, 난쟁이 요정의 도움을 받지 않아도 거대한 물레로 황금 실을 자아낼 만큼 솜씨 좋고 알심 있는 여인이라면 더할 나위 없겠지요. 당신은 앞으로 이 세상 어디를 가더라도 눈앞의 그녀 이상은 만나지 못하리라 지레짐작하지는 않으셨는지요. 또는 여행길에 지쳐 하루빨리 마법을 풀고 싶은 마음에 무리수를 두신 건 아닙니까? 나는 내 주인이 그렇게까지 무책임하고 인내심 부족한 분이라곤 믿고 싶지 않았습니다. 최고의 위치에 있는 최상의 사람은 그에 어울리는, 최선이 불가능하다면 차선의 여인이라도 얻어야 했습니다. 사람의 재주로 이를 능히 판단하기 힘들다면 신탁이라도 구해서 그리해야 했습니다.

네, 그렇습니다, 그런 까닭에 나는 가능하면 당신과 공주의 하룻밤을 지연시키고 싶었고 뭔가에 씐 듯한 당신의 마음을 돌려 보고 싶었습니다. 황금 공을 가진 어린 공주에 대한 당신의 즉흥적인 결정과 선택은, 굶주리고 목마른 이가 뜻밖에 모래 섞인 물과 거친 무교병을 손에 넣었을 때 마치 향기로운 포도주와 할라 브레드라도 되는 듯 기꺼이 먹고 마시며 작약하는 모습과 비슷한 것이었습니다. 나는 당신이 여인의 내면보다 겉으로 빛나는 금발이나 홍조를 중요시한다고는 결코 믿지 않기에, 지금의 선택은 오랜 고통에 따른 다급하고도 일시적인 착란일 뿐임을 알았습니다. 당신의 시야가 다시 맑게 개기만 한다면 배신자의 오명을 쓰는 일쯤 아무렇지도 않았습니다. 인간의 밤이란 이토록, 마음속에 그리는 이에 대한 충심과 경애가 깊어지면서 동시에 의혹과 원망과 모종의 음모가 신생되기도 하는 양극의 시간인 듯합니다.

그리하여 내가 계획적으로 손을 내밀었을 때 거기에 반응한 그

녀가,

"축축한 개구리보다는 천민일지언정 그래도 사람인 것과 한자리에 드는 게 낫겠어."

비록 시험 삼아 펼친 그물에 걸려든 셈이지만 그것을 마땅히 통과하지 못하고 이렇게 대답했을 때, 사슬에 묶인 나의 심장은 조금도 기쁨과 흥분으로 뛰지 않았음을 분명히 말씀드리고 싶습니다. 어차피 목적을 상실하고 버려질 제비를 우선 뽑아나 본다는 듯한 그녀의 말투와, 사람 아닌 것을 품고 싶지 않은 당혹감이며 이기심에서 비롯한 눈시울의 물기와, 환난의 끝에서 만난 지푸라기를 붙드는 식으로 내 손목을 잡은 그녀의 피부에서 그 어떤 부드러움도 관능도 느낄 수 없었음을 밝히고 싶습니다. 이는 그녀가 당신에게 어울리는 신부가 되지 못하고, 자신을 유혹하는 이의 겉모습만 멀쩡하다면 언제고 당신을 떠나갈 수 있는 배덕으로 충만함을 뜻했습니다. 예상치 못한 바는 아니었으나 실로 그녀의 본성을 확인했을 때 가슴속은 절망과 분노로 부풀어 올랐습니다.

나의 원래 예정은 그녀가 마주 내민 손을 잡아끌어다가 호화로운 양털 카펫이 깔린 바닥에 내동댕이친 다음 보란 듯이 당신을 데리고 떠나가는 것이었습니다. 그런데 무엇 하나 해 보기도 전에 당신이 들이닥쳐 그녀 얼굴에 들러붙는 바람에 그녀가 기겁하여 뒤로 넘어간 것은 저도 뜻밖이었습니다. 침실에서 나올 때 유리 상자의 뚜껑을 분명 닫았다고 기억하는데 어떻게 그것을 들어 올리고 나오셨는지 저로서는 짐작도 가지 않습니다. 내 뒤를 따라와 결정적인 무엇을 포착하기 전에 공주의 얼굴로 뛰어오른 것은 당신이 내 말을, 그러니까 공주의 침대에 당신이 누울 비단 요를 깔아 놓으라는 왕의 지시를 시녀가 이행했는지 확인한 다음 당신을 모시러 오겠다던 그 말을 믿지 않았다는 뜻이겠지요. 결과적으로 당신이 목격한 현장은 그와 같았으니, 당신이 내 충심을 의심하고 진의를 알아주지 않으셔도 할 말이 없었습니다. 감히 왕자가 선택한 여인을 먼저 가로채려 한 죄, 저주가 풀리기만 하면 즉시 네놈의 목을 매어 개처럼 끌고 고향에 돌아간 다음 내 안저지를 비롯한 이 역적 일가의 목을 베어 성문 밖에 걸어 두고 까마귀 밥으로 던져 주겠다! 하던 당신의 분노에도 침묵을 지킨 까닭은 그러합니다.

그러나 조금 궁금한 것이 있습니다. 당신은 정말로 그 장면을 못 보았단 말입니까? 그녀가 나와 무엇을 하려 했는지 이미 다 보고 알았기에 그녀 얼굴에 뛰어오른 게 아닙니까? 어째서 당신은 그녀에 관한 한 아무것도 못 보았다 하시며 이 중대한 사안을 덮어 두려 하시는지요. 나 스스로 미끼가 되어 증명까지 해 보였음에도, 속이 빤히 드러나 보인 공주를 어째서 그대로 안고 가시려는지요. 처음 본 순간 정말로 사랑에 빠져 버렸달 만큼 그녀는 얼굴도 영혼도 아름답습니까? 그 정도 과오는 묻어 둘 만큼 어느새 마음이 깊어졌습니까? 오후 햇살을 받고 연못의 물기에 젖어 기묘한 빛과 나선의 무늬를 반사하던 황금 공 때문에 시야가 이지러진 것은 아닐까요, 보고 싶은 것만 보겠다는 의지가 반영되어서 말입니다. 하지만 당신은 분명 그녀가 내게 어찌했는지를 목격했고, 어떤 식으로든 거기에 반응을 해야만 했습니다. 그것이야말로, 지금 심장이 깎여 나가는 나의 죽음이 개죽음만은 아니라고 증명해 줄 테지만, 그 깊디깊은 침묵이 당신의 대답이라면 받아들일 수밖에요. 기절한 채로 하룻밤 지나서 눈을 뜬 공주가 새벽빛에 드러난 옆자리의 당신을 보고 태도가 급변했더라도, 그 전까지 자신이 행한 폭언과 부정과 거의 한발 직전까지 이르렀던 음행을 잊어버린 듯 당신께 매달렸더라도, 무엇보다 상대가 그토록 찾던 한 명의 공주라는 사실에 눈이 멀어 당신이 그 모든 일을 모른 척하더라도, 나로선 그 뜻을 따를 수밖에요.

그러니까 이제 안심하셔도 됩니다. 지금 두 분께서 마주 앉은 마차, 그 뒤에서 나는 덜커덩! 쿵쾅! 같은 소리는 바퀴가 내려앉은 것도 아니며 마차가 진창에 빠진 것도 아니랍니다. 이것은 말하자면 환희의 비명으로, 저주가 풀림과 함께 그동안 내 심장을 묶어 왔던 마녀의 사슬이 한 고리씩 떨어져 나가는 소리랍니다. 그녀는 대체 얼마나 내 심장을 단단히 묶은 걸까요. 처음부터도 사슬이 심장 속으로 깊이 파고들었던 탓에 통증은 만성이 되었다고 생각했는데, 이렇게 고리 하나가 부서질 때마다 심장이 푸주한의 칼끝에서 떨어져 나온 힘줄의 부스러기처럼 점점이 떼어지다니 말입니다. 그러나 지금 이 고통은 내가 살아 있었고 살아서 당신을 위해 무언가를 했다는 증거이므로, 내 심장은 기쁘게 터져 나갑니다. 몸속을 돌던 붉은 피가 한 방울도 남김없이 밖으로 토해지고 나면 비로소 이 심장은 뛰기를 멈출 것입니다.

지나친 충격을 받지 않으시도록 참고로 말씀드리자면, 아니 저런, 지금 막 시작했습니까? 오늘 아침 그녀가 마신 과즙 잔에 제가 당신의 독을 몇 방울 몰래 넣어 두었답니다. 당신이 벗어 놓은 개구리 허물은 아침 해가 완전히 떠오르기 전에 말라비틀어지더니 흔적 없이 사라졌지만, 그것이 아직 축축하고 싱싱하며 풍부한 점액질을 품고 있었을 적에 나는 그것을 주워 즙을 짜냈습니다. 어떤 개구리 독은 바르거나 스치기만 해도 죽는다 하고 또 어떤 개구리 독은 검지 한 마디만큼의 양으로도 몇만 명이나 지옥에 보낸다 합니다. 얼마나 써야 충분할지를 모르고, 애당초 당신이 개구리였을 적 그 몸에 독이 있었는지 없었는지도 알지 못했기 때문에 자포자기로 그저 한번 뿌려 보았을 뿐인데, 아무래도 당신이 남긴 독은 꽤 강력한 모양입니다. 이대로 말을 돌리면 반나절 채 못 되어 공주의 나라로 돌아갈 수 있을 테지만, 애당초 마녀가 만든 거나 다름없는 독이니 보통의 의사를 불러서 치료가 가능할지는 의문입니다. 어쩌면 공주는 이대로 자비로운 죽음을 맞이하는 대신, 얼굴이 뒤틀려 눈 코 입의 위치가 뒤바뀌거나 혓바닥이 굳어 평생 사랑의 말 한마디 속삭이지 못하게 될 수도 있습니다. 그중 어떤 경우라 해도 왕실을 위해서는 당신이 새 공주를 맞이해야 함이 자명하겠지요.

그러니 부디 부질없는 노력을 기울이지 마시고, 그럴 시간에 마부로 하여금 더 빨리 말을 재촉하여 고향으로 몰아가게 하십시오. 그리고 웅장한 결혼식 대신 장례를 준비하게 하십시오. 세상에서 가장 향기 좋은 나무를 깎아 만든 관에 보석과 함께 그녀를 안치하고 보내 주십시오. 그녀의 존재가 당신의 저주를 푸는 데에 도움되었음은 부인할 수 없는 사실이니, 그 정도 예를 갖추는 것마저 딱히 반대하지는 않습니다.

그런 다음에는 부디, 조각조각 흩어져 형태를 잃었을 나의 심장을, 가능한 한 당신을 모셨던 시절과 크게 다르지 않도록 한데 모아 주시고, 빈껍데기에 지나지 않을 나의 시신은 궁궐 밖에 버리시어 병든 노새같이 매장당하게 하소서.[3]

.................................

3 "아무도 그를 위하여 애곡하지 않으리라 (…) 사람들은 노새를 묻듯 그를 묻으리라. 그를 끌어다가 예루살렘 성문 밖에 멀리 내던지리라."(예레미야서 22장 18~19절)

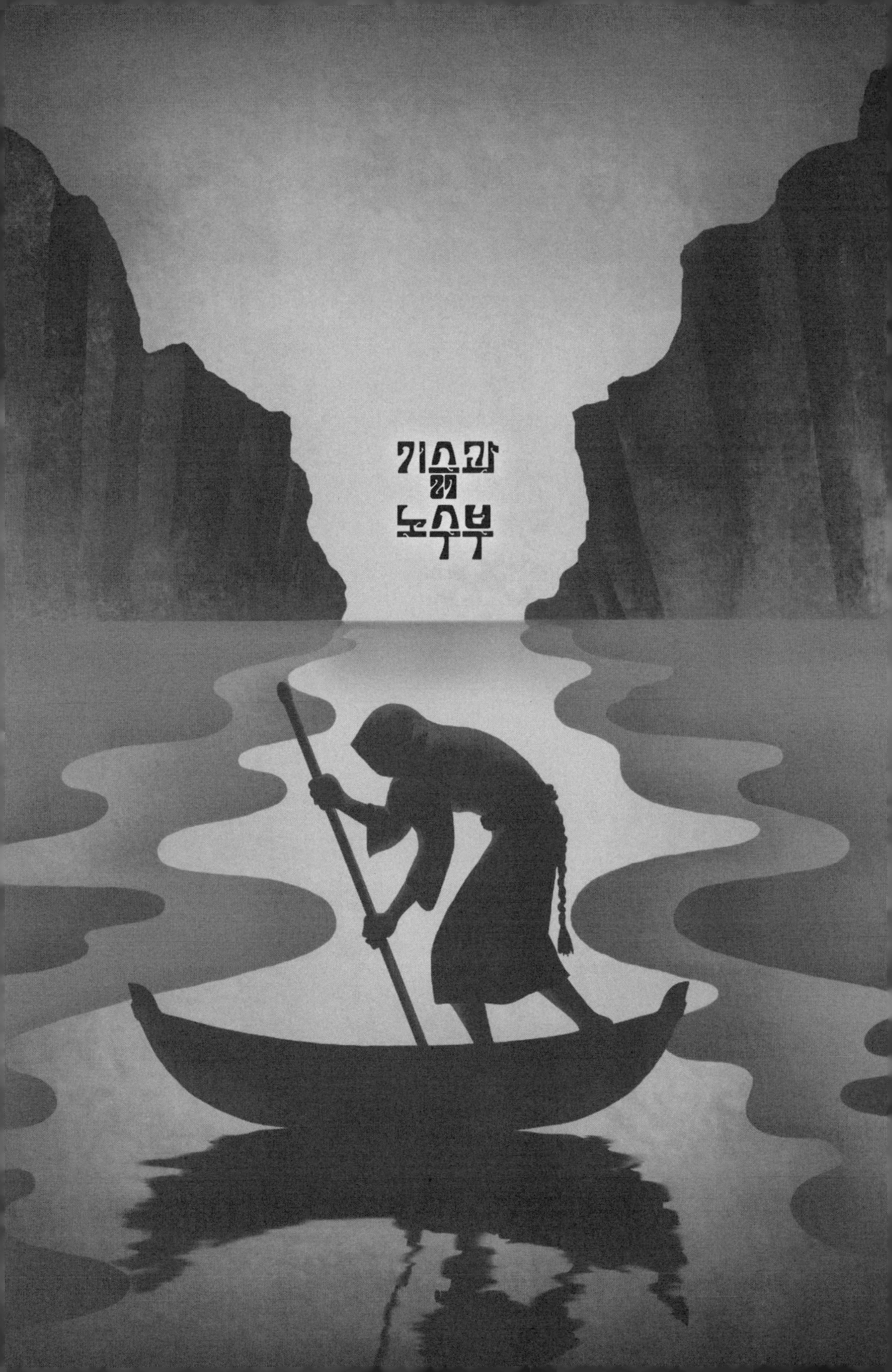
기슭과
노수부

콧잔등에 내려앉는 습기가 무겁다. 강이 가깝다는 뜻이다. 공기는 눅눅한 과자에 입힌 당의 같다. 코로 숨을 들이마실 때마다 목구멍이 끈적거린다. 강물이 깨끗할 리 없다. 큰 물고기들에게 뜯어 먹힌 작은 물고기들이 허연 배 속과 뼈대를 드러낸 채 물 위에 동동 떴을 테고, 거기에 그동안 이 강을 건너던 사람들의 손끝에서 떨어진 종이컵이나 사탕 껍질 따위가 뒤섞였겠다.

마지막 배가 한참 전에 떠났으리라는 것쯤, 손목시계를 보지 않아도 하늘에 퍼진 저녁놀 색깔만으로 알았으나 굳이 강까지 걸어 온 까닭은, 근처에 아침 첫 배가 뜨기 전까지 머물 만한 민가가 없나 싶어서였다.

시동을 걸 때부터 택시는 엔진 소리가 신통치 않았고 찌그러진 보닛도 들썩거렸었다. 언덕 몇 개를 넘다 이대로 퍼지는 거 아닌가 싶을 때, 줄곧 불안한 소리를 내던 차바퀴가 마침내 주저앉아 버렸으니, 지금 같아선 사지 멀쩡히 여기까지 다다른 게 감사할 따름이다. 택시 기사는 그대로 자리에 남고, 나는 전화가 되는 가게라도 보이면 도와줄 만한 보험 회사 직원을 보내겠노라고 언질을 준 뒤 걸어서 여기까지 온 것이다. 그러나 이토록 인가가 드문 시골에서 전화가 있는 집을 찾기란 쉽지 않아 보인다.

신성한 종소리가 귓바퀴를 흔들고 공기에 잔향을 남긴다. 강바람이 변덕스러워 방향을 확정하지 못하나 아마도 건넛마을 성당에서 울려오는 듯하다. 경애하는 나의 벗은 순면 레이스 장갑을 낀 그녀의 손을 잡고 성당 계단에 섰을 테고 사람들은 그들 머리 위로 오색 리본과 금가루를 뿌리면서 축복의 말을 모아다 샴페인처럼 쏟아부을 것이다. 우유와 꿀이 넘치는 나날들 되시라. 두 사람을 닮은 아기를 네 명은 낳으시라. 아기들에게는 태어난 지 삼 일 만에 세례를 꼭 치러 줄 것이며 그들이 신의 축복을 받아 저 광대한 밭의 포도나무처럼 자라나기를. 이어서 마을의 뜻있는 자들이 노고를 마다치 않고 준비한 대량의 호밀 빵과 맥주와 구운 고기를 사이에 두고 거나한 춤과 흥건한 노래가 펼쳐지리라. 하룻밤의 꿈결 같은 흥청망청들. 반복되는 노동의 삶 가운데 밤샘 놀이가 허락되는 몇 안 되는 날. 여느 마을에서 볼 수 있는 구태의연하면서도 소란스러운 장면에 그 두 사람을 대입하는 일은 쉽지 않다. 그럼에도 오늘의 주인공인 그들은 거기 있을 것이며, 그 자리에 내가 참석했는지 안 했는지는 아무도 괘념치 않을 테니, 이왕 시간을 맞추지 못한 바에는 이대로 돌아간대도 상관없을 것이다. 벗에게는 나중에 사죄의 서신과 소액환 정도나 챙겨 보내는 걸로 성의를 표해도 될 테고, 다른 이들의 축하 인사에 묻혀 가느니보다 오히려 그편이 내가 벗으로서 세심하게 마음 쓰고 있음을 증명하기에 좋겠다. 사람들이 시든 꽃처럼 길바닥 곳곳에 널브러졌을 내일 아침 어슬렁거리며 나타나선 어느 집 어느 방에 어떤 자세로 처박혔을지 모를 신랑 신부를 찾아다니며 뒤늦은 인사치레라도 하겠다는 거야말로 서로가 민망해지는 지름길이다. 흐트러진 꾸밈새로 꽃잠에 파묻혔을 새 부부를 어떻게든 흔들어 깨웠다 친들 그들이 나를 반겨 맞을 리 만무하니, 내가 이대로 돌아서는 게 서로에게 바람직하리라.

그럼에도 기어이 그들을 만나고야 돌아갈 것이다. 불의의 사고로 예식 시간에 대지는 못했지만 이 결혼식을 위해 시내 양복점에서 제일 좋은 옷과 구두를 빌렸고 다니던 신문사에 이틀간 휴가도 냈다. 말하자면 평범하고 구차한 일개 생활자가 벗의 경사에 갖출 수 있는 최대한의 예를 다한 것이 아까워서라도 이대로는 갈 수 없었다.

……다만 그것뿐인가?

두 번 접은 종이가 검지와 중지 사이에 끼어 품속에서 딸려 나온다. 소식을 들은 직후 새 부부에게 축하 인사를 적으려다 첫 줄도 다 쓰지 못한 채 펜촉의 잉크가 말라 버렸고, 잠시 기분을 바꿔 보려 자리를 뜬 동안 창틈으로 들어온 바람이 종이를 쓸어 가고 말았다. 신문사 층계를 청소하던 이가 주워 온 크림색 종이에는 먼지와 때가 묻어 있다. 나는 종이를 펼치고 '이 기쁨 말로 다 할 수 없네.'라고 적힌 첫 줄에 그어진 두 개의 먹줄을 내려다본다. 진심을 다한 편지가 되려다 말아 버린 휴지 조각. 완성은커녕 제대로 시작조차 할 수 없었던 내 시의 첫 줄은, 혀끝에서 미끄러지다 이대로 지워져도 좋을 만큼, 마른 잎을 치우는 아낙의 무심한 비질에 쓸려 가도 좋을 만큼 가볍고 보잘것없다. 강가에 줄지어 선 나무마다 잎사귀들이 흔들리는 모양은 이 강을 건너지 못한 나를 손가락질하는 것처럼 보인다.

망연히 강줄기를 바라보는 동안 사위를 물들인 붉은빛이 이울고, 구둣발 아래에서 부러진 갈대와 잡풀이 바스락거리며 속삭임인지 비웃음인지 모를 소리를 낸다. 그 소리는 강한 바람을 따라 소쿠라지는 물살과 섞이더니 녹슨 경첩이 내는 듯한 소리를 멀리서부터 실어 오는데, 이는 오래도록 앓는 이의 신음 같으면서도 사뭇 규칙적이다. 무언가 육중한 것이 강을 따라 떠내려오는 듯하여 고개를 들어 보니 검은 덩어리 하나가 물살을 천천히 가르며 다가온다.

어째서 이런 시간에 저런 배가?

선미에 서서 기다란 노로 물살을 젓는 키 큰 사람의 움직임이 보인다. 그 움직임의 밀도로 보나 배의 규모로 보나 삯을 제대로 받고 손님을 실어 나르는 용도는 아닌 듯하며 누군가가 저녁거리를 찾아 낚시라도 하러 몰고 온 모양이다. 배는 용케도 수부의 무게와 움직임을 버티고 있다. 이웃마을의 영역을 넘어 일찍이 가 닿은 적 없는 머나먼 이국처럼만 느껴지는 강 건너편으로 사람을 건네다 주기엔 허술해 보이지만 그럼에도 물에는 떠 있다.

수부는 다행히 모자를 벗어 흔드는 내 모습을 발견했는지 방향을 꺾어 기슭으로 다가왔다. 배가 가까이 올수록 나는 섣부른 행동을 후회하기 시작했는데, 거리가 좁혀질수록 문제의 배로부터 물이끼와 곰팡이 냄새가 선명해져 먼발치서 가늠했을 때보다 그 퇴락과 위험이 구체적으로 감지되었기 때문이다. 바람 한 올에 훅 날아가지야 않겠지만 가다가 뒤집히지나 않으면 다행이었다. 사람이 하루에 꼭 겪어야만 하는 위기나 곤경의 총량이 있다면 이미 택시가 멈춘 것만으로 충분했다. 그러나 그들의 가장 행복한 순간을 눈에 담고 심장에 새기려면, 그로써 나의 망령된 집착이 메마른 과자처럼 부서지려면, 잔치의 열기가 완전히 식기 전에 건너편에 닿아야 하리라. 내가 이 강을 정말로 건너고 싶은지 아닌지조차, 일단 건너기 전에는 알지 못하리라.

"당신이 오늘 치 포기해야 할 물고기만큼 뱃삯을 치르겠습니다."

인사도 없이 용건부터 건네자 수부가 뒤집어쓴 망토가 조금 움찔했다.

"나를 저 건너편까지 실어다 줄 수 있습니까?"

그렇게 물어보며 손가락질한 건너편은 어느새 어둠과 안개에 둘러싸여 있었기에 정확히 어디를 가리키는지 스스로도 모호해져서 순간 당황스러웠지만, 나는 세상에서 이보다 더 확고한 방향은 없다는 듯 고집스럽게 팔을 뻗었다.

다음 순간 수부는 어떤 대답도 없이 올라타라는 듯 손짓했는데, 그게 손짓이라는 사실도 어쩌면 짐작이나 희망에 지나지 않았다. 누군가가 봤다면 온몸을 부자연스럽게 뒤덮은 낡은 망토 자락이 허우적거리는 모습으로만 받아들였을 것이다. 수부의 표정이 보이지 않았으므로 그 망토 안에 깊이 파묻힌 것이 사람의 얼굴이 맞는지 혹은 중심에 검은 눈을 품은 소용돌이는 아닌지 의심스러웠지만, 내가 한 발을 배에 올려놓았을 때 달리 거부 반응을 보이지 않았으니 승선을 허락한다는 뜻으로 이해했다. 문득 어둠 속에서도 뱃전을 부지런히 기어가는 달팽이 한 마리가 보였고 나는 그것을 건드리지 않기 위해 조심했다. 작은 생물이 자기 집을 이고 어떤 목적으로든 삶에 부여된 최소한의 현실감을 유지하는 운동은, 저 망토 사나이가 저승길을 안내하는 뱃사공 카론이 아니며 이것이 보통의 배라는 데에 근거를 보태 주었다.

수부가 노를 든 팔을 휘저어 최초의 물살을 수면에 튕겼을 때 비로소 나는 드레스셔츠의 손목을 걷어 시계를 내려다보았다. 6시쯤 되었겠으나 밤비를 머금은 구름에 주위는 한밤중이나 다름없어서 시침이 잘 보이지 않았다. 암죽 같은 안개가 뺨을 어루만졌고, 굼뜬 달팽이는 어느새 내 구두코에 닿아선 기어오를지 옆으로 돌아갈지를 망설이는 듯 보였다.

"오늘 밤은 틀렸다고 걱정했는데 마침 만나 다행입니다."

수부는 한번 이쪽을 바라보며 고개를 끄덕였을 뿐 다른 말은 없었다. 노가 물살에 닿는 소리와 앞으로 나아가며 삐걱거리는 선체의 신음을 제외하면 강물에는 정적만이 기름처럼 떠 있었다. 달팽이는 여전히 행선지를 결정 못 했거나 그대로 잠들어 버린 듯 내 구두코 가장자리에서 떠나지 않고 있었다. 죽은 걸까? 나는 구두코를 움직여 달팽이를 뒤집어 보고 싶었으나 무언가를 건드린다는 게 이 상황에서 결코 좋은 선택이 아니라는 예감이 들었다. 이쯤 해서 나는 슬슬 두려워지지 않을 수 없었는데, 무릇 불길함이란 어떤 한 가지의 두드러진 귀기에서 포착되는 것이 아니라 사소하면서도 일상적인 요소의 합과 그 변형에서 느껴지는 것일지도 몰랐다. 선체의 신음도 노 젓는 소리도 움직이지 않는 달팽이도 따로 떼어 놓자면 아무 의미도 없는 낱낱의 사태들이었는데, 그것들이 한데 모이자 바닥없는 늪에 발을 들인 듯한 감각이 몸을 간질였다.

기어이 말을 시켜서 수부의 목소리를 듣고자 한 까닭은 그래서였다. 살아 있는 것에 대한 부단한 확인이 필요한 순간이었다.

"가끔 이렇게 저같이 배 놓친 사람들을 태워다 주곤 하십니까?"

"자주는 아닙니다. 이 시간에 다니는 사람부터가 흔치 않으니까요."

나는 안도의 한숨 소리를 그쪽에 들키지 않기 위해 고개를 반쯤 돌렸다. 혀뿌리 너머 가래가 끓는 목소리는 여하튼 사람의 것이 맞았다…… 사람이라고 반드시 안심할 수야 있겠는지는 생각해 봐야 할 문제이며 오히려 사람만큼 위험한 게 다시없을지도 모르나, 지금처럼 뼛속 깊이 음산한 저녁이라면 누구라도 초현실적인 세계를 망상하지 않을 수 없을 것이다.

"그럼 저는 운이 좋은 사람이군요. 가능한 한 크게 사례하겠다고 말씀드리기엔 워낙 보잘것없는 신문 기자입니다만 가진 만큼은 드리겠습니다."

"형편 되시는 대로."

수부의 갈라진 목소리는 친절하지도 통명하지도 않았고, 감정의 선이 소실된 무해한 느낌이었다.

"좋아서 하는 일도 아니고, 돈을 벌자고 하는 일도 아니며, 이미 정해진 둥근 고리를 따라 노를 저을 따름이니까요."

나는 걸터앉은 자세를 유지하고 뱃전 밖을 내다보았으나 강물 위에 둥근 고리 같은 건 떠 있지 않았다.

"고리라뇨?"

"저주 말입니다."

대화의 내용은 점점 난감한 방향으로 흐르고 있었다. 수부는 어딘가 온전치 못한 사람인 모양이지만 공연히 그를 자극하여 배가 뒤집히느니 장단을 맞춰 주는 편이 나았다.

"사람들은 보통 동그란 고리 모양이 세상의 무결함이나 완전한 신을 나타낸다고만 생각합니다. 실제론 세상 대부분의 저주가 동그라미 안에 갇혀 있는데도 말이지요."

그렇게 말하며 그는 옷소매 속에 가려 보이지 않는 손가락으로 허공에 원을 몇 개 겹쳐 그려 보였다.

"그건 당신에게도 해당되는 이야기입니까?"

짐짓 대수롭지 않은 농담이나 되는 듯 그렇게 되물은 까닭은 부수를 늘릴 만한 이야깃거리를 찾아다니는 신문 기자의 본능에서만 비롯한 게 아니다. 어쩐지 이 이야기를 통해 나 자신이 갇혔을지 모를 고리의 절단면을 찾을 수 있으리라는 막연한 느낌이 들어서였다. 무엇보다 단지 수부가 제정신이 아닌 모양이라는 짐작만으로 배를 버리고 강 한가운데 뛰어드는 건 결코 현명한 선택이 아니었다.

"글쎄요, 저만일까요? 언제나 모든 것이 처음으로 돌아간다는 순환의 둥근 고리는 자연의 지극히 당연한 현상일뿐더러 때로는 그것이야말로 자연이 존재하는 궁극적인 목적으로 여겨지기도 합니다만, 그 고리가 신성하고 완전무결할수록 신성에 닿지 못하거나 신성을 거부하는 자들은 가혹한 저주로써 배제됩니다. 흙으로 돌아갈 육신에 대한 새삼스러운 한탄이나, 오랜 옛날 불로초를 찾아 헤매던 동쪽 나라의 황제에 대한 이야기는 아닙니다. 그러나 시시포스가 밀어 올린 바위는 다시 떨어져 내리고, 에리직톤은 음식을 삼킨 순간 허기 끝에 미쳐 버리며 자신의 몸을 제 입으로 뜯어먹고도 그 허기를 채울 수 없다는 사실을 알기에 이릅니다. 간을 뜯어 먹히는 프로메테우스의 고통은 헤라클레스가 나타나기 전까지 끝없이 반복되며, 신탁을 피하기 위해 버려진 오이디푸스는 돌고 돌아 신탁을 실현하는 자리에 놓입니다. 그 위대하고도 비극적인 주인공들에게 댈 수는 없으나 저 또한 강 이쪽에서 저쪽으로, 저쪽에서 다시 이쪽으로 무한 반복을 하는 운명에 사로잡혀 있으니, 아라크네 아가씨가 손수 짠 거미줄만큼이나 촘촘하고 끈끈한 저주의 고리에 걸렸다 말하기에 모자람은 없을 것입니다."

그 전까지 손가락질이나 고갯짓으로 일관하던 망토 뭉치는 막상 입을 여니 그 혓바닥이 미끄러지기가 기름칠한 연장과 같았다. 그리하여 수부가 들려준 이야기는 다음과 같았다.

의지할 데 없는 길거리 여인에게서 태어난 아이가 '예언의 아이'라고 불리기 시작한 까닭은, 그 아이의 머리 뒤로 후광이 드리워지거나 사막을 건너던 동방 박사 세 명이 유향과 몰약과 황금을 가지고 방문하는 등 아이를 둘러싸고 남다르며 신비한 일이라도 생겨서가 아니었다. 아이는 그 뒷골목의 여느 버려진 아이들이 운 좋게 마음씨 곱고 가난한 양부모를 만났을 때 으레 거치기 마련인 절차대로 물과 기름으로 세례를 받았을 뿐이었다. 다만 세례식을 엄수하기 위해 아이 머리맡에 서 있던 젊은 대부가, 평범한 자들이 감당하기 힘든 축복의 말을 건넨 것이 문제의 실마리였다.

"너는 장차 이 나라의 주인이 되렴."

서슬 퍼런 왕을 두고 일개 평민에게 무슨 정신 나간 소리냐며 사람들이 젊은 대부의 말에 수군거리기 시작했고, 세례식에서 그런 불미스러운 축복이 있었다는 소식은 바람을 타고 번지는 동안 전후 관계가 왜곡되어, 단순한 소망이 아닌 예고 또는 운명이나 되는 것처럼 알려졌다.

그 소문을 들은 왕이—특히 그가 현명하지 않은 자일 경우— 할 일이라곤, 오랜 옛날 성서에 기록된바 헤롯이 한 일과 마찬가지로 소문의 발원지에 거주하는 평민의 집마다 침입하여 2세 미만의 남아들을 골라 몰살하는 것뿐이었는데, 이때 바구니에 담겨 흐르는 강물에 띄워 보내진 문제의 아이는 살아남았기 때문에 오히려 축복 혹은 예언에 한 뼘 더 가까워졌다. 더구나 강가에 산책을 나온 공주가 떠내려오던 바구니를 발견하고 아이를 동생으로 키우기로 정했다는 점에서 이미 예언의 아이는 신화적 인물이 된 거나 다름없었다. 혹시 이 아이야말로 불길한 예언의 주인공이 아닌가 의심한 왕이, 그럼에도 공주가 아이를 품에 안고 놓지 않았기에 속으로 이만 갈았다는 사실도 빠질 수 없었다.

왕은 자라난 아이를 멀리 떠나보낼 명분이 필요했으므로 왕가의 남아란 으레 모험을 떠나 성숙해져서 돌아오는 법이라는 논리를 내세워야만 했다. 아마를 뽑고 수를 놓는 것이 여자의 일이라면 험난하고 용맹한 모험은 남자의 일이라는 구실로 왕은 마침내 아이를 공주한테서 자연스럽게 떼어 놓을 수 있었다. 왕이 낸 과제란, 이 세상 끝이라는 사실만 알 뿐 어디 사는지 모르고 누구도 본 적 없이 입으로만 전해지는 괴물 새 그라이프의 황금 깃털을 세 장 뽑아 오라는 것이었다. 그 깃털은 사람의 힘으로 뽑기가 거의 불가능하다고 알려져 있었고, 그 어떤 철갑을 입은 정예 기사라도 첫 번째 깃털을 뽑기 전에 그라이프의 부리에 물려 척추가 으스러지리라는 게 정설이었다.

"그 깃털이 한 장만 있더라도 나라의 어려운 농민들을 구제하는 데 큰 도움이 될 텐데. 두 장이 있다면 나라에 굶는 이가 없을 테고, 세 장이라면 모두가 영원한 복록을 누리며 살 텐데 말이다!"

축복받은 예언의 아이는 왕의 깊은 한숨을 듣고, 비록 양자이나 한 나라의 왕자 된 몸으로 목숨을 걸고서라도 그 일을 해내야만 한다는 사명감에 사로잡혔다.

예언의 아이가 이 세상 끝을 찾아 헤매다 첫 번째로 머무른 마을은 바닷가 가까이 있었다. 그곳 사람들은 대체로 우울하고 거무죽죽한 낯빛에 등이 굽거나 한쪽 다리가 짧거나 눈 또는 귀가 하나밖에 없는 등 전체적으로 상태가 좋지 않아 보였다. 음악 소리라고는 휘파람조차 없었고 가끔 들리는 것은 곳곳의 흐느낌이 고작이었다. 예언의 아이는 이들이 특별히 우울한 기질을 타고나서가 아니라 날마다 먹는 음식에 뭔가 문제가 있다고 생각하기 시작했는데, 여관 주인이 내놓는 음식을 보아하니 주민들만큼이나 의아한 모습이어서였다. 여러 포도알이 거대한 덩어리로 뭉친 한 송이라든가, 옆구리가 서로 붙은 세 알의 감자, 하얀 반점들로 가득한 당근 같은 것들이 그러했다. 그 와중에 여관 주인이 마시라고 따라 준 물은 검정에 가까운 회색이어서, 이쯤 되면 세상에 존재하는 모든 악의와 원념이 이 마을에 집중 난사된 게 아닐까 싶었다. 예언의 아이는 그중 어떤 것도 입에 대지 않았다.

예언의 아이가 괴물 새 그라이프의 거주지를 물었을 때 여관 주인은 북쪽으로 백 리를 더 가라고 말한 뒤 이렇게 보탰다.

"자네가 무사히 황금 깃털을 뽑으면 우리를 위해서도 좀 알아다 줄 수 있을까? 수십 년 전부터 우리 마을에는 이렇게 아프고 딱한 사람이 많아졌다네. 대대로 살아온 땅이라 농사는 짓고 살아야겠는데 가끔 내리는 비는 검은색이고, 비가 그러니 우물도 사정은 비슷해. 그래 그런지 곡식들도 보시는 바와 같지. 우리는 아무리 생각해도 무엇을 잘못했는지 모르겠네. 모두가 바보같이 착할 뿐 다

툼도 약탈도 살인도, 도대체가 신노를 입을 만한 일을 벌인 기억이 없네. 우리 마을이 대체 무슨 저주를 받았는지, 만일 그렇다면 어떻게 해야 풀 수 있을지 알아다 주게."

예언의 아이는 가능하면 알아 오겠다고 약속한 뒤 주린 배를 문지르며 첫 번째 마을을 떠났다.

두 번째 마을은 사람들이 모두 귓속말만 하는 병에 걸려 있었기 때문에 첫 번째 마을보다 더욱 무거운 침묵에 사로잡혀 있었다. 예언의 아이가 묵을 곳을 찾기 위해 입을 열었을 때 그를 본 사람들은 기겁하여 저마다 입술에 검지를 가져다 대면서 속삭이길, 이곳에선 모든 사람들이 성대를 떨지 않고 입술과 앞니의 마찰만을 이용하여 산들바람 같은 소리로 대화를 나누고, 하다못해 갓 태어난 아기조차 첫울음을 울고 나면 그다음부터는 입천장과 목구멍에서 바람 소리를 내며 흐느낄 뿐이라는 것이었다. 마치 사람의 몸속에 소리 주머니가 있는데 거기 구멍이 뚫리고 발설 가능한 모든 소리가 새어 나가 주머니의 바닥이 드러나 버린 듯, 다만 그렇게. 그들의 행동은 어떤 맹약을 넘어섰고, 오랜 습관에 복종해 온 신체 기관이 자연스럽게 개조된 것처럼 보였다. 심지어는 그들이 집집마다 적게나마 기르는 가축도 침묵으로 일관했기 때문에 예언의 아이는 그것들을 처음 보았을 때 박제나 모형으로 잘못 알았으며, 스쳐 지나갈 뿐인 새나 벌레도 이 마을에서는 울음소리를 내지 않는다고 느낄 정도였다. 예언의 아이는 그들의 심기를 거스르지 않기 위해 그 자신도 귓속말이나 속삭임으로 숙박을 구할 수밖에 없었다. 그러나 역시 바람 소리 같은 귓속말로는 의사 전달이 명확히 되지 않아서, 예언의 아이가 그날 밤 시행착오를 거듭한 끝에 간신히 머무른 곳은 축사의 짚 더미가 되고 말았다.

그래도 이튿날 괴물 새 그라이프가 사는 곳을 귓속말로 물었을 때 여관의 늙은 주인은 북쪽으로 오십 리를 더 가서 큰 강을 건너라고 말한 뒤 이렇게 보탰다.

'당신이 무사히 황금 깃털을 얻으면 우리를 위해서도 좀 알아다 줄 수 있소? 원래 우리 마을 사람들은 목청으로는 어디 가나 제일이었다오. 소리도 잘 지르고 노래도 신명 나고 말들도 어찌나 재재한지 아직도 어제 일처럼 기억나는구려. 그런데 우리가 이렇게 바람 빠지는 입술소리만 내게 된 것이 못해도 삼십 년은 넘은 듯하오. 어느 날 갑자기가 아니라 아무도 알지 못하는 새 서서히 이리 되었으니 정확히 언제라고 할 수는 없지만 분명한 건, 사람들이 이제 목소리를 내지도 못할뿐더러 누군가가 목소리를 내면 달려들어 그의 목을 쇠로 채워 버린다는 것이오. 외지인인 당신이 첫마디를 꺼냈을 적에 결박을 피한 것은 신의 보살핌으로 알아야 할 거요. 최연장자인 내가 나서서 사람들을 말리지 않았다면 당신은 황금 깃털을 얻으러 가기 전에 봉변을 당했을 거요. 다행이라 생각하고 조금이라도 보답을 해 줄 의향이 있다면, 다른 사례는 필요 없고 우리가 어떻게 해야 다시 사람의 소리를 낼 수 있는지 알아다

주시오.'

예언의 아이는 가능하면 알아 오겠다고 약속한 뒤 두 번째 마을을 떠났다.

사람들이 말해 준 강기슭에 이르러 예언의 아이는 한 척의 배를 얻어 탔다. 그때, 겉모습만으론 지금까지 거쳐 온 마을 사람들보다 운명의 농간에 덜 사로잡힌 것처럼 보이지만 양쪽 눈두덩과 깊이 팬 주름마다 두꺼운 피로와 공포가 매달린 수부로부터 마지막 과제를 받았다.

"네가 무사히 황금 깃털을 얻으면 나를 위해서도 좀 알아다 줄 수 있니? 나는 언제부터, 또 무엇을 위해 이 강기슭에서 저 강기슭으로 오가기만 하는 세월을 계속해 왔는지 이제는 기억조차 희미하단다. 이리에서 저리로, 또 저리에서 이리로, 나를 필요로 하는 사람이 손짓하면 실어 날라 줄 뿐 나 자신은 이 노를 던져 버리지 못하고 배에서 발을 떼어 놓을 수 없구나. 기슭에 배를 대고 내리려고만 하면 악마가 내 발목을 붙들기라도 한 듯 꼼짝도 할 수 없지. 이 안에서 사람들이 주는 빵과 물을 먹고 얻은 담요를 덮어 구부정히 누워 자는 생활에도 이력이 났다. 어떻게 해야 이 쳇바퀴에서 빠져나와 내가 원하는 곳으로 갈 수 있는지 알아다 다오."

예언의 아이는 가능하면 알아 오겠다고 약속한 뒤 기슭에 닿아 수부에게 손을 흔들었다.

그 뒤의 이야기는 여러분이 각종 유사한 전설과 변형된 문헌들을 통해 그 뼈대를 대강이나마 알고 계신 것들이다. 황금 깃털 세 장 외에 세 가지 과제가 추가로 주어진 예언의 아이로서는 엎친 데 덮친 격이었지만 그럼에도 괴물 새의 거처에 무사히 도착하고, 괴물 새의 아내는 예언의 아이를 동정하여 벽난로 뒤 또는 식탁 아래 숨겨 주며, 돌아온 새가 "어딘가에서 사람의 냄새가 나."라고 쿵쿵거리자 "지금 막 밖에서 자시고 들어오셨으니까 그렇죠."라고 얼버무린다. 그녀는 식곤증이 몰려오는 괴물 새에게 무릎베개를 해 주곤 자장가를 부르다 황금 깃털을 한 장씩 뽑는다. 깃털 한 장이 뽑힐 때마다 괴물 새는 펄쩍 뛰지만 그녀는 자신도 막 졸다가 깨어났다는 듯 천연덕스럽게 말한다.

"꿈에 나온 웬 마을에서 사람들이 피를 토하며 죽어 가기도 하고 손발 없는 아이들이 태어나기도 하더군요. 비록 꿈이었지만 꿈에 나타날까 두려운 감자와 포도도 보였답니다. 악마가 오줌을 눈 밭에서 자라난 게 틀림없었어요."

"그걸 말이라고 해? 그 우물 바닥에 들어앉은 두꺼비 때문이지. 워낙 독이 강한 데다 세상 사람들이 갖다 버린 온갖 희한한 쓰레기와 찌꺼기를 먹으면서 갈수록 살이 올랐지. 놈의 독이 스민 그 우물이 아직까지 마르지 않은 게 용할 정도인걸. 지금은 우물 바닥을 모두 차지할 만큼 커져서 꺼내지도 못할 거고, 살이 오른 만큼 독이 강해졌으니 우물 주변 땅 역시 병들었을 테지. 우물은 덮어 막아 버리고 마을 사람들은 모두 떠날 수밖에."

"또 다른 꿈을 꾸었는데 거기서는 마을 사람들이 목소리를 내지 못하는 병에 걸렸더군요. 아무리 소리를 내려고 애써도 기껏해야 휘파람 정도나 고래가 끽끽거리는 소리 이상은 나오지 않으니, 암만 꿈속이라도 듣는 제가 다 답답하지 뭐예요."

"아! 그럴 수밖에. 대대로 그 마을에서 세금을 걷어 온 관리 집안이 불만을 터뜨리는 사람들을 잡아다가 오랜 옛날 마녀로 고발된 이들을 다루던 방식과 꼭 같이 고문하고 죽이는 일이 계속되었으니까. 사람들은 꿀같이 달콤한 칭송이든 귀 거친 소리든 간에 뭔가를 말할 때마다 관리의 그날 기분이나 일진에 따라 아무도 모르게 끌려간 다음 어딘지도 모를 곳에서 몸이 마디별로 분리되어 까마귀 밥 신세가 될지도 모른다는 사실을 알고 조심하기 시작했어. 그게 오랫동안 이어지다 보니 저절로 목소리가 나오지 않게 된 거야. 목소리를 내는 방법을 잊었다고 하는 편이 맞겠군. 지금의 관리를 때려잡고 새로운 관리를 뽑으면 오래가지 않아 소리를 낼 줄 알게 될걸. 그것도 어디까지나 새 관리가 어질고 현명해야 가능한 일이겠지만 말이야."

"이번엔 좀 더 이상한 꿈이에요. 평생 자기가 탄 배를 떠나지 못하고 다만 노를 저어 강 이편에서 저편 사이를 오갈 수밖에 없는 수부를 보았어요. 수부는 그 일에서 벗어나고 싶어 했는데 저는 그를 도와줄 수 없었어요."

"딱하지만 어쩔 수 없는 일이야. 꼭 그자만이 아니라 인간들은 살아 있는 한 신의 커다란 동그라미 안에 갇힌 것처럼 저마다 지겨운 일을 반복해야 하는 운명을 지녔으니까. 얼마나 더 지루하거나 위험하거나 더러우냐 하는 차이만 있을 뿐이지. 그러니 그가 쥔 노를 다른 손님에게 떠넘겨야만 그의 발목을 묶어 놓은 배에서 탈출할 수 있는데, 강 한가운데에선 노를 건네줘 봤자고, 기슭에 도착하면 세상 어느 손님이 그 노를 받으려 하겠어? 우리는 그저 인간 세상의 걱정 따위 하지 않아도 된다는 걸 다행으로 여기면서 먹고 즐기자고."

　세 장의 황금 깃털을 확보한 여인은 다시 그의 머리를 쓸어내리고, 괴물 새는 이윽고 깊이 잠든다. 여인은 예언의 아이에게 선물과 조언을 주며 쫓아 보낸다. 예언의 아이는 숨어서 괴물 새의 말을 모두 들었으므로, 지금까지의 경로를 역으로 짚어 나가며 각각의 질문자에게 필요한 대답을 해 준다. 그러나 다른 사람들에게와는 달리 수부한테는 단서가 하나 붙는데, "나를 먼저 강 저편으로 건네주셔야" 대답을 들려주겠다는 것이며, 똑똑한 예언의 아이는 기슭에 완전히 내리고 나서야 "다음번 이 배를 타는 사람에게 노를 떠넘기라"고 봉인을 푼다. 그 얘기를 들은 수부가 마침내 수수께끼를 풀었다는 감사한 마음에 앞서 분노가 치밀었으리라는 점은 누구나 쉽게 짐작할 수 있을 것이다.

그러나 이상한 일이다. 옛이야기와 거의 같은 맥락을 취하면서 세부 사항이 다른 사연을 수부가 내게 새삼스레 들려줌은 무슨 까닭일까. 아닌 말로 그 자신이 이야기 속 수부라도 되면 모를까. 그러고 보면 이런 이야기는 전해 내려오는 대부분의 화소가 그러하듯, 예언의 아이가 금의환향하자 질투가 난 왕이 자기도 똑같이 해보겠다며 냉큼 길을 나섰다가 수부의 노를 건네받는 바람에 "살아 있다면 오늘날까지도 노를 젓고 있으리라"는 결말로 매조지가 된다. 이야기 속 아이는 어쩌면 결혼 적령기의 청년으로 왕의 딸과 결혼하여 왕국을 다스렸을 수도 있고, 그가 훔쳐야 했던 것은 괴물 새의 황금 깃털 세 장 또는 거인의 황금 머리카락 세 올이었을지도 모르지만, 커다란 무쇠솥 안에서 끓어 넘치는 스튜 같은 이야기의 내력에서 그 정도 세부는 그리 결정적이지 않을 것이다……. 그런데 여기는 어딘가?

나는 문득 건너편 기슭에 닿고도 남았어야 하는데 우리가 아직 강 한복판에 있음을 알아차렸다. 수부가 꾀를 부리는 게 아니며 떠드는 내내 노질을 한 번도 멈춘 적 없는데도 계속 같은 자리를 맴도는 것만 같았다. 주위는 온통 검은빛이었고 나는 주머니를 더듬어 성냥을 찾았지만 강바람과 습기 탓에 불이 잘 붙지 않았다. 물 아닌 물에도 미궁이 있다면 바로 이 자리일 터였고, 나는 불안과 초조를 감추며 이어지는 그의 말을 경청했다.

"첫 번째 마을은 우물 밑에 도사린 두꺼비의 존재를 알고 나서도 우물을 막아 버리거나 단체로 이주하지 못했습니다. 우물을 막으려면 다른 수원을 마련해야 하는데 그건 돈이 많이 드는 데다 대규모 공사가 가능할 만큼 건강한 이들이 얼마 안 되다 보니 뜻있는 몇몇 사람들이 큰 희생을 감당해야 했거든요. 대대로 살던 터전을 버리고 새 삶을 시작하는 일 또한 보통 결심으로 되는 게 아니었습니다. 새 삶에 새 살을 붙일 만한 재물과 힘이 전무한 상태에서는 말이지요."

땅을 부쳐야만 살아갈 수 있는 이들이, 그 땅이 독에 절어 회복이 불가능하다는 사실을 알았을 때 선택할 수 있는 길이란 결국 땅과 함께 죽어 가는 것뿐이었다. 신문사에서 펜대와 머리를 굴리며 인쇄소의 기름 냄새를 맡고 사는 철저한 도시 생활자인 나도 그 정도는 알았다.

"그래서 사람들은 결심을 조금씩 지연시키다 우물을 결국 막지 못하고 내내 독과 쓰레기가 스민 물을 마셨습니다. 마을에 남은 마지막 한 사람이 몸을 뒤틀며 죽어 갈 때까지."

마침내 성냥에 불이 붙었지만 정신 사나운 제피로스[1]의 장난에 몇 초 못 가 꺼져 버렸다. 불꽃이 사그라지기 전까지 확인할 수 있

---

1 그리스 신화에 나오는, 서쪽에서 부는 바람의 신.

었던 것이라곤 아직도 내 구두코에 매달려 꿈틀거리는 달팽이 한 마리뿐이었다. 그 달팽이가 꼼지락거리는 한 이 강은 스틱스[2]가 아니고 눈앞의 수부는 카론이 아닐 테다. 바람은 맵게 불고 물살이 위협적으로 꿈틀거리지만 어느새 하늘에는 엉겅퀴 전설 속의 소녀가 결국 팔지 못하고 엎지른 우유 같은 별 무리가 빛났으므로, 나는 불안해하지 않아도 되었다.

"예언의 아이는 궁으로 돌아가던 길이었으니 첫 번째 마을보다 두 번째 마을을 먼저 거쳤을 것이 당연합니다. 두 번째 마을 사람들에게 괴물 새로부터 주워들은 이야기를 전하자 사람들은 남녀노소 막론하고 잘 벼린 농기구를 집어 폭정을 휘두르는 관리 일가를 몰살하는 데 성공했습니다. 이 모든 일을 치르는 데 있어서 관리 일가의 단말마 외에는 어떤 소리도 울려 퍼지지 않았으므로 대지를 붉게 적시는 그 살육 현장의 기괴함은 이루 말할 수 없었을 테지요."

"그나마 비결을 알려 준 보람이 있었군요."

"그러나 거기까지였습니다. 사람들은 관리를 몰아내는 데 온 신경이 쏠려 있었고, 막상 관리가 없어지고 나서 새 관리를 뽑으려니 우왕좌왕했습니다. 오랜 검토와 준비 끝에 그들 가운데 능력 있는

----

2 그리스 신화에서 지상과 저승의 경계를 이루는 강의 이름. 카론은 그 강에서 죽은 자들을 태워 건네준다.

새로운 관리가 뽑히기는 했지만, 그렇게 되기까지 사람들이 치른 희생은 값으로 칠 수 없는 것이었습니다."

"안타까운 일이지만, 그 뒤로 사람들이 목소리를 찾았다면 목적은 이루었겠군요."

"그랬으면 좋았을 텐데…… 마지막에 사람들이 깨달은 것은 새로운 관리가 먼젓번 관리와 그리 다르지 않다는 사실이었습니다. 그게 새로운 관리의 숨겨져 있던 본성이 사악해서였는지, 원래는 괜찮은 사람인데 관리가 되고 나니 자리를 타서 사악해졌는지, 사람들은 더 이상 알 수 없게 되어 버렸습니다. 본래 힘에는 질병이나 악귀가 쉬이 달라붙게 마련이어서 아무리 선량하고 뜻있던 사람이라도 괴물로 만들어 버린다고 하지요. 분명한 것은 그 뒤로 마을에 단 한 명의 사람도 남지 않게 될 때까지 그들이 목소리를 되찾은 일은 없다는 이야기입니다."

얼마간의 침묵이 흐르고 우리 사이를 오고 가는 소리라곤 실성한 듯한 강바람의 비웃음뿐이었다. 그것은 조율이 필요한 악기와도 같은 기이한 소리여서 사람을 맥락과 무관하게 긴장하도록 만드는 효과를 냈다.

이쯤에서 여러분도 아시다시피 수부의 이야기에 하나 빠진 게 있다. 예언의 아이가 돌아가는 길에 가장 먼저 만난 것은, 역순으로 짚자면 강을 떠다니는 수부였다. 어떻게 보아도, 지금 눈앞에 있는 바로 그. 의도적인 차례의 변형과 대상에의 왜곡이 없다면 세상의 모든 이야기는 남루해지지 않겠는가. 그걸 논리가 아닌 본능으로 알고 있다는 점에서 수부는 이미 뛰어난 시인이었다.

"지금까지 한 얘기로 결말을 짐작하셨으리라 믿습니다만, 왕은 재물에 취해 흥청망청 즐길 줄만 알거나 당장의 쾌락만 따라가는 방탕한 인간은 아니었습니다. 지혜로움과도 신중함과도 거리가 멀었지만 그나마 두려움이 뭔지는 알았고, 자신이 이미 가진 것의 크기와 무게를 가늠하여 그것을 보존하거나 키우기 위해 취하거나 버려야 할 것들을 분별할 줄도 알았습니다. 따라서 왕은 자신이 황금을 찾겠다며 직접 길을 떠나지 않았고, 강가에서 수부를 만날 일도 없었습니다. 그 대신 왕은 예언의 아이를 딸과 결혼시킴으로써 자신의 감독 아래 두었는데, 나중에 예언의 아이는 뜻을 함께한 사람들과 모의하여 장인을 권좌에서 몰아냈으니 '나라의 주인이 돼라'던 축복은 결국 현실로 이루어졌다고 할 수 있겠습니다. 뜻을 모은 자들의 목적이 무엇이었는지, 예언의 아이가 나라의 주인이 된 뒤로 선정을 베풀고 모든 백성에게 칭송받았는지까지는 알 수 없다는 게 아쉬운 점입니다만."

주인공만이 잘 먹고 잘살고 그 뒤로도 오래도록 행복했다는 전설을 남기는 게 세상 모든 서사에서는 일반화된 양식으로, 선인이든 악인이든, 부자가 되었든 패가망신했든 제 나름의 결말을 가진다. 평범한 이들만이 아무런 결말도 제 것으로 소유하지 못한다. 수부가 노를 건네줄 사람을 찾지 못하고 죽을 때까지 노를 저었다

해도 그것은 고작해야 금세 기억에서 지워질 동정표나 받을 수 있을 뿐이다.

"수부는 그 뒤로 아무도 찾아오지 않는 날들을 한탄하지 않았고, 사람에게 있는 대로 기대만 부풀게 해 놓고 떠나간 예언의 아이를 원망하지도 않았습니다. 이 세상이 하나의 거대한 동그라미라면, 아니 그렇게 멀리 내다보지 않더라도 한 편의 이야기를 하나의 동그라미라고 할 적에 그 중심부에는 마법에 걸린 왕자와 공주의 행복이 있지요. 이 세상 어디로 간다 해도 중심이 아닌 모든 것은 주변이고, 수부는 자신이 가장자리의 존재라는 사실을 잘 알았습니다. 주인공들의 충만과 상승과 고양을 위해 존재하는 이 세상의 수많은 지렛대 가운데 하나. 세상을 떠받친 아틀라스의 잊힌 어깨 같은 것들. 그것이 자부심이나 사명감보다는 체념이나 제 운명에 대한 조소에 불과했을지라도, 그는 최소한 자신의 처지를 명확하게 인식하고 있었다는 점에서 마을 사람들과는 고통을 받아들이는 정도가 달랐을지도 모르겠군요."

그가 막 말을 마쳤을 때 하늘 저 멀리서 희붐한 기운이 번져 오고 있으니 어느새 새벽이었다. 망망대해를 표류한 것도 아닌데 고작 강 건너 저편 기슭에 닿지 못하고 새벽을 맞이하다니. 이는 수부가 고의로 밤 내내 같은 자리를 맴돌았거나, 또는 그가 말했던 고리 모양의 저주에 이 배가 통째로 걸려들었다는 뜻일까? 어쩌면 나는 택시에서 내린 뒤 홀로 헤매다 불의의 사고로 숨진 영혼

일 수도 있었고 지금까지 보고 들은 한밤의 장면과 이야기는 죽은 이가 연옥의 문 앞에서 꾸는 꿈인지도 몰랐다. 어떤 소년은 산에서 요정들과 놀다 내려왔을 뿐인데 온 마을의 한 세대가 바뀌어 버린다. 나는 배를 얻어 탔을 뿐인데 그 배는 영원히 건너편에 이르지 못하거나 팔십 년 뒤에 목적지에 도착한다……. 거기까지 생각이 미치는 순간 뱃머리가 기슭에 닿는 게 느껴졌다. 성당의 종소리가 들려왔고, 나는 다만 유령의 말벗이 되어 뱃삯 대신 내 인생의 고작 하룻밤을 내어 주었을 뿐이라고 믿었다. 이제 이 배에서 내려 마을로 접어들었을 때 친애하는 나의 벗과 그 신부가 모두 이 세상 사람이 아니라거나 마을에 남은 건 그들의 손자 손녀뿐인 상황이 눈앞에 펼쳐지지 않기를 바랐다.

배에서 몸을 일으키기 전 내려다본 구두코 앞에는 달팽이가 뒤집혀 있었고, 그것은 껍데기가 바싹 마른 채 더는 움직이지 않는 것처럼 보였다. 그럼에도 나는 주머니에 집히는 대로 지폐 몇 장을 내민 다음 기슭에 완전히 내려서기 전까지 어떤 방해도 받지 않았고 수부의 노는 얌전히 뱃전에 걸쳐져 있었다. 그의 손에 닿은 지폐가 부스러져 먼지로 날아가는 모습을 나는 외면했고, 이 세상의 모든 것이 나의 행선지를 밝혀 주며 내게 더없이 친절하다고 믿었다. 눈앞에는 이제부터 헤치고 지나가야 할 숲이 보였고, 그 너머로 성당의 종탑이 어렴풋이 드러났다.

"고맙습니다. 그럼……."

배가 움직이기 전 마지막으로 돌아본 수부의 얼굴이, 어두운 두 건과 망토에 가려 절반밖에 안 보였으나 그 자리에 곧 허물어져 내릴 것만 같은 해골이라는 점도, 두 눈동자가 자리해야 할 곳에 검은 구멍만이 두 개 뚫려 있어 새벽빛을 반사할 수 없다는 사실도, 애써 모른 척했다.

안개 속으로 배와 수부의 그림자가 완전히 자취를 감추고 나서야 나는 숲을 향해 한 발 내디뎠다. 그 너머에서 나를 기다리는 것이 젊은 부부인지 아니면 그들의 몇 대 후손인지 모르겠으나, 그들 인생의 가장자리에 불과한 내게는 아무래도 상관없을 것 같았다. 영원하신 그리스도와 고귀하신 순교자들, 성인 성녀들이 실천한 희생적인 삶이 아닌 다음에야 이 세상 모두가 저마다 자기 자신에 대해서만 중심이었다. 그 중심에는 정념과 비탄의 무게에 짓눌려 침몰하는 영혼을 빨아들인 뒤 영원히 풀어 주지 않을 태풍의 눈 같은 것이 항상 도사리고 있을지 몰랐다. 집어삼켜지지 않으려면 그 눈에 나 자신을 송두리째 던지기보단 차라리 불가능한 소망이나 원념을 떼어 보낼 일이다. 돌이킬 수 없는 회한과 허무의 궤적을 그려 나가던 나는 이제 조금 더 진지하면서 조금 더 현명한 사람이 될 터였다.

카이사르의
숲구

그들이 데나리온 한 닢을 가져오자 "이 초상과 글자는 누구의 것이냐?" 하고 물으셨다. "카이사르의 것입니다." 그들이 이렇게 대답하자 "그러면 카이사르의 것은 카이사르에게 돌리고 하느님의 것은 하느님께 돌려라." 하고 말씀하셨다.[1]

애당초 그들은 삶에 깔린 자갈 같은 피로에 불신이나 의문을 품는 사람들이 아니었다. 세상이 그들의 머리 위로 부주의하게 떨어뜨리는 온갖 물음에 대해 온몸으로 예,라고 대답하며, 나라님이 채워 주지 못하는 괄호에 스스로를 던져 넣고 있는 힘껏 호응하려는 자들. 생활을 위해, 그것을 뒷받침하는 노동을 위해 스스로의 실루엣을 기꺼이 지우거나 돌출부를 깎아 냄으로써 한없이 둥그스름해지고, 그러므로 언젠가는 평평해지며 밋밋해지는 일이 당연한 삶. 던져져도 파열음을 낼 줄 모르는 돌, 파문을 일으킬 줄 모

······································
1 마태오 22장 19~21절.

르는 수면과 같은.

따라서 농부 부부는 시골에 사는 믿음 깊고 선한 여느 가족처럼, 땅에 속한 모든 작물의 흥하고 망함은 신의 뜻이라 여겼다. 푸른 잎 한 장이 밭에 공손히 줄지어 선 다른 잎들을 덮어 버릴 만큼 커졌을 때만 해도 그 일을 고블린[2]들의 장난이라 생각지 않았고, 같은 거름을 먹고도 웃자라거나 반대로 죽어 가는 녀석이 으레 있기 마련이라고만 알았다. 그러나 한 녀석이 너무 비대해져 다른 것들을 자라지 못하게 막으면 수확량에 문제가 생기니 세금을 납부하는 데 지장이 따를 터였다. 순무 한 개를 중심으로 그 둘레에 심어진 다른 순무들이 동심원을 그리며 죽어 가자 농부는 잎사귀에 비해 알맹이는 볼품없을지 모를 골칫덩이를 뽑아내기로 결정했다.

이때 가족 가운데 소녀만이 반대했는데, 이 무렵 농촌 어디서나 마찬가지로 아이의, 특히 여아의 의견이 반영되는 일은 없었다. 그것도 내일 아침 수프에 당근과 고기가 들어갈지, 곡식을 우려낸 멀건 물에 소금만 들어갈지가 달린 문제라면 더욱 그랬다. 전해 내려오는 수많은 이야기 속에서는 대체로 현명하지 못하거나 착하기만 한 구닥다리 아버지에게 아름답고 지혜로운 딸이 있어, 위기에 놓인 아버지는 딸의 자문을 구하고 그녀의 조언에 따라 문제를 해결해 나간 끝에 임금의 장인 자리를 차지하곤 했는데, 그런 서사가

---

2 키가 작고 사람들을 괴롭힌다고 알려진 서양 괴물.

있다는 사실부터가 현실 세계에서 동일 사례를 찾기 힘들다는 방증이었다.

그래도 농부는 일단 딸의 말을 경청했다. 소녀는 한 장의 거대한 잎이 다른 잎들을 모두 덮어 버리는 것이 불길한 징조인 만큼 그 것을 건드리지 말고 다른 무들을 뽑아내거나, 최악의 사태에는 집과 밭을 버리고 도망이라도 쳐야 한다고 주장했다. 그러면서 소녀는 아버지에게 재작년 일을 상기시켰는데, 농부는 그 순간 분노로 균형을 잃어 딸의 말을 들을 생각이 없어져 버렸다. 딸은 금기를 어겼다. 검은 모자를 쓴 수상한 거한의 방문은 그들 가족에게 봉인해야만 할 기억이었다.


아내와 함께 흙을 갈아엎으며 대지의 속살에 케레스[3]의 돌봄이 함께하기를 기원하던 어느 날 나타나서는, 이다음 수확기에 땅 아래 것들을 내놓으라던 음침한 청년. 눌러쓴 검은 모자챙에 가려 표정을 알 수 없었으나 사위어 가는 하광(霞光)에 드러난 턱을 보아하니 피부만은 무척 창백하여 그 아래 혈관과 뼈가 비친다는 착각마저 든 그날 오후가, 펼쳐진 기억의 주름 사이로 바로 어제 일처럼 떠올랐다. 부피는 컸으나 전체적인 생김새는 쇠스랑으로 툭 건드리는 순간 그 자리에 조각조각 부스러져 내리거나 먼지가 되어

---

3 로마 신화에 나오는 대지의 여신.

허공으로 흩어질 것 같았고, 몸놀림은 최소한의 맥박으로만 움직이거나 그게 아니면 바람에 껍질이 나부끼는 정도로 보였다.

그는 수차례 뇌출혈로 생사를 오간 경험이라도 있는 듯 말과 행동 모두 같은 노래를 무한히 반복하는 태엽 인형 같아서 농부는 그가 실성한 부랑자인 줄로 믿었다. 전쟁이 삼 년째 계속되고 있으니 어떤 형태로든 직간접적 비극을 겪지 않은 이를 찾기가 어려웠고, 따라서 정신이 온전치 못한 사람들이 어디서든 수시로 흐느적거리며 다가와 시비를 건들 이상한 일이 아니었다. 이를테면 지난 겨울 산 너머 마을에는, 그리스도께서 오병이어의 기적을 실천하셨듯이 자신은 단추 한 개로 수프를 끓여 온 마을 사람들을 먹여 보이겠다며 나타난 이방인이 있었다. 이방인의 장쾌한 감언이설은 푸주한의 칼날처럼 사람들의 판단력을 도려냈고, 선량한 마을 사람들은 그의 말에 속아선 뭔가에 홀린 듯 각자 창고에 쟁여 두었던 채소와 고기를 부스러기까지 털어 내오는 대참사를 일으켰다. 수프 한 그릇을 배불리 먹고 정신 차려 보니 안 그래도 얼마 되지 않던 자신들의 창고는 거덜이 났고, 이방인은 숟가락을 내려놓기가 무섭게 가방 속 최고급 포도주를 꺼내 오겠다 말해 놓고 뒷문으로 도주한 뒤였다고 한다. 그런 사기꾼도 햇빛과 달빛을 낮밤으로 공평하게 받으며 돌아다니는 마당에, 땅 아래 것을 내놓으라는 횡설수설을 파르테논의 신탁 내지는 전생의 언약처럼 외는 거한 정도는 웃어넘겨 줄 수 있었기에, 농부는 대수롭지 않은 태도로 그러겠노라 대꾸했다. 그의 상태로 보아 약속의 날짜에 이 자리로 돌아오기는커녕 다른 농가에 가서 동일한 시비나 걸고 다니리라는 것은 뻔했다.

그리하여 농부는 그 계절에 늘 해 오던 대로 밀을 심었다. 밀은 땅 위로 푸르게 자랐다. 밀을 거둘 때 진짜로 나타난 거한에게 잘 모아 둔 땅 아래 뿌리들을 내주자, 그는 얼굴을 찡그리면서도 냉정한 미소를 띤 채 다음번에는 땅 위의 것들을 내놓으라고 웅얼거렸다. 이때부터 농부는 처음 예상과 뭔가 다름을 알았지만, 안 그래도 그루갈이를 할 예정이었으므로 다음에는 감자를 심었다. 감자는 땅 아래서 딴딴하게 영글었다. 감자를 캘 때 다시 들이닥친 거한은 땅 위의 이파리와 줄기 한 무더기를 받더니 그 전까지 말을 더듬고 엉거주춤했던 모습은 온데간데없이, 떠올릴 수 있는 모든 저주를 농부에게 퍼부으며 펄펄 뛰었다. 그러곤 제 분에 못 이겨 자신의 길고 두꺼운 다리를 번쩍 들더니 그것을 양손으로 잡고 당겨 버렸다. 거한의 몸은 세로로 찢기고 온 밭에 그의 피와 내장이 뿌려졌으므로, 남들 눈에 띄지 않고 그것을 어떻게 처리해야 할지 알 수 없었던 농부는 그대로 흙을 훑아 고르게 잘 파묻었다. 농부의 보습이 닿는 자리마다 뼈는 마디마디 부서져 보드라운 흙에 몸을 뒤치다 깊이 섞여 들었다.

그로부터 이 년이 채 지나기도 전에 이상한 무가 자라나 그 잎이 온 밭을 뒤덮었으니 불길한 징조가 아니겠느냐는 소녀의 말은 그럴듯했다. 필시 정체불명의 거한이 뿌린 피가 땅에 섞여 저주가 되었으리라는 주장이었다. 그러나 농부는 성호를 긋곤, 어디 가서 그런 헛소리를 함부로 흘리고 다녔다간 마녀로 오해받기 딱 좋다고 일갈했다. 그리고 설령 그 짐작이 맞다 하더라도 우리에겐 땅이 주는 현실을 거역할 힘이 없으며 이런 때는 웃자란 놈을 뽑아내야만 한다고 강변했다. 우리는 대대로 땅에 붙들린 사람들이다. 땅을 버리고 할 수 있는 일은 이 세상 끝까지 가도 없다. 거한의 침입은 단지 불쾌한 우연이자 사고였으며 그는 누군가를 저주할 만한 힘도 없어 보이는, 그저 악귀가 들린 딱한 자였을 뿐이다. 그의 몸이 여기저기 나뉘어 밭에 묻히긴 했으나 이 넓은 대지에 비하면 그 정도는 언젠지 모르게 뺨에 생기는 기미나 점에 지나지 않으며, 만일 그가 나쁜 약을 먹었거나 복부가 농양으로 가득 찼을 것 같으면 이미 흙에 그것이 퍼져 무슨 씨앗을 뿌렸더라도 떡잎조차 보지 못했을 터라고.

그리하여 농부는 두툼한 장갑을 끼고 손수 무 잎사귀를 잡아당긴다. 양분이 죄다 잎으로 달아나 알맹이는 보잘것없으리라던 짐작은 일단 틀렸다. 농부는 아내를 부른다. 아내는 남편의 허리를 잡아당긴다. 엄마의 등 뒤로 소녀가 달라붙고, 한쪽 다리가 짧은 남동생도 얼마 되지 않는 힘이나마 보태고, 그들은 박자를 맞추어 힘을 넣는다. 기도나 호소와도 같은 반복적인 구령과 함께 일정한 형식과 박자를 유지하면서 움직이기를 수십 차례 거듭한다. 위엄

있는 의전 행위와도 같은 그들의 동작은 다만 한 개의 작물을 뽑으려 함이 아니라 온 우주를 끌어 올리려는 것처럼 보인다.

그들이 엉덩방아를 찧었을 때 마침내 빠져나온 순무를 보고, 가족은 소녀의 불안이 현실에 가까워졌음을 확인한다. 순무는 농부와 아내와 그 자식들이 모두 위에 올라가 드러눕고도 남을 만큼 컸고, 저장할 방법과 장소가 마땅하다면 가족이 삼 년 내내 순무가 들어간 요리를 먹을 법했다. 문제는 온전히 갖추어진 사람 형태의 뼈가 순무에 붙어 나왔다는 것이다. 그동안 밭을 갈아도 몇 번을 갈아엎었을 테니 몸의 어느 부위인지 모를 유골이 몰락한 고대의 자취처럼 조각조각 흩어져서 딸려 나온다면 이상한 일이 아니었다. 그러나 문제의 뼈는 머리부터 발끝에 이르는 온전한 전신 형태에 목 아래로는 몸통뼈가 세로로 반밖에 없었으며 한 팔과 한쪽 다리가 순무를 포옹하는 자세로 출토되었고, 다른 쪽 팔뼈와 다리뼈는 어느 자리에 섞이거나 누구네 집 개가 물어 가기라도 한 양 보이지 않았다.

처음에는 순무를 강박적으로 끌어안은 자세로 보였으나 소녀가 마치 살아 있는 자의 등을 쓰다듬기라도 하듯 살며시 잡아당기는 손길만으로도 유골은 그 자리에 흩어져 내렸으므로, 농부는 이 일을 저주가 아닌 우연으로 치부하고 싶었다. 소녀는 뼈들을 어찌할까 고민했다. 자신들의 밭에 다시 묻었다가 큰 화를 부를까 우려됐지만, 현실에서는 이웃에게 이 현장을 목격당하는 일이 더욱 우선

적이고 직접적인 두려움인 까닭에, 그대로 한데 잘 모아 원래 자리에 서둘러 묻기로 한다. 소녀가 먼저 시작하자 농부도, 농부 아내도 정신을 차리고 뼈 무더기가 드러나지 않도록 그 위로 흙을 덮는 데 가담한다.

흙물이 든 옷과 흐트러진 머리를 매만지며 모두가 아무 일도 없었다는 듯 시침을 떼어 보지만, 일단 밖으로 뽑아낸 순무는 도저히 외면해도 좋을 크기가 아니다. 농부 아내는 이토록 희귀하면서도 불길한 물건을 우리 집에서 다 소비할 수도 없을뿐더러 장에 내다 팔기도 꺼려진다고 운을 뗀다.

"나는 악마 같은 건 믿지 않고 이 물건이 그때의 거한과 관계있으리라고 생각하고 싶지 않아요. 그래도 어쩐지 이 순무는 이 세상 것과는 거리가 먼 듯싶네요. 갖다 팔아도 사는 사람이나 파는 우리나 양쪽이 다 부정 탈 것처럼 생겼고 말이죠. 두고 골치를 썩이느니 차라리 나라에 갖다 바칩시다."

"그거 나쁘지 않은데요. 마침 나라에서는 군량을 되도록 많이 필요로 하니, 어디서 어떻게 나온 물건인지는 신경 쓰지 않을 거예요. 이 정도 크기라면 영주를 거칠 필요도 없어요. 어쩌면 이걸로 한 계절 분의 세금을 때울 수 있을지 몰라요."

아들이 어머니의 의견을 적극 찬성하고 나선다. 아들은 그동안 이웃들과 달리 자신이 집안의 맏아들로서 전쟁터로 떠나지 못한 것을 부담스러워하던 참이다. 이로써 그들은 장자의 육체 대신 물건으로 의무를 다할 수 있겠다는 안도가 생긴다. 밭에서 난 가장 좋은 것, 고귀하며 흠결 없는 것을 공물로 바치겠다는 의식보다는, 곁에 두어서 좋을 일 없어 보이는 물건을 치울 겸 유사 이래 과중하지 않은 적 없던 세금의 무게도 일부 덜어 내겠다는 생각으로 일거다득을 노린다.

그리하여 농부는 반년에 걸쳐 산에서 베어 온 나무들, 말려 두었다 겨우내 땔감으로 쓸 예정이었던 나무들을 엮어 순무를 실을 거대한 수레를 만든다. 온 가족이 몇 날에 걸쳐 밤을 도와 만든다. 경사면에 굴려 수레에 순무를 싣고, 이웃집에서 빌린 튼튼한 말 두 마리가 수레를 끈다. 착하고 믿음 깊은 농부로서는 설령 이 공물을 황제에게 바침으로써 그들이 여생에 그려 넣을 무늬가 달라지지 않는다 해도 상관없다. 다만 황제의 땅에 이런 진귀한 작물이 나타난 것을 널리 알려 축복의 징표로 삼고자 하는 농부의 의도가 수레에 실려 있다. 그럼으로써 순무에 붙어 나온 뼈의 불길함을 덮어 버리고 싶은 것이다. 이때 말들의 목에 걸린 맑고 경쾌한 방울 소리는 무겁게 돌아가는 수레바퀴의 음산한 소음과 대조적으로 맞물려, 조바심 많은 소녀는 서로 어울리지 않는 그 소리마저 무언가 심상하지 않은 일의 전조라고 느끼지만, 가족에게 더 이상 불안과 고통을 주고 싶지 않아 결빙된 얼음처럼 입을 다문다.

그러나 황제 앞에 나아가 순무를 덮은 커다란 천막을 벗겨 냈을 때 농부 부부는 주위에 둘러선 귀족들의 감탄과 격려가 아닌 경악과 의혹의 눈초리를 받게 된다. 황제는 이와 같은 사악한 작물을 평범한 농민이 어떻게 가꾸었으며 악마의 것임이 틀림없는 씨앗은 어디서 얻었는지를 점잖게 하문하나, 설상가상으로 이때 순무의 어느 구석에서인지 노래가 흘러나오기 시작한다.

> 그들이 내 몸을
> 땅속에 묻고 헤집어
> 거름으로 썼네

농부는 주저앉고 농부 아내는 혼절하며, 두 사람은 그 자리에서 포박된다. 몇몇 신하들이 순무를 살핀 결과 노랫소리는 그때까지도 완전히 떨어지지 않고 순무에 붙어 있던 한 조각의 뼈에서 흘러나오는 것으로 밝혀지는데, 이 뼈는 길이가 손가락 한 마디만큼에 불과하며 정확히 신체의 어느 부위인지는 궁정 의사가 만지고 두드려 보고 귀 기울인 끝에도 알아내지 못한다. 따라서 짐승의 뼈일 가능성을 완전히 배제할 수 없으나 뼈가 억울하다는 듯 노래하고 있으니 이보다 더 확실한 증거는 없다. 부부는 주술 사용 혐의와 살인죄로 투옥된다.

괴한을 땅속에 묻은 것만은 사실이지만 그가 먼저 우리의 소중한 땅을 침범하여 황제에게 바칠 작물을 갈취하려 했으며 더구나 스스로 기괴한 방식의 죽음을 택했기에 누구에게도 알릴 수 없었다고 농부는 호소하지만, 그 말을 들어 줄 황제는 자리를 뜨고 부부는 축축한 나선 계단 아래 지하로 끌려가 내동댕이쳐진 다음의 일이다.

황제가 마지막으로 내린 명령은, 곧바로 이들의 고향으로 가서 밭을 파헤쳐 보고 상황을 파악한 뒤 주술을 쓰는 자들이 더 있는지 알아 오라는 것이었다.

성 후문에서 부모가 나오기만 기다리다 이 모든 과정을 경비병에게 전해 들은 소녀는, 아이들에게 동정심을 느낀 경비병의 호의 덕으로 다른 사람들이 잡으러 나오기 전에 동생의 손목을 낚아채어 그 자리를 벗어날 시간을 번다. 일단 숲으로 들어서기만 하면 누구에게나 공평하게 그곳은 다이달로스의 미궁[4]이다.

소녀는 남동생의 손을 놓지 않고, 뒤돌아보지 않는다. 어느 순간 돌아보면 거기 꼭 쥔 동생의 손목만 남아 있을지 모른다는 예감과, 고개 돌리자마자 동생의 몸이 소용돌이에 감싸여 케르베로스[5]의 입구 너머 하데스[6]의 저승 세계로 떨어지리라는 두려움을 잊기 위해서라면, 가능한 한 앞만 보고 달릴 것이다. 한쪽 다리가 불편한

.................................

4 그리스 신화에서 건축가 다이달로스가 크레타 섬에 만든 미로.
5 그리스 신화에서 지옥의 문을 지키는 개.
6 그리스 신화에 등장하는 죽음과 지하 세계의 신.

동생은 한 걸음 내디딜 때마다 무릎 관절을 헐겁게 이은 나무 인형 같은 소리를 내고, 언제 넘어져도 이상하지 않을 만큼 절뚜룩거리고 있다. 업고 뛰어야겠지만, 소녀는 동생을 챙기기는커녕 자기 몸 하나를 계속 이끌고 가는 일마저도 거룩한 신의 보살핌이 아니고서는 불가능하다고 여긴다. 달리는 몸이 스스로의 무게와 추위에 일찍이 감각을 잃고 지금은 발아래 흙이나 풀로부터, 나아가 세상의 살아 있는 모든 것들로부터 분리되어 저 따로 유동하는 느낌이 든다. 그와 함께 지금까지 자신과 가족에게 벌어진 일이 구체적인 부피와 질감을 지닌 실제 사건이 아니라 나쁜 꿈이 할퀴고 간 흔적에 지나지 않았을 가능성에 대해서도, 기대를 버리지 못한다. 질끈 감았던 두 눈을 뜨면, 고단하나 단조롭기에 평화로운 일상을 침범했던 환각의 습기가 바싹 마르고, 모든 것이 익숙한 세계의 올바른 자리에 돌아가리라는 미망.

그러나 밤의 목을 조르는 듯한 짐승들의 울음소리에 소녀는 다른 어디도 아닌 여기가 현실임을 잊지 않는다.

＞─

떠날 때는 두 마리 말이 끄는 수레를 타고서였으나 돌아올 때는 달랐다. 소녀는 일곱 번 밤낮이 바뀌는 동안 숲을 헤치고 나아가야 했다. 이틀이나 버틸지 의문이었던 동생도 곧잘 따라왔는데, 이만

하면 황궁에서 충분히 멀어졌다고 생각되는 깊은 숲에서부터 소녀는 틈날 때마다 뒤돌아보았고 거기 동생의 손목만 남아 있는 일은 없었다. 꼭 붙든 손목에서는 맹렬한 바람에 맞추어 뛰는 맥박이 느껴졌고, 그 움직임을 확인할 때마다 소녀는 안개에 휘감긴 나뭇잎들의 펄럭임이 더 이상 두렵지 않았다. 두 사람은 발 닿는 곳마다 눈에 띄는 나무 열매와 물만 먹으며 숲을 헤맸는데, 고소하면서도 씁쓸한 정체불명의 열매를 먹고 복통에 시달리기 일쑤였고 입은 옷과 손발톱은 너덜너덜해져서 걸음은 더뎠지만, 숲을 통과하는 동안 같은 자리를 맴돌거나 맹수의 발톱에 찢기지 않고, 어느 나무 아래 쓰러져 식어 가거나 암벽 아래로 굴러떨어지지도 않으면서 마을까지 돌아올 수 있었던 것은, 신이 함께하시지 않았다면 불가능한 일이었다.

그러나 마을로 통하는 숲길의 나뭇가지에 걸린 마지막 한 점의 벨벳 같은 안개를 걷어 내고 몸을 내밀었을 때, 소녀는 마을이 있던 자리에 넓게 분포한 숯덩이를 발견한다. 산 사람의 움직임이 눈에 띄지 않는 것은 물론 보잇한 연기 한 올 피어오르지 않는 모습으로, 그들이 도착하기 전에 이미 도륙은 끝나고 시일이 흘러 대지는 냉각된 듯하다. 그러나 바람은 채 식지 않은 재를 날리고 아직 완전히 가시지 않은 냇내를 숲까지 실어 오는데 아니, 어쩌면 냄새는 이제부터 시작이라고, 소녀는 마을로 가까이 갈수록 확신한다. 마을 곳곳에 반쯤 타다 남은 축사와 양계장에서 하반신 또는 상반

신만 남은 동물들의 누린내가 진동하고, 파리 떼가 새카맣게 모여들어 잿더미와 구별되지 않는다.

"이제 우리는 어떻게 하지?"

혼잣말처럼 물으며 소녀가 뒤돌아보았을 때 동생은 거기 없다.

소녀는 한동안 천천히 좌우 한 번씩 돌아보고 몇 걸음 되짚어 걷다가 고개를 떨어뜨린다. 한층 옅어진 의식 사이로 몇 가지 장면이 차례대로 스며든다. 지난 일주일간 동생의 모습과 행적을 기억에서 복원한다. 꽃이 봉오리를 여는 소리와 나비가 날개를 펼치는 소리까지 들을 수 있을 것만 같았던 숲에서의 날들, 처음엔 다만 기특하고 다행으로만 여겼으나 이상스러울 만큼, 어쩌면 이 아이의 다리가 다 나았나 싶을 정도로 누이의 걸음에 곧잘 맞추었던 동생. 공포와 절망에서 도망치기 위해 극단적인 힘을 뽑아냈다고 이해하기에는 비일상적으로 빨랐던 동생의 움직임과, 그럼에도 불구하고 한결같았던 숨결. 이정표 없는 숲에서 누이가 하나의 길을 선택하여 발 디딜 때마다 등 뒤에서 어깨를 짚으며 반대쪽 길을 가리키던 동생의 손가락. 나무에서 딴 무엇이든 먼저 먹어 보고 배앓이를 하여 누이에게 다른 나무를 선택하도록 유도한 아이.

거기 있던 것이 동생이 맞았나?

소녀는 한 번 더 눈을 감는다. 숲에 들어서기 전 진짜로 있었던 일이 선명하게 뇌리에 돋을새김된다. 몇 번을 주저앉다 비틀거리며 일어나기를 거듭한 끝에 1베르스타도 채 못 가서 완전히 엎어진 동생의 등. 황실의 것인지, 그들을 잡으러 오는 것인지 다만 지나가는 귀족의 행렬인지조차 확실치 않은 말발굽 소리가 멀리서부터 다가오고, 소녀는 동생의 양 손목을 잡아끌고 몇 걸음 떼어 본다. 그 아이의 가슴과 바닥이 마찰하며 일으키는 모래먼지 사이로 모깃소리가 피어오른다.

나 버리고 가.

소녀는 울음을 터뜨리며 도리질하지만 결국 자신이 무엇을 선택할지 알고 있다. 동생의 몸을 길섶까지 잘 데려다 뉘어 놓고 홀로 숲에 뛰어든 소녀는 얼마 뒤 그다지 멀지 않은 곳에서 울리는 소리를 듣게 되는데, 그것은 잎사귀들이 서로 몸을 비벼 대는 서걱거림과 섞여 분명하지는 않으며 믿고 싶지도 않지만, 말발굽에 치인 살과 뼈의 파열음이다.

지금까지 줄곧 따라와 곁을 지켜 준 아이는 사실 신이 동행하셨음이며, 그렇다면 자신이 낭떠러지 아래로 구르거나 숲을 영원히 맴도는 원령이 되는 대신 이 검은 폐허까지 무사히 인도받은 데에는 뭔가 이유가 있으리라고 소녀는 믿는다. 이 자리에 앉아 고향의 가련한 시체들을 망연자실히 바라보다 숨죽여 흐느끼라는 계시는 적어도 아닐 터다. 소녀는 원래 자신들의 집이었다고 생각되는 자리로 다가간다. 곳곳이 파헤쳐지고 황폐한 밭을 본다. 밭을 파 놓은 모양은 불규칙하고 그것이 얼마나 무계획적인 일이었는지를 짐작게 하며, 작물 대부분은 불이 놓이기 전에 이미 뽑혀 나갔는지 보이지 않아서, 황실 소속 귀족들의 임무가 실로 범죄를 색출 근절하는 데 있었는지 아니면 범죄를 구실 삼아 처음부터 약탈이 목적이었는지 소녀는 혼란스럽다. 무엇보다 그들의 연장과 무기가 채 닿지 않은 곳, 그리 깊지도 않은 구덩이에 소녀가 처음 묻었을 때처럼 원형을 거의 유지한 뼈들이 남아 있었기 때문이다. 소녀는 그 자리에 앉아 꺼낸 뼈들을 하나하나 만져 본다. 찢어진 드레스 사이로 드러난 까만 무릎은 잿더미나 흙과 구별이 되지 않는다.

공포가 몸을 관통하고 뻐근한 자리에 슬픔이 넘칠 듯 고이지만 소녀의 손길은 담담하다.

"우리가 당신에게 뭘 그리 잘못한 걸까."

중얼거려 보지만 뼈는 노래하지 않는다. 노래하는 뼈는 순무에 붙어 황실에 따라간 그 한 조각뿐이었는지, 나머지 뼈들은 침묵을 지킨다. 악의를 품고 사람을 곤경에 빠뜨리기 위해 노래할 때와 잠잘 때를 가리는 듯하다. 어떤 일이든 의도를 헤아리는 것은 무의미하다. 받아들여야 하는 것은 결과뿐이다. 그 외의 모든 것은 감은 눈 속처럼 오리무중이다. 한편 소녀는 자신이 알고 있는 거라곤 후문의 경비병에게서 전해 들은 것뿐, 눈으로 확인한 사실은 하나도 없음을 새삼 깨닫는다. 타인의 입으로 전해진 이야기가 실제 일어난 사건과 일치하는 경우란 별로 없을 것이다. 애당초 황제 앞에서 뼈가 노래했다는 증거는 남아 있지 않다. 진실은 언제나 어둠 속으로 달아나고, 전달자는 임의로 이야기를 빚어낸다.

마을 사람들이 몰살당했는지, 일부는 가축들을 내버리고 무사히 도망쳤는지 알 수 없지만, 그들 대부분은 세금 철이 아니면 관료들의 방문을 받을 만한 일이 없으니 별다른 준비가 되어 있지 않았을 테고, 따라서 갑자기 닥쳐온 말발굽에 영문 모르고 깔렸을 것이다. 마을이 전소했을 정도면 나선 계단 아래로 끌려갔다는 부모가 아직까지 살아 있을 가능성은 희박하다.

이런 폐허 한가운데 소녀가 홀로 앉아 있을 경우에는, 때마침 그녀를 참화에서 꺼내 줄 만한 신분과 경제력을 보유한 사람이 — 주로 황자나 황제가 — 준마를 타고 지나가다 그녀를 태워 가게 마련이다. 개미 한 마리 눈에 띄지 않던 이 마을에서도 웅크린 소녀를 발견한 행인이 있는데, 그는 말을 탄 대신 걸어가던 참이고 왕홀 대신 쇠스랑을 들었다.

"여기 산 사람이 다 있네."

그는 이마를 비롯하여 곳곳에 검게 변한 피가 묻었고, 옷이 낡고 더럽기도 소녀 못지않아서 전체적인 모습과 상태는 그녀보다 열악하다. 그러나 그 눈빛과 손에 든 도구를 보자면, 이미 한 차례 대규모의 상실을 겪은 뒤 그 여진의 한가운데에서 맑아진 정신이 부풀어 오르는 듯하다. 그는 소녀에게 관심을 기울이며 지금까지 무슨 변고를 겪었는지 물어볼 만한 경황은 남아 있다.

소녀는 이 마을 사람이 아닌 것만은 분명한 그에게 어디까지 말해도 되는지 머뭇거린다. 소녀는 앞뒤 순서가 조금씩 바뀌고 세부를 몇 번에 걸쳐 반복하거나 연결고리가 끊겨 처음의 자리로 되돌아가는 등 내내 휘청거리는 말로 사건 사이를 섣불리 도약하지만 전체적인 서사만은 한 바구니에 가까스로 주워 담는다.

"……우리 잘못은 단지 시체를 묻은 것뿐, 우리는 누구도 죽이지 않았어요. 주술 같은 건 쓸 줄도 몰라요. 그런 게 정말 있다면 누가 좀 가르쳐 줬으면 싶을 정도라고요. 그러니까…… 시체를 묻은 게 잘한 일이다, 그건 아니고…… 하지만 우리 아닌 누구라도 같은 상황과 마주쳤다면 그랬을지도…… 연고가 없는 시체를, 그 것이 단지 나의 밭에 자빠져 있다는 이유만으로 높은 관리들에게 신고하러 간다는 게, 우리같이 밭일로 먹고사는 사람들에게 얼마나 복잡하고 며칠 치 노동력이 손해가 나는 일인지……."

이야기가 핵심에서 주변부로 비껴 갈수록 소녀의 입가에는 흰 침방울이 일어난다. 그녀의 말이 중얼거림이나 옹알이에 가까워질 때쯤 이르러 남자는 혀를 찬다.

"뼈다귀 붙들고 신세 한탄 백날 해 봤자야."

그리고 남자는 소녀에게 상기시킨다. 경비병이 전한 말을 사실로 간주한다면, 뼈는 거짓을 노래하지 않았다는 것을. 뼈는 단 한 마디 단 한 소절도, 농부가 자신을 직접 죽였다고 고해바친 적은 없음을. 그러나 시신을 땅에 묻은 일까지는 물릴 수 없는 하나의 사건이며, 뼈는 있었던 일만을 가감 없이 일렀고 자신이 먼저 농부의 밭을 침입하여 황제의 작물을 갈취하려던 의도나 스스로 제 몸을 찢어 죽었다는 데까지 밝힐 의무도 의리도 없었을 뿐임을. 그리하여 뼈의 노래 너머에 있는 진실이 어떠한지는 눈앞에 주어진 조건과 정황만 보고 탄력이라곤 없는 황실에서 임의로 판단했음을. 세상의 마녀라고 생각되는 이들을 모두 잡아다가 진짜 마녀로 둔갑시킬 때면 으레 그러했듯이. 그 옛날까지 돌아볼 필요도 없이, 사람이 또 다른 사람을 처음 마주 대할 적에 얼굴이라는 껍질 너머에 있는 생각과 사건들의 구체적인 성분을 지레짐작하듯이.

"너도 들은 적 있겠지. 결코 작지 않은 마을 하나를 상대로 사기 치고 도망갔다는 수프 남자 이야기를. 하지만 그 떠돌이가 실은 오래전 그 마을에서 이 집 저 집 오래도록 돌아가며 노역을 해 주고 임금을 받지 못한 자였으며 변복하고 나타나 보복을 한 거라는 속사정은 알려져 있지 않지. 그럼에도 그를 사기꾼으로만 알던 너나 네 가족 모두, 따지고 보면 착각에 빠진 황제와 크게 다를 바 없지."

소녀는 몰랐던, 그보다는 생각해 본 적 없던 진실을 이제 와서 알려 주는 남자가 하나도 고맙지 않을뿐더러, 어찌어찌 살아남은 마을 이웃도 아닌 외부인인 듯한 남자가 왜 떠나지 않고 자기 옆을 맴도는지 알 수 없지만, 그럼에도 설마 당신이 바로 수프 남자냐고 묻지는 않는다.

"그러면 나는 이대로 우리가 운이 나빴다고 생각하면 되는 건가요? 누구네 집에든 으레 생기는 억울한 일이 이번에는 우리 집에 왔을 뿐이라고 체념하면 되나요? 하지만 온 마을이 이렇게 되어 버렸으니 경우가 또 좀 다르잖아요. 우리는 시신을 묻은 게 죄라고 치고 마을 사람들은, 소 말 닭들에게는 아무 잘못도 없는데."

남자는 쇠스랑을 땅에 짚고 몸을 일으킨다.

"그러니 지금 할 수 있는 일을 해야지. 서로 목적은 다를 테지만."

그가 돌아서서 소녀에게 내미는 한 손은 거칠고 못이 박인 데다 피 냄새가 난다. 소녀는 그 손을 물끄러미 바라본다.

"아마도 너와 네 가족에겐 잘못이 없을 거다. 잘못이라면 하나, 뽑은 순무를 굳이 갖다 바치려던 것이지. 바란 것 달리 없다 하지만 실은 세금의 일부라도 어떻게 해 볼 요량으로 말이야. 어째서 우리는 좋은 것, 큰 것, 다른 세상에서 온 것을 마땅히 황제에게 갖다 바치는 법이라고 인식하고 있었을까? 생각해 본 적 없어? 애당초 황제가 저 반도까지 뻗어 나가려고 하지 않았다면, 전쟁 따위 없었다면 다른 세상에서 그런 귀신들이 몰려오지 않았을지도 모르는 일 아닌가? 근본적인 문제를 찾기보단 어차피 내야 할 세금 이걸로라도 때우자 싶었던 생각이 안일했을 뿐이고, 그 안일한 의도와 그걸 수용하는 자의 아량에 차이가 있었던 거겠지."

그저 기진한 상대를 일으켜 주려는 뜻 외에 다른 의도는 없을 테지만, 소녀는 남자가 내민 손을 잡지 않고 공을 튕겨 보내듯 바라보기만 한다. 상실감으로 온몸에 금이 간 이에게 어디서부터 올이 풀렸는지를 충고하는 일은 부질없다.

"그리고 앉아 있어도 예전으로 돌아갈 수는 없어."

시간은 꺾이지도 역류하지도 않고 앞으로만 나아간다. 도모해야 할 것은 등 뒤가 아닌 눈앞에 있다. 그리고 남자는 자신이 머물고 있는 곳에 대해 이야기한다. 그곳에는 각자 무언가를 잃은 사람들이 모여 있는데 그 무언가란 대개 땅이거나 그 땅에서 난 작물, 그 땅에서 기르던 동물들, 또는 그 땅에 붙어살던 가족이라 한다. 조상 대대로 자신들이 일구어 씨를 뿌리고 거두면서도 남의 것임이 당연했던 땅과 거기 속한 모든 것을, 각자 다른 이유로 잃은 사람들이 한데 모여 보습을 갈고 있다 한다. 그들은 머지않아 맥박의 움직임에 귀 기울일 테고 그것이 시키는 대로 일어날 것이다. 이 마을에서 무사히 살아 나간 몇 안 되는 사람들은—주로 어린이와 젊은이들인데—세금 도둑들의 삶터에도 똑같이 불을 놓겠다는 결심으로 혼절하지 않고 버티는 중이라 하며, 그는 몇몇 일행과 함께 마을에 아직 쓸 만한 식량이나 물건이 남은 게 있는지를 찾으러 왔다가 예상보다 심각한 마을의 상태를 보고 원래 목적을 접어 둔 채 곳곳에 굴러다니던 시체들을 수습하고 있었다 한다.

소녀는 미소한 간지러움에서 시작하여 금방이라도 살을 찢고 튀어나올 것 같은 근육의 움직임을 느낀다. 분노인지 희망인지 모를 그것은, 동생을 버린 것을 자각한 뒤 처음으로 꿈틀거리는 감각이다. 소녀는 오래지 않아 내부에서 외부로 솟아오르는 파열음을 듣게 될 것이다. 비로소 소녀는 눈앞의 남자와 그의 손이 실제임을 믿는다. 팔을 뻗어 그것을 잡자 거칠고 난폭한 현실이 손안에 뿌듯하게 만져진다. 소녀는 그리로 다가간다. 그리 멀지 않은 곳에서 남자의 일행인 듯한 여러 사람이 부르는 목소리가 들린다. 이제부터 가야 할 곳, 보습을 대기 위한 준비를 할 곳으로 빠르게 걷는 소녀의 찢어진 치맛자락 뒤에 한 조각의 뼈가 붙어 떨어질 듯 말 듯 달랑거리지만 노랫소리는 들리지 않는다.

테르메스의 부대

처음부터 놈이 마음에 들지 않았던 것은 아니다. 그랬다면 곁에 두지도 않았을 테니까. 오히려 놈은 보조를 자청하며 이곳에 들어섰을 때부터 누구에게나 호감을 얻지 않기가 더 힘들 법한 생김새와 태도를 겸비하고 있었다. 중세에 비해 형태가 어느 정도 점잖아지긴 했지만 불에 달군 집게와 절개용 칼, 드릴, 니퍼, 송곳이며 끝에다 톱과 같이 보기에 여전히 유쾌하지 않은 도구가 즐비한 이곳, 수시로 소독하고 세척해도 누르께한 농양과 피비린내가 맴돌고 꿈속에서도 신음과 비명이 귓바퀴를 할퀴어 대는 공간에서는, 아름다운 용모가 때론 재능의 일부다. 일찍이 고대의 히포크라테스가 주지한바 의사의 깔끔한 외모와 단정한 자세는 죽음을, 또는 차라리 죽음을 간구하게 될 고문을 앞둔 환자의 심신을 가라앉히는 데 일조한다. 예를 들어 광범위하게 뿌리내린 병소를 걷어내지 못하고 이제는 사제의 병자 성사를 경건한 마음으로 기다리는 일 외에 의사가 취할 조치가 없다 하더라도, 환자를 배웅하는 부드러운 미소만으로도 아스클레피오스[1]의 수제자나 임호텝[2]의 현현으로 느껴지는 것이다.

문제는, 존귀한 명망가의 외아들로 보아도 어색하지 않은 그 사내가 무얼 바라고 이런 시골의 진료소까지 떠내려왔느냐에 있었다. 창백한 혈색과 사색적인 눈빛은 말할 것도 없고 동작과 차림새에 기품이 있으며 무엇보다 다니던 대학에서 학업 능력이 우수하기로 이름났다는 자였다. 물론 나는 이 진료소에 자부심이 있으며, 내가 없으면 이 마을 사람들은 각종 질병과 죽음의 위협에 무방비로 노출될 것이었다. 비교적 위중한 환자들도 수차례 살려 냈다는 소문이 나간 뒤론 이웃 마을 사람들도 꾸준히 찾아올 정도였고, 사는 데가 시골이라 도구나 약이 세련되지도 넉넉하지도 않을 뿐, 하는 일의 무게와 속도 그리고 성과로만 따지자면 도시의 상급 병원 못지않았다. 그러나 대도시의 대학 생활을 통해 밤에도 흥청거리며 번성하는 가스등의 불빛과 거리 여인들의 싸구려 향수 냄새가

......................................
1 그리스 신화 속 의술의 신.
2 이집트의 의사이자 건축가.

골수까지 스몄을 청년이 굳이 이런 곳에서 일하겠다는데 당연한 일로 받아들이기란 쉽지 않았다.

거기다 그의 고향은 이 지방과 반대쪽이라고 했다. 부친이 귀족은 아니지만 지방에서 어느 정도 재미를 보던 상인이어서 그는 어린 시절부터 도시로 나가 공부할 수 있었다고 한다. 그러나 향료와 비단을 가득 실은 상회의 거대 화물 선박이 대서양 한가운데 가라앉은 뒤 직원들의 사기횡령 등 악재의 사슬로 가세가 기울자 그는 한때 공부를 중단하고 고향으로 돌아가기도 했다. 한동안 그들 부자는 그날 치 빵을 사기도 쉽지 않은 처지라 매일같이 이웃집에서 도끼를 빌려다 나무를 해 팔며 근근이 살았다는데, 그는 체격이나 피부나 무얼 보든 천생 공부 말고는 다른 소질이 없는 위인임이 분명한지라 나무 베는 일에 거의 도움이 되지 않았으리라는 짐작이 갔다.

연고가 없다 치면 남은 건 극적인 사연이겠다. 제 고향에서 차마 말 못 할 범죄, 이를테면 겁간을 저지르거나, 최대한 점잖은 경우로 금지된 사랑을 앓는 게 아니었다면 이런 시골까지 올 까닭이 없다. 이런 데로 오는 사람은 나같이 여기서 나고 자라 가족과 땅에 묶여 있거나 대개는 불가항력의 물결에 피난하듯 쓸려 오는 자다. 그는 운 좋게 귀족 후원자를 만나 대학에 돌아갈 수 있었다고 자술하지만, 그가 지불한 학비와 사교계 활동에 들었을 자금이 사기나 살인 등 위중한 범죄로 얻어 낸 게 아니라는 보장도 없다. 아비를 도와 나무를 베던 청년이 어느 겨를에 뜻있는 귀족 앞에서 자신의 지식과 재능을 선보일 행운을 잡았을까? 또한 학업을 유지하기 위한 후원을 얻었다 한들 기본적으로는 고학생의 신분인데 남들 앞에서 격식을 갖추고 체면을 차릴 만큼 넉넉한 금전적 재량을 어떻게 발휘할 수 있었을까? 무엇보다 다니던 대학은 어째서 중도에 그만둘 수밖에 없었을까? 후원자의 갑작스러운 서거로 또다시 의지가지없어졌다곤 하나 이미 그때는 장학금을 받는 우수 학생으로서 학비 걱정은 덜었을 테고, 생활고를 겪었다면 코앞에 닥친 졸업을 포기하느니 어느 대저택의 따님에게 라틴어나 수학이라도 가르치면 되는 일이었다. 후원자의 아내나 딸과 불미스러운 관계가 깊이 형성되지 않고서야, 스스로 학문의 의미와 활로를 잃어 접는다는 선택이 그리 쉬울까? 어쩌면 최초의 기회라는 것도 다가온 행운을 붙든 게 아니라 자신이 치밀한 꾀로 마련하지 않았을까?

그것은 깊은 의심과 확신이라기보다는 어디까지나 흥미 본위의 상상에 가까웠다. 바닥이 좁은 탓에 역동적인 추문이나 사건을 접하기 힘든 농촌에서 모락모락 피워 올릴 만한 호기심이었다. 야심 찬 청년과 귀부인들 사이에는 언제나 무언가가 있게 마련이고, 그러한 행각을 다루는 신문과 소설을 비롯한 각종 읽을거리도 유행했으므로 나는 그런 데까지 미루어 짐작해 보았다.

그러면서 일단 침구나 칼을 소독해 보라고 진료소에 며칠 두었더니 첫째로 여인 환자가 부쩍 늘었다. 사람 몸을 고치는 의사로서 환자가 늘어남을 반색해서는 안 된다는 것이 평소 지론이었지만, 이 경우는 달랐다. 여인들은 공연히 손가락을 베었다느니 발목이 삐었다느니, 심지어는 속이 답답하다면서 나들이 삼아 들락거리며 젊은 청년을 힐끔거리는 애초의 목적을 감추지 않았는데, 그들 중 그동안 진료소에 들르기 번거롭다는 이유로 자기도 모르게 키우던 지병이 발견된 이가 여럿이었다. 더 늦었더라면 나로선 손쓸 수 없었을 사안도 꽤 되었다. 몇몇 다행스러운 결과를 얻은 뒤 나는 그에게 진료소 2층 입원실의 구석방을 내주었고, 밤마다 닫힌 방 문틈으로 새어 나오는 오렌지색 불빛을 보고 근래 젊은이들에게서 찾기 어려운 성실성의 증거로 간주했다. 조금만 더 데리고 있으면서 그에게 임무의 범위를 점차 넓혀 준 다음, 그가 조수 일에 완전히 익숙해지면 대도시의 친분 있는 의사에게 추천장을 써 줄 마음도 있었다. 나는 살아오면서 수많은 환자를 만나 보았고 그들의 외면뿐만 아니라 내부, 말하자면 암적색 장기와 고름을 비롯하여 평범한 사람이라면 심상히 대하기 힘들 것들을 구석구석 들여다보는 일을 해 왔으므로 사람 보는 눈은 어느 정도 있다고 자신했는데, 눈빛이나 몸가짐 하며 그는 아무래도 이런 호젓한 지방에 고여 있을 사람으론 보이지 않았다.

그날은 어린 환자의 상태를 관찰하느라 사흘 만에 진료소에 돌아왔다. 아이 부모 손에 황망히 이끌려 산 너머 마을 농가로 갔을 때 아이는 이미 폐렴이 진행된 상태였고, 신중한 태도를 접고 급한 대로 준비해 간 약을 최대한 썼으나 아이는 연거푸 토했다. 할 수 있는 일은 다 했고 이제 아이에게 신의 은총이 거하기만을 기다릴 수밖에 없었을 때, 부모는 하루만 더 곁에서 지켜봐 달라고 간청했다. 그 하루 사이에 감기나 배탈 이상으로 응급을 요하는 환자가 진료소에 찾아오지 않기를 바라며 나는 최소한 아이의 숨소리가 고르게 진정될 때까지만 머무르는 것으로 의무를 이행했다. 그리고 이튿날 부모가 감사 기도를 올리는 소리를 뒤로한 채 닷새 치의 약을 더 놓아두고 떠나왔다.

진료소 앞에서 초조한 기색으로 서성이는 세 장정을 발견하기 전까지 내 가슴은 신의 어린 양을 구했다는 보람과 만족감으로 충만했다. 이미 석양이 깔릴 무렵이었고, 평소라면 웬만한 환자는 들지 않을 시간이었다. 안이 들여다보이지도 않는 덧창을 공연히 기웃거리는 그들은 마을 청년들로서 힘 잘 쓰고 열심히 일하는 만큼이나 일 마친 뒤의 맥주도 좋아하여 엎어지고 깨진 상처를 종종 달고 오는 무리였다. 닐스와 오토와 요한…… 늘 함께 다니던 네 명 가운데 한 사람이 보이지 않았다.

"문이 잠겼나? 왜들 그러고 있지?"

그중 오토가 돌아서서 으르렁거렸다.

"선생이 안 계셔서 어쩔 수 없었던 거요! 다른 말 마시오."

닐스와 오토 둘이서 내가 진료소에 들어가는 걸 막아서듯 몸을 내밀었다.

"한잔들 걸쳤구먼. 여기는 내 집일세."

그러자 일행은 서로를 마주 보았고 누가 총대를 멜지 합의를 마친 듯, 오토가 이어 말했다.

"베니가 소를 끌다 갑자기 얼굴이 퍼레지더니 가슴을 부여잡고 엎어졌소. 그런데 소가 깜짝 놀라선 몸부림치다 베니를 밟고 지나가 버렸소. 그 발길질에 자극을 받아서인지 몰라도 베니의 심장은 어찌어찌 제대로 다시 뛰기 시작한 모양이오만, 대신 그의 다리뼈와 힘줄이 모두 으스러지고 그대로 기절해 버렸소. 우리가 여기까지 싣고 왔지만 선생이 왕진 나가고 없다 하니, 당장 사람이 죽어가는데 어쩌겠소, 조수 양반한테라도 맡길 수밖에! 다리를 영 못쓰게 되더라도 피는 그쳐야 살겠으니 말이오. 한데 조수 양반 하는말이, 자신은 선생님의 어깨너머로 배운 것뿐이라 우리가 들여다보면 집중이 되지 않으니 처치를 잘 못 할 것 같다 하지 않소. 우리는 부를 때까지 밖에서 꼼짝 않고 기다리기로 하고 이제 한 시간쯤 지난 거요."

베냐민은 평소에도 심장이 쥐어짜지는 듯한 증상을 종종 보였고, 나는 그에게 피가 핏줄을 타고 몸속을 한 바퀴 여행하는 데에 남들보다 오랜 시간이 걸리고 힘이 많이 드는 질병이니, 가능하면 맥주를 입에 대지 말라고 종종 당부했더랬다.

"그러게 내가 몇 번이나……. 뭐 소용없고, 그렇다고 정말 지혈로 만족할 생각인가? 문에서 비키시지. 이제라도 당연히 내가 들어가야 하지 않나?"

"못 비킵니다."

그 무리 중 젊은 요한이 단호하게 나서며 말했다. 그가 이실직고한 내용은, 부상당한 벗을 속수무책으로 바라보는 무력감에 분노와 공포가 수반되어 어느 정도 허위 과장이 섞였을 것을 감안하더라도 내게는 충격과 배신감을 불러일으키는 것이었다.

"이왕 이 자리에서 뵈었으니 말씀드립니다만, 실은 그동안 선생님이 자리를 비우셨을 적에 시간을 맞추지 못하고 찾아온 환자들이 있었습니다. 그들은 모두 저 조수분이 돌봐 주셨는데, 그중엔 산욕열에 시달리던 제 아내도 있었지요. 지금껏 아무도 얘기하지 않았을 뿐이며, 그건 조수분의 처치가 적절했고 모두가 완쾌되었다는 뜻으로 봐도 좋을 겁니다."

"말도 안 돼. 저 녀석은 여기 온 지 반년밖에 되지 않았어! 뭔가 수상한 약을……."

나는 그동안 밤마다 문틈으로 새어 나오던 불빛과 알 수 없는 냄새들을 떠올리다 고개를 저었다.

"그건 아무래도 좋아. 하지만 자네들이 원하는 결과를 얻었다한들 이대로 저 녀석에게 맡겨 두면 내가 했을 때보다 몇 배로 위험하다는 사실은 변하지 않네. 도대체가 녀석은 말할 것도 없거니와 어떻게 자네들이 그동안 나를 쭉 속일 수 있지?"

"이렇게 펄펄 뛰실 걸 아는데 저희가 왜 입을 열어서 기껏 도와 준 분을 쫓아 보내겠습니까?"

나는 그때까지 문 앞을 막아서긴 했으나 권위에 대한 망설임으로 자세가 약간 엉거주춤한 닐스의 어깨를 밀치고 진료소 문손잡이를 흔들기 시작했는데, 때마침 안쪽에서 문을 열고 나오는 놈과 마주쳤다. 나는 일의 어느 단락부터 따져 물어야 좋을지 알 수 없어서 나도 모르게 반사적으로 녀석의 멱살부터 잡아 버렸고, 등 뒤에서 닐스가 내 허리를 붙들어 끌었다.

"선생님, 고정하세요. 이미 벌어진 일 아닙니까. 그보다 일단 저희부터 들어야 할 얘기가 있다고요!"

놈은 금방이라도 그 자신이 병상을 한 자리 차지하고도 남을 듯한 낯빛을 하고도 태연한 자세로 양 손바닥을 살짝 들어 올려 보였다.

"말씀대로입니다, 선생님. 책망하시는 얘기는 나중에 듣겠습니다. 베니 아저씨는 이제 괜찮습니다. 여러분은 들어가서 보셔도 좋습니다. 아직 주무시니 조용히 해 주세요."

"잠을 자? 이 상황에 잠을 잔다고! 기절했다면 모를까."

"물론 의식이 없어서 치료가 한결 수월했지만 적어도 지금은 주무시는 게 맞습니다."

놈이 앞장서자 우리는 발끝으로 뒤따랐다. 과연 잠든 베냐민의 얼굴은 평화로워 보였고 입가에는 미소마저 묻어 있었다. 어쩌면 고통으로 인한 근육 경련의 일종일지도 몰랐다. 으스러져서 너덜거린다던 그의 다리는 뜻밖에 무릎 아래 위치가 제대로 잡혀 있었고, 다만 그 위로 몇 겹의 붕대가 감겨 있었다.

"살아 있는 거죠! 감사합니다, 젊은, 그러니까, 조수 양반!"

일행은 아마 젊은 의사 양반이라고 칭송하려다 내 눈치를 살피어 말을 바꾼 듯했다.

"부서진 뼛조각을 제자리에 찾아 맞추고 끊어진 힘줄을 잇느라 시간이 좀 걸렸습니다. 뼈는 자리를 잡긴 했지만 붙으려면 시간이 걸리니 당분간 이렇게 고정한 채로 두고, 이쪽 다리는 움직이면 안 됩니다. 다 붙을 때까지 목발을 써야만 합니다."

"힘줄? 잇는다고? 네놈이 무슨 수로!"

그렇게 소리치면서도 나는, 졸업 직전에 학교를 떠난 녀석이라면 거의 모든 과정을 수료했으리라 내심 인정하고 있었다. 그에게 없는 거라곤 한 장의 자격증뿐이라고 봐도 좋았다. 그러나 아무리 우수 학생이었다 한들 칼을 쥔 경험은 실습이 전부일 테고, 한 줄기의 다발에서 따로 놀며 흐느적거리는 힘줄을 잇는 섬세한 일은 이 짧은 시간에 내게도 가능하지 않았다. 반색하며 새로운 젊은 의사를 추어올리는 세 농부의 호들갑에 나의 외침은 가볍게 묻혔으나, 녀석은 상처를 확인하게 붕대를 풀어 보라는 나의 지시에 순순히 따름으로써 내 권위를 지켜 주었다. 처음 내게로 실려 왔다면 나조차 당황했거나 어찌 다뤄야 할지 고민하느라 적잖이 시간을 끌었을 법한 상처가 눈앞에 드러났다. 일행 가운데 가장 젊은 요한이 움찔하며 고개를 돌렸다. 엉덩이나 다른 어딘가의 두툼한 피부를 떼어다가 찢긴 상처를 덮은 듯 전체적인 모양은 좋지 않고 뼈와 근육의 상태도 육안으로는 확인되지 않았지만, 피부를 꿰맨 양상을 보면 나머지 것들도 제대로 자리가 잡혔으리라는 예상이 들었다. 둘러선 닐스와 오토가 앞다투어 "아까 이보다 세 배는 더 갈가리 찢겼다니까! 조수 양반, 대체 무슨 요술을 부린 거요?"라고 호들갑을 떠는 바람에 정신이 사나웠다. 이쯤에서 나는 헛기침과 함께 엄숙한 선언을 내리지 않을 수 없었다.

"분명히 말하지만 이 일로 나는 자네를 쫓아 보내는 건 물론이고 경관에게 넘길 수도 있어. 하지만 다시는 이런 허튼짓을 하지 않겠다고 약속하면, 특별히 관용을 베풀어서 베니가 완치된다는 전제하에 이 일을 묻어 두겠네. 내가 왕진 나가 자리를 비우는 것도 극히 몇몇 경우에 한할 뿐 기회는 많지 않겠지만, 그사이 불의의 손님이 찾아온다 해도 자네가 할 수 있는 일이라곤 기존 장부에 기록한 환자들의 증상과 대조해 가면서 필요한 약을 내주는 것뿐일세. 알았나?"

녀석은 표백한 듯한 미소를 띠는 것으로 대답을 에두르고, 오히려 둘러선 제삼자들이 원성을 보냈다.

"의사 선생, 사람 일을 어떻게 아시오. 오늘같이 큰 사고라도 났을 땐 어쩌란 말이오?"

나는 흡사 리바이어던의 현현 같은 오토를 올려다보며 힘주어 말했다.

"예상보다 지연되긴 했지만 이번에 나는 불과 한 시간이 늦었을 뿐이네. 물론 한 시간이 아니라 일 분의 차이로 생명을 다투는 일이 생길 가능성을 완전히 배제하지는 못하네만, 그 위험의 정도는 돌팔이나 애송이가 되는대로 처치했을 때 생기는 위험과 크게 다르지 않지. 자네들이 잊지 말아야 할 사실은, 이 젊은이가 여기 없었을 적에도 우리는 훨씬 오랜 세월을 비슷한 위험과 더불어 살아왔다는 점이네. 비록 문서화하지는 않았더라도 공간과 시간 제약이 있고 의사의 몸은 하나뿐이며 인간의 힘으로는 어찌할 수 없는 상황이 있으리라는 걸 항상 인정하고 지내 왔다는 뜻이지. 알아들었나!"

그때 녀석이 오토와 나 사이로 부드럽게 끼어들지 않았더라면 험악한 분위기는 언제까지고 휘발되지 않았을 것이다.

"선생님 말씀이 맞습니다. 제가 앞으로 신경 쓰겠습니다. 이 일은 여러분 탓이 아니니 이제 이걸로 마무리하지요."

보통 상황에서였다면 가장 큰 격려와 칭찬을 받았어야 할 당사자가 오히려 중재에 나서자 명분을 잃은 세 친구는 토를 달지 않았다.

아무리 촌구석 작은 진료소라도 규정과 양식이 있는 법이니 손님들 앞에서는 준엄한 경고를 했으나, 나는 위기 상황에서 환자를 우선으로 하여 침착하게 조치를 취한 녀석의 담대한 선택과 예술적인 솜씨에 감탄하지 않을 수 없었다. 나아가 월급을 좀 더 올려 주어 학업을 하루라도 빨리 이어 가도록 등 떠미는 것이 앞날 창창한 젊은이를 위한 일이라 믿었다.

그로부터 일주일 뒤, 한쪽 다리를 절긴 하나 보행이 가능하기에 이른—그 경이로운 회복 속도는 신의 역사라기보다는 차라리 악마의 농간에 가까웠다—베냐민이 사람들에게 떠들고 다니는 말을 나는 우연히 듣게 되었다.

"정말이라니까, 그 신통한 젊은 의사 양반은 내게 칼끝 하나 대지 않았어. 적어도 내 기억에 나는 단 한 순간도 울부짖지 않았어. 온갖 불에 달군 꼬챙이가 내 살을 꿰고 소독약이 한 바가지 퍼부어졌을 텐데도 말일세. 나는 그저 자다 일어났을 뿐이라니까!"

거기서 몇 마디 보탤 것처럼 보였던 베냐민은, 지나치면서 들어 올린 모자챙 아래의 얼굴이 그리 신통치 않은 늙은 의사 양반임을 알자 당황한 표정으로 입을 굳게 다물더니 일행과 함께 자리를 피했다.

나는 얼마 지나지 않아 그동안 마을에 파다했던 소문의 대부분을 입수했는데, 젊은 의사 양반이 온 뒤로 예전보다 크고 작은 병이 더 잘 낫더라는 내용이었다. 마을 주점에서 주인의 조심스러운 귀띔을 듣고 나는 신경질적으로 코웃음을 쳤다. 생각 없고 수선스러운 사람들이란 으레 자기에게 한두 번 이익이 돌아가고 좋은 경험을 얻으면 신이 나서 실제를 몇 제곱으로 부풀려 떠들게 마련이었다. 한두 사람이 멋모르고 공감하기 시작하면 그 여파가 열댓 명을 넘어서고, 치료 효과 또한 수치상으론 그 전과 크게 달라진 바 없음에도 뭔가 발전적으로 인식되었을 것이다.

그러나 와전되는 것도 정도껏이어야지, 이제 늙은 의사는 감각도 떨어지고 손도 떨려서 자신이 직접 도구를 쥐고 일하지 않으며 모든 것을 조수에게 떠넘긴 뒤 치료비만 받아먹는다는 험담에까지 이르면 얘기가 달라졌다. 분명 예전보다 많은 역할을 그에게 넘겨준 것은 사실이나 그건 어디까지나 그의 재능을 인정하고 키워주기 위해서였을 뿐 남들이 억측하듯이 재주는 곰이 넘고 돈은 다른 이가 챙기는 관계와는 달랐고, 무엇보다 내 손은 아직 떨리지 않았으며 치료비로 발생하는 수입도 그에게 지불하는 보수를 제하면 기존에 비해 대폭 상승했다고 보기 어려웠다. 난처한 듯한 표정으로 내 안색을 살피는 주인을 향해 고개를 저어 보이며, 나는 반쯤 남은 맥주잔 옆에 동전을 두어 개 내려놓고 주점을 나왔다.

그날 밤 내가 모처에 부칠 편지를 정성껏 쓴 뒤 어떤 표정으로 불빛이 스며 나오는 문틈을 노려보고 있었을지는, 신만이 아실 터였다.

그로부터 두 달이나 채 지났을까, 사람도 소도 젖은 행주처럼 늘어져 흐느적거리다 아무 울타리에든 걸려 널브러질 여름날이었다. 두 마리 말이 끄는 마차를 타고 일주일 남짓 도시에서 볼일을 보고 돌아온 요한이 사흘 뒤 구토 증세와 함께 혼수상태로 진료소에 실려 왔다. 원래 풍채가 좋은 편도 아니었던 요한은 얼굴 턱뼈가 희미하게 비쳐 보일 만큼 급속도로 체중이 떨어졌고, 급한 대로 약제와 수분을 공급했지만 모두 설사로 흘려보냈다. 그날이 채 기울기도 전에 요한의 아내가 이미 남편과 동일한 증상을 보이는 상태로 죽을힘을 다해 아기를 안고 왔다. 아기의 상태는 더욱 심각해 보였다. 그날 밤이 깊어 갈 무렵에는 그 주위에 살던 이웃들을 포함하여, 처음에 요한을 데려온 이들까지 같은 증세를 호소하며 무더기로 쏟아져 들어오는 바람에 진료소는 열 명 가까운 환자로 만원이었다. 이 마을에서 삼십 년 가까이 사람들을 돌보았지만 그사이 페스트를 비롯한 전염성 질환이 이곳까지 들어온 적은 없었기에 이렇게 대규모의 환자를 한꺼번에 받은 것은 처음이었다.

나는 녀석에게 요한 일가 및 그들을 싣고 온 이들과 더불어 접시나 포크는 말할 것도 없고 수건 한 장이라도 같이 쓴 적 있는 인간들을 모조리 잡아 오라고 일렀다. 그러나 현실적으로 가능한 일도 아니었고, 데려온다 한들 더 이상 환자를 수용할 공간도 없었기 때문에 곧 지시를 거두었다. 격리 공간이 부족한 진료소에서 그나마 할 수 있는 최선의 일이라면 요한의 아기라도 다른 어른들로부터 멀리 떨어뜨리고 증상을 돌보는 것이었다. 그리하여 아기만 임시로 그 녀석의 방에 따로 두었다.

"우리 둘 다 감염되면 그때는 전원 몰살이라고 봐도 좋아. 아기만 자네가 도맡아 주고 가능하면 다른 어른 환자들 앞에는 어슬렁거리지 말게…… 만에 하나 내가 저들과 같은 증상이 나타나면 그때 사람들을 도울 보험이 필요하니. 그래도 혹시 목숨이 아까우면 먼저 짐을 싸서 떠나도 되네."

"선생님, 그건 불가능합니다. 저도 이미 요한과 접촉한 이상 지금 도망간들 다른 어디 가서 증상이 나타날지 모르니까요. 저한테 임무를 주셔서 기쁩니다. 다른 분들은 몰라도 아기만은 지켜 내겠습니다."

"자네 말을 들으니 안심되네…… 물을 계속 끓여서 꾸준히 공급하는 걸 잊지 말게나. 아기의 분변이 묻은 수건은 절대 방치하지 말고 그때그때 태워 버리게. 실은 나도 이게 옳은 판단인지 모르겠네만 분명한 건 저들을 도시 큰 병원까지 보내면 가는 도중 모두 탈수증으로 죽을 거라는 사실뿐이네. 끝까지 애써 주게."

우리의 대화는 긴박하고 차갑고 예의 발랐으나 그 모습은 언제 끊어 내도 무방한 절취선을 서로에게 긋고 있음을 뜻했고, 서로가 그 사실을 알고 있었다.

그날 밤 고민 끝에 바깥 창고에서 꺼내 온 것은, 이제 다른 나라의 경우 약전(藥典)에서조차 그 이름이 삭제되었다고 전해지는 비약(秘藥)이었다. 오랜 옛날부터 꾸준히 만병통치약으로 알려진 테리악. 발전된 교육을 받은 나와 같은 의사에게 만병통치약이란 애당초 믿지 못할 것인지라 창고에서 잠자고 있던 것이다. 보통의 식량 저장용 단지보다는 큰 데 담겨 있었으나 여남은 환자에게 며칠 분량만큼 모두 돌아갈지는 알 수 없었고, 의사로서 무엇으로 만들어졌는지 일일이 확인 불가능한 약에 일말의 기대를 거는 수치스러움은 말해 무엇하겠으며—테리악에는 적어도 70여 가지의 성분이 들어 있다고 하지 않는가—무엇보다 고민되는 부분은 이 약을 내가 직접 조제한 게 아니라는 점이었다. 어딘가에서 얻어 둔 것을 보관해 왔을 텐데, 대체 누가 언제 왜 주었는지 경로와 출처가 잘 기억나지 않는 걸로 보아 마지막 원거리 여행을 기준으로 십 년은 족히 넘었을 것이다. 창고는 대체로 건조한 환경을 유지해 왔고, 단지는 손댄 흔적 없이 밀봉되어 있었지만 안의 내용물이 여전히 무사한지는 모를 일이었다.

지금껏 나는 진료소에 갖춘 대증 치료제를 가장 적절한 용법으로 환자들에게 공급했지만 환자들의 상태는 눈에 띄게 좋아지지 않았다. 고열은 내려갈 기미가 보이지 않았고 그중 몇몇은 열에 들떠 헛소리를 하고 있었다. 염증과 탈수를 일부라도 잡지 못하면 그들 중 누구도 이틀을 버티지 못할 터였다. 특히 가장 먼저 온 요한은 신이 그의 손아귀에 그 몸뚱이를 잡아 쥐어짠 듯 수분이 순식간에 빠져나가 한나절 만에 체중이 거의 반으로 줄었고 바싹 마른 얼굴은 손대기만 하면 바스락 소리와 함께 가루로 부서질 것만 같았다. 이미 사신이 그의 침대 머리맡에 다가선 까닭에 침대를 어느 방향으로 돌려놓든 거대하고 예리한 낫을 피할 수 없을 것처럼 보였다.

선택의 차이는 테리악 한 방울이나마 떨궈 보고 합병증으로 죽느냐, 저대로 죽느냐였다. 나는 한 팔로 단지를 안고 벽을 더듬어 가며 진료소 안으로 들어갔다. 테이블에 단지를 내려놓는데 문득 이상한 느낌이 들었다. 격벽 대신 커튼 한 장씩을 걸고 환자들을 격리해 둔 큰 방에서 아무런 소리도 들려오지 않았다. 환자들이 지쳐 잠들었다고 해도 자기도 모르게 앓는 소리가 간헐적으로 들려오게 마련이며, 참을성이 대단한 이라 해도 숙면을 이루지 못하고 자세를 바꾸느라 뒤척이는 소리가 날 법도 한데. 하다못해 깨끗하게 세탁하고 햇볕에 말린 모포가 시트에 스치는 소리라도. 그런데 지금은 내가 창고에서 망설이는 동안 환자들이 다 같이 숨을 거두기라도 한 듯한 정적이 사위를 메웠다. 소리에도, 아니 소리 없음에도 부피와 밀도라는 것이 있는 듯, 침묵과 고요가 호흡을 압박해 왔다.

되도록 조심스레 밟았음에도 낡은 마룻바닥이 흐느끼는 소음을 들으며 큰 방으로 다가갔을 때, 나는 낫만 들지 않았을 뿐 허구 속

사신의 상상화 모양으로 환자를 향해 깊이 허리를 숙인 녀석의 뒷모습을 볼 수 있었다. 협탁에 세워 둔 칸델라 석유등의 불빛이 꺼질 듯 흔들리고 있었기에 뒷모습은 그림자로밖에 보이지 않았다. 콜레라균이 우글거리는 진료소를 털러 밤손님이 들었을 리는 없고, 이 진료소 안에서 두 발로 걸어 다닐 만큼 상태 좋은 이가 나와 그 말고 누가 있단 말인가.

"여기서 뭐 하나?"

나는 성큼성큼 다가가 그의 뒷덜미를 잡아챘다. 불빛으로 확인할 수 있었던 것은 일순 당황하면서도 곧 침착하게 자리를 잡으며 맑은 물로 씻어 낸 대리석처럼 단단해지는 표정과, 한 손에 든 거즈인지 무엇인지를 꼬깃꼬깃 뭉치는 모습이었다.

"요한네 아기만 보고 있으랬지. 한 명이라도 더 많은 환자를 돌보고 싶은 심정은 알겠네만 아래층 균을 묻혀 가서 위층 아기 상태가 더 안 좋아지면 어쩌려고 그러나?"

그는 뒷짐을 지고 더없이 겸손한 자세로 고개를 숙였는데 그 모습은 어쩌면 손에 쥔 것을 감추기 위한 동작인지도 몰랐다. 오염된 거즈를 가져다가, 그것도 아기가 있는 방에서 무슨 말 못 할 실험이라도 하려는가? 다른 때라면 백 보 물러나 못 본 체할 상황이라도 이번에는 안 될 말이었다.

"땀을 닦아 드렸을 뿐입니다."

그렇게 말하며 겸연쩍게 앞으로 모아 쥔 그의 손에는 아무것도 없었다.

"……땀이야 주야장천 나게 마련이고, 닦아도 내가 하네. 어서 꺼져!"

추궁의 강도를 높여 그의 주머니를 뒤져야 옳은 일이었지만 나 또한 결과를 확신할 수 없는 약물을 '자포자기'의 그럴듯한 별칭 인 '최후의 수단'으로 쓰려던 참이었으므로, 그를 오래 붙들어서 꼬리를 밟힐 수는 없었다. 환자들 가운데 의식이 명료한 자가 있어 서 이 상황을 판단할 수 있다면 수상쩍기로는 그와 나 피차일반일 것이었다.

그가 올라간 뒤 환자들을 하나씩 깨워 테리악을 한 숟가락씩 떠 먹일 계획이었던 나는, 어느새 고르고 편안해진 환자들의 호흡에 생각을 고쳐먹을 수밖에 없었다. 지금까지 써 온 약이 이제야 효 과를 보기 시작하는지, 몸속에 남은 물을 있는 대로 쏟아 버리면서 균이 따라 나갔는지 어둠 속에서 숨기운만으로도 그들 상태의 변 화가 느껴졌다. 굳이 이 새벽에 환자들을 깨워서 복불복인 약을 들 이붓느니, 잠깐이라도 단잠을 자게 놔두는 것이 몸의 원래 리듬을 찾는 데 도움이 되리라는 판단은 말할 필요도 없었다. 한 방울의 피에서부터 떨어지기 직전의 살비듬 한 조각에 이르기까지, 우리 의 몸은 언제나 제자리로 돌아가려고 몸부림친다.

사흘 뒤 저녁, 요한 식구를 비롯한 모든 입원 환자가 눈에 띄는 회복세를 보이며 퇴원했다. 영양제를 보충했으나 이미 심한 탈수를 겪은 환자들이라 하나같이 기력이 떨어져 있었으므로 일주일은 더 두고 봤으면 싶었지만, 생업을 놓을 수는 없는 사람들이었다. 우선 위험한 고비는 넘겼으니 각자 집에서 충분히 먹고 마시면서 원래의 체중을 찾아가기를 바랄 뿐이었다. 그사이 잠복기를 거친 듯, 몇 집에서 비슷한 증세를 보이며 찾아왔지만 그들은 적절한 조치를 취하자 조금 더 빠른 속도로 회복되었다. 보통의 패턴대로라면 신의 빗자루가 지상의 먼지를 쓸어 내고 프라우 홀레[3]가 이불의 깃털을 털듯 한 마을쯤은 가볍게 가루로 빻아 버렸을 질병이 이렇듯 소규모로 돌다가 잦아든 것은, 도시에 다녀온 요한이 이상을 느낀 즉시 신속하게 격리되었기에 가능했으리라. 그가 대수롭지 않은 감기로 치부하고 일상생활을 지속했다면 온 마을이 지금쯤 불 피우는 연기로 가득했을지 모른다……. 나는 신께 모든 것을 맡기며 최선을 다했지만 솔직하게는 처음 실려 온 요한 가족만은 더 이상 버티기 힘들다고 생각했더랬다……. 그것은 얼마나 섣부른 판단이었는가! 이 무서운 질병이 마을을 송두리째 집어삼키지 못했고, 사망자 하나 나오지 않았다……. 이는 신의 역사가 아니면 불가능한 기적이며 나는 대도시의 그 어떤 명의보다도 선택받은

---

3 독일 민담에 등장하는 여신. 물레를 돌리며 다산과 번영, 의료와 죽음 등을 관장한다.

의사다! 감격과 가벼운 흥분 그리고 팽팽한 탄력을 유지하던 현이 끊어진 듯한 피로가 몰려오는 바람에 나는 녀석이 등 뒤로 감춘 물건에 대해 캐물을 기회를 그대로 놓치고 말았지만, 이제 그 정도쯤이야 뭐가 대수일까 싶었다. 어쨌거나 녀석도 아기를 성실히 지켜 낸 것이다. 엄마 젖을 물 수 없었던 아기에게 곡식을 끓인 물 외에 무엇을 먹였는지는 몰라도, 파르께한 해골 자체였던 아기의 얼굴이 이틀 만에 다홍 혈색이 감돌았으니.

그리하여 나는 그 뒤로 마을에 떠도는 소문을 다시 한 번 못 들은 척했다. 이를테면 투약과 약효 사이에 놓인 충분한 시간의 다리에 대해 이해하지 못하고, 우리 몸이 끊임없이 움직이면서도 가장 알맞은 자리를 찾아가려는 행성과 닮았음을 알지 못한 채 당장의 아픔만 물리치면 그만인 가여운 영혼들, 뭘 모르는 자들이 떠벌리는 이런 호들갑과 수다를.

"어둠 속에서 실눈을 떴을 뿐이지만 나는 꺼져 가는 등잔불에 비친 젊은 의사 양반의 모습을 똑똑히 볼 수 있었네. 뭐라고 말을 건네고 싶었지만 줄곧 생과 사를 오락가락한 내 영혼은 신이 거하시는 저택의 층계에 널브러진 불행한 걸인과도 같아 입술인들 움직일 리 만무했지. 그는 말없이 내 얼굴을 닦아 주었네. 그 순간 정신이 맑아지면서 온몸이 편안해졌네. 신이 내 이마에 손을 얹어 놓는다면 바로 이런 느낌이 아닐까 싶었고. 물론 손만 대어도 환자를 낫게 하는 기적의 사람이 있다고 믿는다면 그건 신에 대한 불경죄가 될 걸세. 그러나 적어도 이번만은 젊은 의사 양반이 고지식한 어르신보다는 도움이 되었다고 말할 수 있겠지."

 이번에 큰일 해냈고 고생도 많았으니 휴가차 고향에라도 다녀오라는 말에, 녀석은 부친이 외국 여행 중이어서 가 보았자 만날 이가 없다며 사양했다. 그러나 나는 짐짓 위엄을 갖추고 밀어붙였다.
 "이건 명령일세. 늘 한자리에서 일만 해서 젊은 사람이 어떻게 견디나. 나야 기력 달리는 늙은이니까 마을 한 자락만 끼고 돌아도 코 속에 충분히 바람이 드네만, 자네는 그렇게 살면 안 되네. 고향이 적적하다면 한 이틀 도시라도 나갔다 오게. 가서 여인도 만나고, 좋은 음식도 먹게. 즐길 줄 모르고 자기 몸을 혹사하기만 하는 사람은 내 진료소에 있을 자격이 없네."
 그리하여 그는 억지로 등을 떠밀려 큰 가방 한 개와 함께 마을을 나서게 되었다.
 마침 도시에 작물을 팔러 나가던 오토의 마차를 얻어 탄 그가 산자락 너머로 완전히 모습을 감춘 뒤에야 나는 진료소로 돌아와서 오래도록 기다렸던 소식을 펼쳤다. 편지는 사실 스무 날도 전에 도착했지만 그때는 진료소가 콜레라균으로 들끓을 때였다. 마을 사람들로부터 사정을 들은 우편배달부는 진료소 근처에도 얼씬거리지 않고 돌아섰다고 하며, 그로부터 시일이 지나 마을이 안정되었다는 이야기를 듣고 이제야 가져왔다는 것이다. 종이칼을 쥔 내 손은 단호하고 엄정하게 서신의 봉투를 긋고 지나갔다.

존경하는 박사님께

일전에 보내 주신 편지는 잘 받아 보았습니다. 이미 아실 테지만 저는 해당 대학의 재정과 안팎 사무를 돌보던 자리에서 물러난 지 오 년이 넘었습니다. 하여 문의 주신 부분에 대해 간접적으로 들은 얘기를 전할 수밖에 없으며, 사실 관계에 혹시나 있을지 모를 오류를 깊이 헤아려 주시기 바랍니다.

박사님께서 문의하신 그 청년은 말씀대로 우리 대학에서 몇 손가락 안에 꼽히는 우수한 인재였습니다. 사교성도 좋았고, 라틴어와 수학, 철학에 재능을 보였습니다. 그 무렵 그의 집안은 다소 빠듯하지만 자식의 성공을 위해 학자금을 대 줄 정도로는 풍요로웠다고 알고 있습니다. 중간에 대학을 자퇴했다가 일 년 뒤 재입학했다는 기록이 남아 있는데, 이때는 가세가 기울어 부친이 상회를 접은 시기입니다. 그런데 재입학 직전에 부친이 빚을 갚고 사업을 다시 시작한 걸로 압니다. 복권에라도 당첨되었는지는 모를 일이나 어쨌든 그는 그 전보다 규모가 커진 집안의 재력으로 대학 공부를 계속한 것이며, 명망가의 후원자는 따로 없었음을 알려 드립니다.

한 가지 눈에 띄는 점이라면, 그 전에는 순수 학문 연구에 매진했던 청년이 재입학 뒤에는 의과를 택했다는 사실입니다. 학업을 쉬는 동안 어머니가 돌아가시고 가까운 곳에서 그냥 지나치지 못할 생로병사를 목격하면서 자연스레 내린 결정이겠지요. 의과에서도 그는 학업 성취가 두드러졌는데 다소간 시기 억측이 따랐을지 모르나 자만 없는 순수한 노력으로 일군 결과여서 교수와 다른 학생들도 대체로 그를 무리 없이 받아들였던 것으로 압니다. 지금 곁에 두신 박사는 그를 어떻게 바라보실지 짐작만 할 뿐입니다만, 세속을 초월한 듯한 눈빛과 몸에 밴 공손함과 그에 못지않은 자신감은 일류 재단사의 맞춤복처럼 그에게 잘 어울렸습니다. 시간을 관통하는 어떤 존재가 그를 끊임없이 연마하여 윤을 낸 것만 같았지요.

그런데 언제가부터 그가 장시간 외출하고 돌아올 적마다, 기숙사 방에서 온갖 수상한 약품들을 늘어놓곤 한밤중에 뭔가를 한다는 소문이 들렸습니다. 물론 의대생이 밤에 무언가를 한다고 하여 그리 새삼스러운 일은 아니며, 의대의 해부 실습을 가능하게 해 주는 모종의 거래[4]가 아직까지도 주로 밤에 이루어진다는 사람들의 오해도 있습니다만, 그래도 그의 경우는 좀 달랐습니다. 그의 방을 훔쳐본 학생의 보고에 따르면 그곳은 마치 황금을 욕망하는 연금술사의 실험실 같았다고 합니다.

우리 학교는 자기가 밤에 사용한 만큼 기름값을 더 내기만 한다면 기본적으로 학생이 기숙사에서 무엇을 하든지 자유입니다. 그것이 본 학업에 악영향을 미치거나 다른 학생들의 생활에 피해를 주지 않는다면 말이지요. 그는 의과 공부와 사교 활동을 병행하면서 무엇인지 알 수 없는 실험을 밤마다 진행했으니 실로 놀라운 탐구열과 왕성한 활동력이었습니다. 그 유명

---

**4** 과거 공동묘지 시신 도굴꾼과 의대 사이에 해부용 시신 불법 거래가 성행했다.

한 파라셀수스[5]의 후예가 되고 싶어 한다고 해서 딱히 그에게 경고를 내릴 근거가 학교 입장에서도 변변치 않았다고 하겠습니다.

문제는 학교 외부에서 발생했는데, 그가 외출한 당일 기숙사로 돌아오지 않았다는 점은 차치하고, 그동안 밖에서 한 일이 바로 시내의 불결한 여인숙에서 어떤 여인의 임신 중절 수술을 도왔다는 것입니다. 그녀는 어디에나 흔히 있는 거리의 여인이었고, 그런 여인이 남몰래 아이를 낳아서 버리거나 때론 낳지 않고 떼 내는 일, 죽어서 흘러나온 아이를 하천에 떠내려 보내는 일도 없지는 않았습니다. 그러나 이번에는 권위 있는 대학의 의과 학생이 면허도 없이 칼을 대어 아이를 꺼냈다는 점, 여인의 고통을 덜어 주기 위해 우리나라에서는 아직 정식으로 허가가 나지 않은 클로로포름 계열의 기체를 사용했다는 점, 무엇보다 그 여인이 우수한 학생의 정부라는 점에서 문제가 되었습니다. 외출 때마다 낮은 신분의 이름 모를 여인을 진지하게 만나고 다녔다는 일쯤은 사교계에서 공공연했지만 그 여인에게 생긴 자신의 아이를 의사 된 몸으로서 가장 잔혹한 방식으로 제거했으니까요. 기숙사 방에 있던 실험 도구들은 자기 나름대로 마취제와 진통제 등을 만들기 위한 것이었음이 밝혀졌으며, 그 사실을 알게 된 기숙생들은 그제야 그 방 앞을 지나갈 때 머리가 아팠다느니 정신이 혼미해졌다느니 증언을 쏟아 냈습니다. 경악과 혼돈이 빚은 집단 심리 현상의 하나로 생각되지만 상당히 많은 학생들이 그가 이상한 마법을 부린다고 입을 모으기도 했고, 이 무렵 마

5 의사이자 연금술사로 알려져 있다.

침 학생 서너 명이 조금씩 시차를 두고 각기 다른 장소에서 기절하는 바람에 교내의 공포감은 극에 달했지만, 지금은 중세가 아니고 물증이 없는 이상 그런 일은 고발 거리에서 제외되었습니다.

감옥에 들어간 뒤 그의 부친이 유력 인사들에게 손을 써서 그는 오래지 않아 풀려나왔다고 하며, 그가 재판을 받는 사이 여인은 염증과 합병증으로 돌보아 줄 이 하나 없이 고열 끝에 사망했다고 합니다. 그는 자신이 곁을 지켰다면 여인을 살려 낼 수 있었으리라는 후회와 비탄으로 세상을 원망하기 시작했고, 미련 없이 퇴학 처분을 받아들였습니다. 그 뒤 그의 아버지는 아들에게 막대한 재산 중 극히 일부만을 넘긴 뒤 상회의 경영권을 동업자에게 맡기곤 여행으로 소일한다고 하지요.

여기까지가 제가 보고 들은 사실의 전부입니다. 여인과는 그저 오누이 같은 사이였을 뿐 그 배 속의 아이는 남의 아이였으며 그는 여인의 간곡한 부탁을 못 이기고 들어주었을 따름이라는 소문도 있었으나 그건 당사자만 아는 일이고, 하여간 사정은 애석하게 되었지요. 스스로의 능력을 지나치게 신뢰해선 안 되었던 건데, 세상 누구든 자기 힘으로 멋대로 살릴 수도 죽일 수도 있다는 망상을 품지 않았더라면 앞에 놓인 것은 누구에게나 인정받는 탄탄대로뿐이었을 텐데 말입니다. 뭔가 불법적인 짓만 벌이지 않는다면 그의 능력 자체는 출중합니다. 그가 박사의 진료소에서 평소에 수상쩍은 기행을 벌일 거라곤 생각지 않습니다만, 사람의 목숨을 상대하거나 취사선택하는 데 있어서는 양보가 없고 무슨 이상한 수를 써도 무방하다는 주의를 지닌 것으로 생각되는 만큼, 그를 눈여겨보실 필요는 있습니다. 박사님의 허락이 없이 치료 행위를 한 경우가 한 번이라도 있다면 더욱 그렇습니다.

당신의 충실한 벗, B. M.

나는 그동안 어깨너머나 문틈으로라도 훑어볼 엄두를 못 냈던 그의 방문을 열었다. 그는 자신이 떠나 있는 동안 내가 이 방에 들어오리라는 예상을 충분히 할 수 있었을 텐데도 굳이 방 청소를 하지 않은 채로 내버려 두었다. 짐 꾸릴 시간도 없이 내가 던져 준 가방 한 개만 안고 떠밀리듯 나갔으니 어찌 보면 당연한 일이었다. 그 와중에도 침대와 의복들은 대체로 말끔히 정리되었으나 정작 나 아닌 누가 봐도 수상해할 만한 것, 시골의 작은 진료소에 썩 어울리지 않는 장면들은 그대로 방치되어 있었다. 엄청난 양의 약품과 실험 도구들이 책상에 그대로 진열된 채였고, 수많은 유리병이 내용물의 증발이나 외부 먼지 유입을 방지하기 위함인 듯 코르크 마개로 막혀 있었다. 유리병은 색과 농도와 분량이 저마다 다른 액체들로 차 있었고, 그중 일부는 살아 있는 듯 맥동하며 수면 위로 거품을 밀어 올리고 있었다. 그가 어떤 수작을 부렸는지는 알지 못하나 이중 무언가를 요한네 아기에게 먹였을지 모른다는 가정만은 할 수 있었다. 만일 약이 잘못되었다면 그 아기는, 까지 생각하다 나는 체머리를 흔들었다. 어떤 결과를 가져올지 모르는 약을 먹이려 했다는 점에서 나는 그와 다를 바 없었다.

그러니 그가 이 마을에서 누군가에게 해를 끼치거나 실험 대상인 사람들에게 비극적인 결과를 불러일으킨 게 아닌 한 그의 과거를 덮어 주는 게 옳고, 혹시 있을지 모를 현재의 꿍꿍이도 눈감아 주어야 했다. 내가 누군가를 탓할 자격이 없는 이상 그리해야 했다. 오래도록 기다린 서신의 결말치곤 퍽 싱겁다고 생각하며 방을 나서다가 나는 문간에 멈춰 섰다.

*많은 학생이 그가 마법을 부린다고 입을 모으기도……*

*땀을 닦아 드렸을 뿐입니다……*

이 현란한 유리병들은 마치 할머니에게로 가려던 빨간 두건의 시선을 사로잡아 원래 목적을 잊고 한눈팔게 만드는 숲 속의 꽃들과 같고, 눈에 보이는 것이 다가 아니며 아직 그에게는 납득할 수 없는 뭔가가 더 있었다.

없다면 찾아낸다, 아니 만들어 낸다. 방으로 다시 들어온 내 손은 어느새 손 닿는 곳 모두를 들쑤시고 있었다. 서랍, 책과 책 사이, 몇 벌 되지 않는 외투 주머니를 살폈다. 팔이 들어가는 데까지 침대 밑을 훑었고 심지어는 그가 잔 밑바닥에 몇 모금 남겨 둔 커피 냄새까지 맡아 보았다. 의자를 곳곳으로 옮겨 가며 딛고 서서 책장 위 먼지를 쓸었고 독특한 소리가 나는 데가 없는지 공연히 천장을 여기저기 두드려 보기도 했다. 오래된 벽의 갈라진 틈에 낀 먼지를 통해 숨은 진실을 간파하기라도 할 것처럼, 뽑아 든 한 권의 책을 투시하여 종이의 무늬와 결을 분석하기라도 할 것처럼. 쑤

셔 나가는 동안 파악되는 거라곤, 긴장으로 팽팽했던 양미간에 잡히는 주름뿐이었다. 그러면서 이 좀도둑 같은 행위의 바탕에 깔린 목적, 말하자면 마을 사람들이 등장하는 몇몇 장면이 머릿속을 스치고 지나갔다. 그들은 그렇게까지 비웃음 섞인 목소리로 나를 비난하지는 않았을 테고 그저 젊은 청년에 대한 칭송과 감사를 강조했을 따름이며 나를 대하는 시선은 평소와 썩 다를 바 없이 겸손하거나 친근했을 텐데도, 나의 뇌리에서는 그들의 모든 눈길과 입매와 음성이 왜곡 및 변조되어 되살아났다.

갑자기 몸을 움직인 탓인지 현기증을 느끼곤 깨끗하게 정리된 침대에 걸터앉았다. 그때 무심코 뒤집어 본 베개, 매번 끓는 물에 소독하여 눈처럼 새하얀 베갯잇의 구석이 변색된 양 불그스름한 것을 보았다. 베갯잇의 얼룩이 덜 빠져서가 아니라 그 속에 들어 있는 무언가가 비쳐 보인다는 사실을 알아차린 내 손은 어느새 정신없이 베갯잇을 뜯어 벗기고 있었고, 곧이어 그 속에서 한 장의 거즈가 오랜 숨바꼭질 끝에 지친 코흘리개처럼 무안한 표정으로 고개를 내밀었다. 끄집어내어 펼쳐 보니 크기는 목욕 수건만 했고, 이 세상에 존재하는 모든 냄새를 섞었을 때 나올 법한, 그것이 뭔지는 몰라도 확실히 그윽한 향기는 아닌 어떤 냄새를 발산했으며, 무엇보다…… 끔찍하게 더러웠다. 피와 고름으로 추정되는 각종 얼룩으로 오염된 거즈를 보니 그가 이것으로 그날 밤 빈사의 사람들을 닦고 다녔을 뿐 아니라, 변색의 정도로 봤을 때 그 전부터도 이런저런 상처를 닦고 나서 소독하거나 아주 태워 버리지 않고 오염된 그대로 써 왔으리라는 데에 생각이 닿았다. 피와 얼룩이 겹겹이 층을 이루어 원래의 거즈가 무슨 색이었는지도 짐작이 불가능했다. 이런 불결한 행위에 무슨 의도가 담겼는지는 알 수 없었고 알고 싶지도 않았으며, 그 어떤 선한 목적이 있다 한들 지옥의 악마가 한 무더기의 죄인을 삼킨 뒤 토해 낸 찌꺼기 같은 이 거즈에 정당성을 부여할 수는 없었다. 그것은 인체를 대상으로 하는 가공할 실험의 도구 내지는 그 결과물로만 보였다. 당장 그것을 펼쳐 든 양손의 엄지와 검지를 타고 극미한 곤충 떼가 팔을 기어오르는 느낌이어서, 나는 거즈를 발밑에 떨어뜨리곤 공연히 목과 어깨를 긁었다. 그러면서 나는 이 방을 떠나기 전까지 그가 처했던 상황을 미루어 짐작했다. 베개 속에 봉인한 상태로 보아 정말 중요한 때가 아니면 거즈를 꺼내지 않았을 것이다. 마차로 등을 떠미는 노인네의 재촉과 성화에 베갯잇의 바느질을 뜯을 시간이 없었을 텐데, 그렇다고 베개를 통째로 안고 떠나기엔 눈에 띈다. 항상 침대 위에 놓여 있어야 할 베개를 침대 밑 같은 데다 급한 대로 밀어 넣어 두면 만일의 경우 그것을 감추고자 했던 의도가 드러날 것이다. 그러느니 차라리 거즈가 있는 면을 밑으로 하여 머리맡에 그대로 둔다. 자연스럽고 일상적인 물건이 늘 그 자리에 있듯이.

샅샅이 뒤져 보면 무언가 더 결정적인 이상 행동의 증거가 나올지도 모르나, 항상 쓰는 베개 속에 넣어 둔 이 거즈보다 중요한 물건은 더 이상 없을 것 같았다. 이 순간만큼은 모든 신경이 거즈로 쏠려 있었고 이걸 본 이상 의사로서 할 일은 한 가지뿐이었다.

　마지막 붕대를 널고 뻐근한 허리를 젖히며, 가벼운 바람에 흔들리는 진료소 언덕의 빨래들을 바라보니 어제보다 한결 마음이 평화로워졌다. 그중에는 1박 2일간 끓는 물에 소독하여 눈처럼 새하얘진 빌어먹을 거즈도 있었다. 녀석이 이 진료소에 오기 전부터 사용했을 거즈의 오염 정도를 생각하면 그대로 태워 버려도 모자랐지만 아예 형체까지 없애 버리면 스스로가 도둑처럼 느껴질 것 같았다. 백 보 물러나 헤아리면 이것이 지극히 개인적이고 기이한 성적 취향을 만족시키는 데에 필요한 물건일 가능성도 배제할 수 없었고, 모포 끝자락을 꼭 쥐고 만지작거려야만 깊이 잠들 수 있는 정서적 유아기 증세도 고려해 볼 만했다. 그러나 마법을 시도했든 정신이 나갔든 간에 위생상 하자가 없다면 그것은 더 이상 위협적인 물건이 아니었다.
　진료소의 모든 붕대를 소독한 다음 마지막으로 이 거즈를 집중 소독하느라 시간이 오래 걸렸고 벽난로의 무쇠솥은 밤새 끓었다. 한두 번으론 어림도 없을 만큼 얼룩이 심했으나 일곱 번씩 일흔 번의 세탁을 시도하기 전에 다행히 흰색을 되찾았고, 다른 붕대들과 비슷해진 모습을 보니 안심이었다. 당분간은 그가 이것으로 무슨 헛된 실험을 해 본다거나 몸에 착용한대도, 그 대상이 환자 아닌 자기 몸이기만 하다면야 마음대로 하라며 관용을 베풀 수도 있을 것만 같았다.

그때 바람에 몸을 뉘었다가 일으키기를 반복하던 잔디 풀이 갑작스레 비명을 지르는 소리가 등 뒤에서 들렸다. 돌아보니 녀석이 일찌감치 귀가를 서두른 모양으로 이쪽을 바라보며 서 있었고, 발 아래엔 떨어뜨린 가방이 뒹굴고 있었다. 서리가 응결된 듯한 시선과 창백한 낯빛은 이 많고도 비슷비슷한 붕대 중에 자신의 것이 있음을 알아차렸다는 뜻인 듯했지만 나는 짐짓 모른 척했다.

"좀 편하게 놀라고 뒀더니 어째 이리 빨리 왔나. 한데 뭔가 문제라도 있나?"

그는 최대한 예단을 자제하는 태도로 물었다.

"저게…… 뭐지요? 빨래와 소독은 그동안 제가 맡아 왔는데요."

이제 그에게 우리 진료소의 방침과 의사로서의 의무를 상기시키고 그를 길들일 차례였다.

"늙은이가 운동 삼아 오래간만에 좀 해 봤네. 하는 김에 자네 방에 있던 것도 내다 빨았지. 어떤가, 아무도 밟지 않은 평원의 눈처럼 새하얗지 않은가. 자네가 그동안 그걸로 무얼 했는지는 사생활이니 내 묻지 않겠네만, 우리 진료소에 그런 물건을 그냥 둘 수는 없네. 태우지 않은 걸 다행으로 알게나."

그 말이 채 끝나기도 전에 내 몸은 허공에 둥실 떠오르는가 싶더니 다음 순간 바닥에 처박혔고 깜짝 놀란 날벌레들이 튀어 올랐

다. 녀석은 그동안 한 번도 본 적 없는 분노가 담긴 눈빛과, 그럼에
도 불구하고 침착한 표정을 띤 채 두 손으로 내 목을 조르고 있었
는데, 거기서 나는 지금까지 자신이 장악해 오던 현실의 갑작스러
운 탈색과 결락을 속수무책으로 응시할 수밖에 없는 자의 내상을
엿볼 수 있었다. 가만히 당하고만 있을 내가 아니어서 나는 관자놀
이에 부풀어 오르는 혈관의 움직임을 느끼며 그의 멱살을 잡았다.
이어서 주먹과 발길질이 오간 끝에 우리는 그대로 언덕 아래 끝까
지 럼주 통처럼 굴러 내렸다. 흙먼지와 잡풀을 뒤집어쓴 채 서로
목을 조르며 대치하다가, 문득 그의 헝클어진 갈색 머리카락 사이
에서 언제 붙었는지 모를 풍뎅이가 요란한 진동음과 함께 날아오
르는 게 보였다. 나는 먼저 손에 힘이 풀리며 웃음을 터뜨렸다. 기
껏해야 헝겊 한 조각에 이게 무슨 짓이냐 싶어지고 그 자리에 밀
리는 대로 드러누워 버렸다. 그 또한 허탈감과 망연자실 한가운데
서 이윽고 나를 죽이기를 포기한 듯 목에서 손을 떼고 주저앉았다.
　그런 뒤 우리는 미처 집게로 고정하지 못한 빨래가 휘날려 내려
온 언덕 끝자락에 앉아 그날 밤이 깊어 갈 무렵까지 머물렀고, 그
가 내게 들려준 이야기는 이랬다.

　그의 집안이 하루치 나무를 할 썩은 도끼 한 자루 사지 못할 만
큼 몰락한 사연은 그전에 들은 바와 같았다. 모친은 가문이 몰락하
고 빚쟁이들을 피해 숲 속 폐가로 도망치는 과정에서 세상을 떠났

다 한다. 그의 늦둥이 동생이 배 속에서 그대로 죽은 사실을 모르고 폐가를 청소하다 하혈과 함께 쓰러진 것이다. 모친을 수레에 싣고 산파를 찾아갔을 때 그녀는 이미 숨을 거둔 뒤였다고 한다.

한때 중소 상회를 이끌었던 부친은 전 인생을 통틀어 주판알을 튕기는 것이 운동의 전부였으므로 도끼질을 할 체력이 없었는데, 이웃집에서 빌린 도끼로 무리하게 나무를 하던 중 도끼를 떨어뜨려 발등을 찍고 말았다. 천만다행으로 날 아닌 등 쪽에 맞았지만 무거운 쇳덩이였으니 발가락이 으스러져 발등에 간신히 붙어만 있었을 뿐이었다. 덜렁거리는 발가락마다 나뭇조각을 대강 대 놓았지만 의사에게 보일 처지가 아니라 사실상 방치나 다름없었고, 조직이 괴사하기 시작하여 다 떨어져 나가는 것도 시간문제였다.

앓는 아버지의 몸이나마 따뜻하게 데워 드려야 한다는 일념으로 아들은 대신 도끼를 들고 나섰다. 그러나 손에 잡히는 물집의 크기와 넘어가는 나무둥치의 수는 좀처럼 비례하지 않았고, 기어이 도낏자루가 부러지고 말았다. 그는 가느다란 가지라도 가능한 한 많이 꺾어다 불을 때야겠다는 생각으로 나무를 타고 오르기 시작했다. 가지 끝에 한때 어느 새의 보금자리였는지 바싹 마른 둥지가 있었고, 그는 그 안에 놓인 유리병을 하나 보았다. 그것은 누가 일부러 거기 갖다 두기라도 한 것처럼, 개구쟁이들이 보물찾기를 하다 거기 두고 잊어버리기라도 한 모양으로 조심스럽고도 단정하게 놓여 있었다. 입구가 코르크 마개로 닫힌 유리병 안에는 짙은 안개나 구름을 한 조각 떼어 담은 듯 희부연 연기가 차 있어서 뭐가 들어 있는지 보이지 않았으며, 그 옆에선 나뭇잎 사이로 미끄러지듯 나타난 뱀이 혀를 날름거리고 있었다. 이끼나 새똥 냄새조차 풍기지 않는 빈 둥지의 유리병을 물려는 뱀의 모양이 그는 우스웠고, 저것을 깨무는 순간 뱀 주둥이가 오히려 갈기갈기 찢어지리라 예상했으므로 그대로 내버려 두는 편이 낫겠다며 짓궂은 기대를 품기도 했지만, 때마침 유리병에 꽂힌 코르크 마개가 가느다랗게 흔들리는 모습을 보고 무심코 거기 손을 뻗었다. 그런데 그가 유리병을 잡자 뱀이 진짜로 기다린 순간은 이때였다는 듯 손목을 물었다. 처음엔 결코 그것을 취하려던 목적이 아니었으나 직접적 위해를 입은 그는 이제 이 물건의 정체나 유용성과는 상관없이 그것의 주인이 되었으며 따라서 지켜 내야 한다는 의무에 사로잡혔다. 그는 몇 번이고 세차게 팔을 휘둘러 나무줄기에 뱀을 내리쳐서 몸통을 끊어 버렸다.

두 동강 난 뱀의 몸뚱이가 나무 아래로 떨어져 꿈틀거리는 걸 외면한 채 거대한 떡갈나무를 타고 내려오는 동안 그는 손목의 출혈이 생각보다 심하다는 것을 알았고, 지상에 발이 닿기도 전 온몸의 장기가 흔들리는 감각과 함께 그대로 떨어져선 정신을 잃었다고 한다.

다시 깨어났을 때 그는 저만치 앞에서 나뭇잎들 사이로 비집고

들어온 햇살을 받아 반짝이는 유리 조각을 보았다. 유리병을 놓쳐 깨뜨린 모양이었다. 분명 가느다란 떨림을 보였던 유리병 속에 어쩌면 작은 동물이 들어 있었을지도 모르는데 이제 영영 무엇인지 알 수 없게 되어 그는 아쉬웠다. 그것이 구름이든 곤충이든, 아니면 한 방울의 물이었을 뿐이라 해도.

뱀에 물린 손목은 약간의 뻐근함과 희미한 상처만 남아 있고 더이상 피는 나지 않았다. 상처는 마치 솜씨 좋은 의사가 그 자리에서 꿰맨 듯 잘 봉합되어 있었고, 금방 입은 상처가 아니라 이미 오래되어 흔적만 남은 것으로 보였다. 그렇다면 이 숲에 드러누운 채로 며칠이나 흘렀단 말인가? 오두막에 홀로 누웠을 아버지의 안위를 걱정하며 그가 윗몸을 일으켰을 때 떡갈나무 크기만 한 그림자가 머리 위로 드리워지더니 그에게 말을 걸었다.

―이제 일어났구나. 조금만 더 지나면 그대로 버려두고 가려 했는데.

어디선가 방향이 모호하고 울림이 낮으며 성별을 알지 못할 목소리가 들렸다. 그는 사방을 둘러보았지만 고개를 트는 대로 그림자만이 따라왔을 뿐 다른 존재는 보이지 않았다.

―하지만 병을 깨서 나를 꺼내 준 은인을 모른 척할 수는 없었으니까. 당신 옆에 떨어진 것을 줍도록 해. 당신의 피가 첫 번째로 닿은 이상 이제 그것은 당신 거야.

목소리가 시키는 대로 주위를 살펴보다 손끝에 닿는 느낌에 내려다보니, 거즈 헝겊이 한 장 구겨져 있었다. 채 마르지 않은 선홍색 피가 묻은 걸로 보아 그림자의 주인이 그걸로 그의 상처를 닦거나 묶어 준 모양이었다. 그렇다면 이 숲에서 정신을 잃은 지 얼마 되지 않았다는 뜻이기도 했다. 그럼에도 거의 아문 듯 색 바랜 상처를 다시 한 번 들여다본 뒤 그는 모든 것을 이해했다.

태어나 보지도 못한 동생을 모친과 함께 잃고 아버지마저 드러누운 그에게, 예전의 생활로 반 보만큼이나마 돌아갈 수 있는 길이라면, 기꺼이 수긍하지 못할 미지의 세계란 없었다. 현실은 언제든 꿈에 젖어도 되는 것이었고, 꿈이 증발한 자리를 예상하거나 외면하는 것은 스스로의 몫이었다. 그는 자신에게 주어진 행운에 가볍고도 부드럽게 안착했으며 유리병 속 인물이 말한 바를 실행에 옮겨 부와 건강을 되찾았다. 거즈의 왼쪽 부분으로는 사람이 살아가면서 입는 모든 상처를 치료할 수 있었고, 몸을 문지르면 눈에 보이지 않는 고열이나 내상, 각종 염증을 몸 밖으로 떠나보낼 수 있었다. 미친 사람, 흔히들 일컫는 마귀 들린 자를 낫게 하지는 못한다는 점이 아쉬울 따름이었지만, 그는 상당히 급진적인 사고의 소유자로 세상에 존재하는 모든 광기란 그것을 바라보는 인간의 주관에 따라 정도와 기준이 달라진다고 생각했기에, 그 정도 약점쯤은 수용할 수 있었다. 그리하여 그가 거즈를 얻고 제일 먼저 한 실험은 아버지의 으스러진 발가락을 제자리에 깨끗하게 붙여 놓는 것이었다. 아버지는 곧 일어나 움직였고, 기적의 경위에 대해 묻지 않음으로써 아들이 하는 일에 협조했다.

한편 거즈의 진가는 반대쪽에서 나타났는데, 오른쪽 부분으로 어떤 물건이든 문지르면 금으로 변했다. 손이 아닌 헝겊이 하는 일이니 미다스 왕의 저주로부터도 자유로웠다. 그러면서도 그는 어디까지나 신중했다. 갑자기 벼락부자가 되어 얼굴에 살이 오르고 기름이 끼면 세상 모두가 의심하거나 질투할 터였다. 그는 조금씩 금을 늘려 아버지가 도시로 나와 빚을 갚고 상회를 다시 열 수 있는 재산을 모으기까지 상당 시일을 소요했다. 먼저 빚쟁이들부터 찾아다니면서 단계적으로 채무를 갚았고 그 과정에서 아버지의 동업자로 믿을 만한 이들을 선별하여 협력 관계를 맺어 나갔다. 옛이야기 속의 바보들은 귀족에 왕도 모자라 신이 되게 해 달라고 소원의 수위를 높이다 기껏 얻은 궁전도 잃고 썩어 가는 통나무집에서 여생을 보내며, 혹은 갑작스러운 행운에 취해 기회를 활용할 줄 모른 까닭에 부와 명예 대신 저녁 반찬으로 쓸 소시지나 손에 쥐곤 했는데, 그에 비하면 그는 마법적 행운을 가질 자격이 충분히 있었다.

이제 여기서부터 내가 그를 보며 느낀 모호한 쓰라림의 정체가 조금씩 선명해졌다. 그는 행운으로 얻은 재능만으론 부족하다고 스스로 생각하여 대학에 다시 진학했다. 운 좋게 귀한 거즈를 얻어 신기한 재주를 갖게 되었다는 대목에서 나는 그의 능력이 모두 가짜이며 애당초 그 자신의 것이란 단 한 가지도 없었다고 치부함으로써 자존심을 유지하고 싶었는지도 몰랐다. 그러나 그는 대학 시절 내내 훌륭하게 실습을 해냈고, 내가 결국 창고에 다시 모셔 두고 두 번 다시 꺼내지 않을 테리악 따위는 댈 수 없을 정도로 여러 가지 풀과 동물 성분을 이용하여 좀 더 잘 듣는 약을 만드는 연구를 접지 않았다. 그것은 어쩌다 얻은 신기한 물건으로 사람들을 구하는 일에 가능한 한 죄의식을 갖고 싶지 않아서, 설령 능력 이상의 일을 하게 되더라도 자기 고유한 노력의 결과로 간주하고 싶어서였을까? 그는 귀신 붙은 거즈가 없이도 진료소 환자 전원을 살릴 수 있었을까? 베냐민을 걷게 한 것은 거즈와 순수한 실력 가운데 무엇일까? 베냐민이 여전히 사고 후유증으로 절뚝거림은 신적 권능이 아닌 인간적 불완전함의 징표로서, 그가 모종의 신비한 힘에만 기대지 않은 증거라 볼 수 있을까?

"……오십보백보라 생각하셔도 할 말 없습니다만, 적어도 모든 것이 속임수는 아니었습니다. 하나의 약을 만들면 그것을 검증하고 상용화하기 위해 권력자들과 친하게 지내는 일이 필요했습니다. 조금이라도 의심스러운 세균 한 마리를 발견할 때마다 그것을 널리 알리기 위해 사교계의 협력자들을 얻어야 했습니다. 이제 와서는 그 모든 노력이 물거품이 되었지만요. 살아 있는 사람을 상대로 약을 쓰는 일은 위험하기 짝이 없었고, 저는 뒷골목의 이름 없는 여인들과 아이들, 그중 특히 병이 걸린 이들에게 생활비를 대면서 투여해 보았습니다. 그…… 그녀는 그런 이들 중 한 명이었고, 마침 임부가 복용 시에 어떤 부작용이 있을지 사례를 수집하고 싶은 마음이 전혀 없었다고는 차마 말 못 하겠지만, 분명한 건 제 아이는 아니었습니다. 그러나 비참한 결말을 맞이한 그녀의 인생 위로 수레에서 식어 간 제 어머니의 모습이 겹쳐졌지요……. 번성과 영화의 거리를 떠나올 수밖에 없었던 까닭은 이걸로 설명이 되리라고 믿습니다."

"그 점에 대해서는 필요 이상으로 분명히 이해했네. 하지만 자네가 왜 저걸 보고 그토록 화를 냈는지는 말하지 않았어."

나는 언덕 위에서 나부끼는, 흩어져 내리고 뒤섞여 그중 무엇이 그것인지도 알아보기 힘든 거즈를 향해 턱짓했다.


─나의 뛰어난 발명품 가운데 하나를 갖게 됐으니 소중하게 썼으면 해. 이것을 다룰 때 주의할 점은 하나뿐이야. 당신은, 어디까지나 이것을 활용할 마음이 있을 때의 얘기지만, 살아가면서 여기에 수많은 사람들의 피와 오물을 묻히게 될 거야. 그래도 결코 세탁해선 안 돼. 사람의 고통과 더러움이 쌓임으로써 더 큰 힘을 내니까. 빨래 따위를 해서 깨끗해지는 순간 힘은 사라지고 말지. 한번 그러고 나면 아무리 다시 더럽힌들 평범한 수건 한 장에 지나지 않아. 계속 효과를 보고 싶으면 불쾌하더라도 더러운 대로 내버려 두어야 해. 인간들이 흘리거나 뱉어 버린 오물만을 먹고 사는

편리한 괴물을 당신의 인생에서 다시 만날 일은, 아마도 없겠지.

그는 고개를 들었다. 사라져 가는 그림자의 끝자락에서 그는 두 장의 날개를 단 샌들과, 넓고 커다란 모자챙의 일부를 스치듯 본 것만 같았다고 한다. 더불어 머리를 치켜든 두 마리의 뱀이 휘감고 있는 형상의 지팡이도.


이튿날 아침 일찍 눈을 떠서 벽난로에 불을 지피고 물을 끓였다. 지난 일 년 가까이 이 일은 새벽마다 그가 해 오던 것이었고, 나는 2층 구석방까지 굳이 올라가 보지 않아도 방이 이미 깨끗하게 비워졌을 테며 그가 더 이상 이 진료소 어디에도 없으리라는 것을 알았다.

솥을 거는데 손바닥이 뻐근했다. 내려다보니 흰 붕대가 감겨 있었다. 어디서 이랬을까 싶다가 나는 어제저녁의 일이 떠올랐다.

아니야! 내가, 그런 짓을 했을 리 없어. 그럴 리 없어. 내가 늙고 힘없다고 사기라도 칠 셈인가? 그런 중요한 물건을 내가 못 쓰게 만들어 버렸다고? 사람 목숨을 몇이나 살린 그 물건을! 아니야, 제발 틀렸다고 말하게. 자네의 착각이거나 농담이라고 말해 보란 말이야! 아니면 그래, 믿음이라고 하는 게 좋겠네. 하느님에 대한 믿음이 너무나 깊어서, 아니 좋아, 자기 자신에 대한 믿음이 넘쳐서 생긴 일이라고 말하게. 저 헝겊 쪼가리가 한 일은 스스로를 안심시키거나 확신을 더해 주는 정도일 뿐, 실은 모든 것이 자네의 재주라고 말하라니까!

길길이 뛰면서 언덕 위로 뛰어올라 바람에 말라 가던 나머지 붕대들을 모두 낚아채어 흩뿌렸다. 이미 수차례 흔들리면서 뒤섞인 붕대들이 더욱 어지럽게 엉키며 금세 흙물이 들었다. 바닥을 주먹으로 여남은 차례 내리치자 손등이 벗겨지고 피가 흘렀다. 그러니까 잘 보게, 이까짓 것은 이렇게, 말하면서 나는 떨어진 붕대 뭉치를 주워다 손등을 문질렀다. 어느 것이 그의 붕대인지 모르게 되어버린 지 오래였고 모든 붕대에 조금씩 핏물이 뱄지만 손등의 상처는 그대로였으며 피는 쉬 그치지 않았다.

그는 말없이 다가오더니 비슷하게 더러워진 붕대들 사이에서 그나마 피와 흙이 덜 묻은 것을 골라내 손등에 묶었다. 이제 내가 이 손해를 어떻게 갚으면 좋겠나? 보시다시피 이 늙은이가 가진 거라곤 조그만 진료소 하나가 전부네. 그동안 마을에서 쌓아 올린 조그만 명예와 신뢰도 자네가 나타난 뒤로 모두 넘겨준 처지일세. 이제 내가 자네의 미래와 그 빌어먹을 거즈에 대해 어떻게 해주기를 바라나? 그는 체념의 미소와 함께 분명 뭐라고 조용히 대답을 했는데, 나는 아우성 끝에 기침과 함께 탈진하여 쓰러졌으므로 내용이 기억나지 않았다. 그럼에도 그 미소는 어딘지 모르게 무거운 짐을 내려놓은 것처럼 보이기도 했다는 느낌만 남아 있을 뿐이다.

나는 천천히 붕대의 매듭을 풀었다. 이제 그 붕대 밑에 가려진 간밤 상처의 상태를 볼 차례였다.

그때 진료소 문이 열리면서 조심스러운 경첩 소리와 풍경 소리가 울렸다. 오늘의 첫 번째 손님이었다. 나는 서둘러 붕대를 되감고 뒷짐을 진 채 시치미 떼듯 입을 열었다.

"어서 오시게. 오늘은 어디가 불편하신가?"

붕대 같은 건, 언제라도 풀 수 있으니 말이다.

이제는 녹아 없어진다

그녀는 바람이 한숨 쉬는 소리를 들었다. 빗줄기의 속삭임을 들었고, 흩날리는 눈발의 웃음소리를 들었다. 한 알의 주근깨만 한 초파리의 날갯짓 소리를 듣고도 그것이 다음 순간 어느 자리에 가앉을 것이며 따라서 언제 일격필살이 가능할지를 예측할 수 있었다. 그러나 아무리 놀라운 재주를 갖고 있다 한들, 그것이 내일 먹을 곡식을 여물게 하는 데 도움 되지 않는다면 무슨 소용이란 말인가? 어차피 발 딛고 살아갈 땅이 이 세상 어딘가라면, 대지가 내뿜는 정직하고도 불친절하며 야만적인 열기에 한 덩어리의 버터처럼 녹아내리지 않으려면, 그녀는 땅에 묶이고 땅을 부치는 보편적 삶의 필연성과 유한성을 깊이 깨달을 필요가 있었다. 그가 그녀의 몸에 수십 개의 방울을 매단 그물을 씌우고 홀로 돌아와 버린 까닭은 그랬다. 이제 그녀는 마을 어디서도 환영받지 못할 테고, 결국 무릎 꿇으려 찾아올 곳은 그의 발치밖에 남지 않으리라.

그의 고장에서는, 언제 누가 먼저 시작했는지는 아무도 모르지만, 그물에 사람을 가두는 일이 얼빠진 바보나 게으름뱅이 내지는 짐승만도 못한 자에 대한 공개 처벌을 뜻했다. 넓게 펼쳐 덮은 그물의 끝과 끝을 일단 한번 매듭지어 놓으면, 원단이 질기기도 하거니와 손도 묶였기 때문에 안에 갇힌 자가 남의 도움 없이 빠져나오기는 힘들었다. 가족 누군가의 입에 들어가야 할 몫의 빵을 몰래 훔쳐 먹은 아이나, 밭에 제때 거름을 주지 않아 작물을 말려 죽인 아이들이 그물에 덮인 채 어쩔 줄 몰라 하며 돌아다니는 모습을 마을 사람들은 한 계절에 한두 번꼴로 목격할 수 있었다. 간혹 드물게는 현장에서 붙잡힌 적절치 못한 관계의 남녀가 한데 묶여 절반쯤 옷을 챙겨 입다 만 차림으로 가슴이나 무릎을 드러낸 채 길바닥에 끌려 나오기도 했는데, 그런 모습은 사람들로 하여금 대장장이 불카누스의 기술과 계략에 걸려든 비너스와 마르스를 떠올리게 했다.[1] 그렇게 한번 그물에 갇힌 자는 거기서 벗어나려 집집마다 들르며 도움을 요청했지만 마을 사람들은 면전에서 문을 닫

1 로마 신화에서 불카누스는 자신의 아내 비너스와 마르스의 외도 현장을 목격하고 보이지 않는 그물로 덮친다.

아 버림으로써, 공동체의 신성하고 엄숙한 노동과 삶에 파문을 일으킨 자에 대해 가능한 한 오래 경멸을 표시했다. 사소한 실수나 태만을 저지른 힘없는 어린애들 같으면 첫 번째 집에서 칼로 그물을 끊어 주기도 했지만, 그런 운 좋은 일은 자주 일어나지 않았다. 입고 쓰고 할 세상 모든 것이 부족한 때 남의 집 그물을 함부로 끊어 먹는 것도 미안한 일이라 올바른 매듭을 찾아 풀어 줘야 했는데 그것이 그리 쉽지 않았으므로, 결국 그물에 갇힌 자는 처음 그것을 묶은 장본인 ──주로 부모나 배우자를 찾아가야 했다. 그것은 그물뿐만 아니라 거기 걸려든 사람이 누구의 것인지 예속을 명확히 했으며, 비웃음과 문전박대로 그에게 굴욕을 안김으로써 원래의 주인에게로 돌아가 복종하게끔 유도하는 것으로, 예로부터 수많은 사람들이 그래 온 데에는 까닭이 있는 법이었다.

그러나 그녀는 마지막 한 점의 석양이 비켜 가기 직전까지 문을 두드리지 않았고, 그는 초조해져서 뒷짐 진 자세로 집 안을 왔다 갔다 했다.

돌이켜 보면 그가 그녀를 선택한 까닭은, 물론 그녀 집안에서 내놓은 지참금 조의 넉넉한 선물 때문이었지만, 그녀 존재 자체가 남달라서이기도 했다. 그는 이전에 농가에서 그렇게 많은 책을 쌓아 놓고 읽는 여인을 본 적 없었다. 그녀는 자신을 둘러싼 삶에서 달아나기라도 하려는 듯 인간의 역사와 문화 및 종교에 관한 책들을 탐독했는데, 그나마 그 책들의 주제가 그렇다는 사실도 제목을 보아서 짐작할 뿐 그로선 한 번도 접근하거나 상상해 본 적 없는 분야였다. 농가에선 잘해야 신문 잡지나 접할 뿐이었고 최근엔 남녀 애정과 치정과 복수를 담은 얄팍한 시리즈 정도가 유행했는데, 그조차도 읽을 수 있는 사람이 많지 않았다. 밤에는 기름을 아껴야 했고 겨울철에는 6시, 여름철에는 늦어도 8시가 넘어가면 모든 집에 어김없이 불이 꺼졌다. 이른 새벽부터 저녁까지 이어진 노동으로 가족 모두 단잠에 빠지게 마련이었지만, 간혹 잠 못 이루고 재미난 얘깃거리를 찾는 아이들도 있었다. 그러면 가족 중 농사일에 가장 낮은 빈도로 동원되는 노부모가 안경을 코에 걸고 침침한 눈으로 희미한 불빛이나 달빛 아래까지 있는 힘껏 책을 끌어다가 낭독해 주었다. 그 내용은 대개 널리 알려진 패턴의 권선징악이어서 나중에는 굳이 불을 밝힐 필요도 없이 외워서 들려줄 수도 있었다. 그 과정에서 패턴의 세부는 변형되었다. 평범한 소년 소녀는 왕자와 공주로, 사나운 동물은 괴물이나 마녀로, 세 벌의 옷은 세 알의 호두 같은 것으로. 그러므로 아이들은 매번 새로운 이야기를 듣는 듯 착각하곤 했다.

그런 배경에서 등잔 기름이 남들보다 남아돌 리 없는 평범한 농가의 딸이 상당히 높은 수준의 독해 능력을 갖추기란 쉽지 않은 일이었다. 말하자면 부모가 딸을 위해 오늘의 빵 한 덩이를 포기하고 한 스푼의 기름을 내주었다는 뜻이었고, 딸에게 건초 더미를 나르게 하거나 소똥을 치우게 하는 대신 책 읽을 시간을 주었다는 의미였으며, 정기적으로 읍내 장에서 광고나 저속한 연애물 이상의 읽을거리를 구해다 주었다는 얘기였다. 농가에서 아이를 위해 그렇게 할 수 있는 사람은 별로 없었다. 우리 딸은 지나치게 똑똑해서 탈이랍니다. 그 아이가 가끔 들려주는 이야기는 우리 중 누구도 알아들을 수 없지요. 서로 간을 보기 위해 그녀 집에 초대받아 저녁 만찬을 즐기던 날, 부모의 표정은 난처하다는 듯 눈꼬리를 내리고 있었지만 입가에는 자부심의 미소가 번져 있었다.

그때 그녀는 지하 창고에서 포도주를 두어 병 더 가지고 오겠다며 일어섰다. 그는 그녀가 몸소 자리를 비우는 것을, 자신에 대한 과찬을 멈추고 이만 화제가 바뀌기를 바라는 겸손함의 표시로 받아들였다. 한편 지하 창고에 술과 기타 식량을 상비한 것으로 짐작되는 그녀 집안의 경제력에 신뢰도 갔다.

"따님은 이제 열일곱 살이 아닌가요? 그리 똑똑한 따님을 서둘러 결혼시킬 필요가 있을지."

그는 미래의 장인어른 앞에 놓인 빈 잔을 채우며 물었다.

"실은 그 때문이라네. 우리 부부는 모두 평범한 사람이고, 하나 있는 저 아이 남동생도 그저 일 잘하고 튼튼한 농사꾼일세. 바람을 듣고 비를 읽어 내기보다는 그것들이 오가는 대로 기도하며 받아들이는 삶이 우리에게 더 어울리지. 우리 중 누구도 저 아이를 감당할 수 없다는 사실은 이미 오래전에 깨닫고 있었네. 탐욕스럽게 갈아 치우는 읽을거리를 원하는 대로 계속 집어다 준 까닭도, 그렇게 해서라도 혼자 가만히 내버려 두는 게 차라리 덜 성가셨기 때문이고. 하다못해 결혼이라도 시켜서 평범한 여자의 삶을 살게 하면 저 유난하고 엉뚱한 생각이나 행동이 조금 나아질까 싶은 생각이 든 지는 얼마 되지 않았네만, 쇠는 달구어졌을 때 두드리고 건초는 해가 났을 때 널어야겠지. 형편이 지금보다 넉넉했을 적엔 차라리 밖으로 내보내 공부를 시킬까도 했는데, 도시에서도 똑똑한 여자가 선택할 수 있는 길은 그리 많지 않다고 들었네. 여자가 잘나 보았자 그보다 더 똑똑한 남자의 일을 돕는 것밖에 더하겠나? 자식이 무지렁이인 것보다야 백배 다행스럽지만, 그렇다고 이 시골구석에서 남들과 다른 삶을 살게 해 줄 여력까진 없으니, 더 늦기 전에 잘못된 궤도를 돌려놓는 수밖에. 그래도 저 아이는 분명 도움이 될 걸세. 아니, 이게 너무나 거창한 소리라면 최소한 방해가 되지는 않으리라고 믿네. 저 아이는 땅의 숨소리를 들을 줄 알고, 그러니 언제 그 보드라운 흙을 건드려 엎어야 한 개의 씨앗이 가장 튼튼한 싹을 틔우고 뿌리를 내릴지도 알겠지. 언제 거름을 쳐야 땅속의 것들이 환호하는지, 그들에게 가장 필요한 게 무엇인지, 저 아이는 세상의 모든 것을 알고 있고 앞으로도 알 수 있다네. 농가의 청년이 그런 여자를 옆에 데리고 있다는 게 무엇을 의미하는지 자네는 상상해 본 적 있나? ……그나저나 이 아이는 창고에서 뭘 하기에 이렇게 늦나. 당신이 좀 다녀와 보오.”

그리하여 그녀의 어머니가 자리를 비웠고, 그는 미래의 장인어른과 함께 남은 포도주를 아끼며 홀짝였다. 농가에서 그런 여인을 딸로 데리고 있으면서 구체적으로 어떤 이익을 보았는지 묻고 싶었으나, 거기에 대답이 궁색하리라는 것쯤 짐작할 수 있었다. 실로 도움 되는 딸이라면 노처녀가 될 때까지 부모 옆구리에 끼고 있겠지 무엇하러 지참금을 들여 가며 남의 집에 넘길까. 그는 보잘것없어 보이지만 의외로 깨끗하고 빈틈없는 세간 하나하나를 곁눈질했고, 그녀와 결혼하면 이 중 자신의 집으로 올 것이 무엇인지를 가늠했으며, 이 거래가 무사히 성사되었을 때 자신이 얻을 것과 잃을 것의 경중을 달아 보았다. 모녀는 한참을 나타나지 않았고, 마침내 포도주 병이 바닥을 드러냈을 때 그녀 아버지도 창고에 다녀오겠다며 일어섰다.

식탁에 덩그러니 혼자 남은 그는 식어 가는 소시지구이와 조금씩 더껑이가 앉아 가는 감자 수프, 그리고 말라 가는 양배추 소금절임을 내려다보았다. 식탁에 놓인 촛대는 촛농이 흘러 엉겨 굳은 모양으로 손가락 한 마디만큼 남은 양초를 위태롭게 지지하고 있었다. 고된 바깥일을 마치고 돌아와 초저녁부터 잠에 떨어졌다는 그녀 동생의 코 고는 소리만이 다락방에서인지 희미하게 들려왔다. 이런 자리에 홀로 남아 있는 것은 생각 이상의 정신력과 에너지를 필요로 했다. 그는 잔을 기울여 바닥에 붙어 있던 포도주 한 방울까지 마시고, 딱히 목이 마르거나 포도주가 아쉬워서는 아니었음에도 자리에서 일어났다. 밖으로 나갔을 때 오른쪽 축사에서는 가축들이 가끔씩 부스럭거리는 소리만이 들려왔고, 그것은 이 집에 별다른 이변이 일어나지 않았음을 뜻했다. 그는 문득 왼쪽으로 난 창고 문이 조금 열린 것을 알아차렸다. 문틈으로 새어 나오는 불빛 한 자락은 꺼질 듯 희미하여 다가가면 그대로 밤안개에 용해될 것처럼 보였는데, 뜻밖에도 그 불빛 쪽에서 들릴락 말락 한 웃음소리가 흘러나왔다.

그가 문을 열고 층계를 한 단씩 내려갈수록 소리는 점점 가까워졌다. 그 웃음소리는 공기 중에 이물질처럼 겉돌고 있었으며, 그에 따라 이 세 식구가 처한 장면이 유쾌함이나 화목함의 징표라기보다 불가능한 소통에 대한 난처한 얼버무림에 가깝다는 사실을 알 수 있었다. 아버지는 머리를 긁으며 멋쩍은 듯 히죽거리고 있었고, 어머니는 한 손으로 들썩이는 배를 누르고 다른 한 손으론 창고 바닥을 치고 있었는데 그 바람에 먼지가 풀풀 일어서 웃음에는 간간이 기침이 섞였다.

"다들 기분 좋게 취하신 모양입니다. 저도 좀 끼워 주셨으면 좋았을 텐데요. 밝은 식당을 놔두고 어째서 이런 데서 얘기 나누시는 겁니까?"

"아니 자네, 결국 내려와 버렸군. 기다리게 해서 미안하네. 일부러 그런 게 아니라, 그렇지, 이 아이 하는 말 좀 들어 보게나. 젊은 사람들끼리 우리보단 통하지 않을까."

벌써부터 떠넘기기냐 생각하며 그는 눈살을 살짝 찌푸렸다. 부모의 어색한 웃음과 달리 그녀의 표정은 미소 없는 진지함으로 빚어져 있었고, 흔히 웃음보다 앞서 드러나는 도취나 열락도 엿보이지 않았다.

"무거움과 가벼움의 기준에 대해 토론하는 중이었어요."

"……그거야 무게를 달아 보면 절대적인 수치가 나오지 않습니까?"

"애야, 입은 비뚤어졌어도 말은 바로 하렴. 토론이라니, 네가 하는 말을 우리는 듣기만 했단다."

어머니가 간신히 웃음을 멈추자 그녀는 다시 입을 열었다.

"저울은 하나의 물건이 가진 중량을 수치로 정확하게 보여 주지요. 그런데 그 수치는 주로 장터에 나가 물건을 사고팔 때, 말하자면 내가 손해를 보지 않기 위한 일에 주로 쓰이잖아요. 가령 이런 일에는 거의 유용하지 않아요. 지금 당신이 내려오신 나선 층계의 벽을 보세요. 대부분 어둠에 가려졌는데도 은색으로 눈부시게 빛나는 손도끼 두 개가 보이지요? 장식용이지만 한 손으로 들기엔 꽤나 무겁답니다. 걸려 있던 못이 그것의 무게를 더 이상 버티지 못하거나 다른 어떤 이유로든 도끼가 떨어졌을 때, 멋모르고 그 아래를 지나가던 어린애의 머리를 부숴 놓을 정도는 되지요. 그러면 못이 버틸 수 있는 무게는 최대 얼마일까요? 그 최대치를 기준으로 어떤 물건의 무게가 99일 때까지는 안전하고, 100을 넘어야만 위험한 걸까요? 그렇지는 않을 거예요. 큰 바람이 불어오거나 실수로 잘못 건드리는 등 무게와는 상관없는 변수도 있잖아요. 그러니 무거움과 가벼움이란 상대적이고 상황에 따라 가변적이기도 하지 않은가요? 절대적으로 무거운 것과 가벼운 것이란 존재하지 않는 것 아닐까요? 더구나 옛날 어느 왕국의 학자가 나무에서 떨어지는 사과를 보고 알게 되었다던, 땅이 잡아당기는 힘 앞에서는 세상에 존재하는 모든 것의 무게가 단 한 장의 깃털만도 못하게 되어 버리지 않나요? 그러니 사람들이 집 곳곳에 자랑하느라 걸어 두는 수많은 장식품, 이국의 인형과 호화로운 샹들리에는 다 무슨 의미가 있는 걸까요?"

그는 재치 있는 대답을 하기엔 자신의 감수성이 너무나 빈약하다는 것을 인정할 수밖에 없었다. 그나저나 노동과 생산으로 먹고 살아야 할 사람에게 감수성이라니, 그처럼 터무니없는 사치와 낭비라니.

"그렇다고 세상의 모든 물건들을 바닥에 내려놓고 살 수만은 없지 않습니까?"

그가 기껏 대꾸한 말이라고는 이 정도였다. 이만한 추임새로 그녀라는 존재를 자신이 감당할 수 있는지 시험해 보고 싶은 마음도 있었다.

"물건의 자리로 천장이 어울리느냐 바닥이 맞느냐를 따지는 게 아니라, 유한한 물건이 지닌 무게라는 속성의 근본적인 허무에 대한 얘기였어요."

그녀는 어쩌면 이런 농가의 저녁 식사 자리가 아니라 도시의 우아한 살롱이나 카페 내지는 아카데미에 있는 편이 더 어울릴지 몰랐고, 그는 그녀를 선택했을 경우 자신의 인생에 드리워질 피로의 농도를 예측해 보지 않을 수 없었다. 한쪽 접시엔 그녀 집안의 논밭과 가축이, 다른 쪽 접시엔 앳되지만 다소 딱딱한 표정에 소통 불가능한 언사를 지닌 여인이 올려진 양팔 저울은 아슬아슬하게 수평을 유지하며 어느 한쪽으로 기울어지기를 주저하고 있었다.

그렇다면 말을 돌려 보는 수밖에.

"흥미로운 논쟁이긴 합니다만 그걸 왜 이 지하 창고에서 하필이면 지금 나누고 계신 거죠?"

"그건 실례했어요. 그저 계단을 내려오다가 생각에 빠지는 바람에 올라갈 때를 잊은 것뿐이랍니다. 내가 당신과 결혼해서 아이를 낳기라도 한다면, 그 아이를 위해 일어날 수 있는 모든 일을 생각해 두는 편이 좋으니까요. 그리고 나는 우리 아이가 태어나면 한밤중에 어두운 지하 창고로 심부름을 보내지 않으리라고 다짐했지요. 그러면 불안 요소가 하나는 줄어드는 셈이니까요. 실은 아까 이리로 내려오다가 구석에서 갑자기 생쥐가 튀어나오는 바람에 두 계단이나 미끄러졌고, 허우적대다 저 도끼를 건드려 거기 머리를 맞아도 이상하지 않을 상황에 놓여 있었거든요."

그때 그는 자신이 이 여인의 성격이나 취향을 조금도 이해할 수 없을 뿐 아니라 알고 싶지도 않다는 본심이 잘 닦인 거울처럼 내면에서 솟아오르는 걸 느꼈다. 그러나 아이 운운한 그녀의 전제가 긍정의 신호로 받아들여진 데다 그 자신은 인지하지 못했으나 저 깐깐한 여인을 길들이겠다는 욕망 또한 그의 내면에서 꿈틀거렸기에 서둘러 못을 박았다.

　"솔직히 저는 아가씨의 생각을 다 알아들은 건 아니고, 아직 태어나지도 않은 아이의 머리가 두 쪽으로 쪼개질 예상부터 하는 게 현실적으로 유용하다고 보지도 않습니다. 그리고 무게에 관해서라면, 제가 밀을 몇 단씩 실어 나르거나 아가씨를 안아 올리는 데에 별문제가 없다면 그걸로 무방하다고 생각합니다. 그러나 아가씨의 견해가 적어도 흥미롭게 느껴지는 건 사실입니다. 나머지는 차차 알아 가도록 하고 날을 잡아 보죠."

　그는 이 정도로 자신의 생각을 분명히 밝히고 선을 그었다고 간주했으며, 생활에 필요한 노동을 암묵의 계약대로 성실히 이행하는 한 서로의 영역을 존중할 수 있으리라 믿고 싶었다. 그리고 그는 그녀와의 건설적인 관계를 전제로 한 자신의 답변이 꽤 마음에 들었고, 어지간한 여인이라면 이와 같은 말하기에 감응하지 않기가 힘들 것이라는 자부심도 느꼈다. 나머지는 차차 변화시키면 될 일이었다. 그녀는 말에게 먹이를 주고 축사를 치우며 논밭을 일구는 동안, 남자도 능히 갖지 못할 탐구심을 여인이 계속 지켜 나가는 일이 얼마나 부질없는 소망인지를 스스로 깨닫게 될 터였다. 적어도 먹고 일하고 아이를 낳으면 그녀는 다른 모든 여인들과 같아질 것이다. 여인이 바람 소리를 듣고 별을 읽는 일의 무의미함을, 알려 주지 않아도 몸으로 느낄 것이며 어느덧 그녀의 탐구심은 자연 소멸하리라.

그러나 간단한 혼례 뒤 그의 집에 들어서서 내뱉은 첫 마디부터 그녀는 그의 가족을 아연실색하게 했다. 그의 노모는 나이에 비해 정정하여 집 창문을 반만 열고 소리를 질러도 밭에 나간 일꾼이 알아들을 수 있을 정도였는데, 자기 나름대로 다정하게 건네는 말 한마디도 자칫하면 불호령으로 들려 종종 오해를 사곤 했다. 바로 그 목소리로 호탕하게 웃으며 노모는 아들의 신부를 맞이하던 참이었다.

"우리 식구가 된 걸 환영한다! 오늘 푹 쉬고 밭일은 내일부터 나가자꾸나. 그런데 아들아, 새아가의 얼굴과 손이 이렇게 하야니 어찌 된 일이냐? 손에 흙 한번 묻혀 본 적 없는 것 같구나."

그는 노모에게 대강 둘러댔다.

"몸이 워낙 약합니다. 밭일도 익숙지 않아요. 당분간 밭은 그녀가 아니라 그녀와 함께 온 소와 말들을 데리고 제가 할 겁니다."

"그거 안타깝구나. 하지만 농가의 여자가 언제까지나 밭일에 서툴 수는 없는 법이지. 나와 네 여동생과 함께 안팎으로 다니면 팔심도 붙고 금방 일에 익숙해질 테니 염려할 것 없다. 뙤약볕 아래 오래 있기가 힘들다면 아마사를 뽑으면 그만이니…… 그런데 이 아가씨는 손에 상처는커녕 굳은살도 없는 듯하니, 물레질인들 해 보았겠니! 그것도 내가 천천히 가르쳐 주마."

"말씀 중에 실례합니다만."

그녀가 공손한 태도와 함께, 그러나 어리둥절해하는 표정은 감추지 않으며 천천히 입을 연 것은 그때였다.

"저는 '우리 식구' 중의 하나가 된다는 것을 잘 모르겠습니다. 소속이 달라졌다고 해서 사람의 본질까지 변하는 것은 아니니까요. 저는 그냥 저예요, 누구의 식구가 아니고요. 제가 아닌 다른 것이 될 수 없어요. 그 전까지 존재했던 방식이 아닌 새로운 방식으로 이 세상의 한 사람이 된다는 것은 불가능한 일이에요. 더구나 그것이 저에게 조금도 흥미롭지 않은 일이라면 말이에요. 저는 자기 자신을 살아가는 일에는 흥미 있지만 우리 중의 하나가 되는 일에는, 글쎄요."

그녀는 뭔가 이어서 말하고 싶은 듯 입술을 축였지만, 시어머니는 멍한 표정으로 그녀를 바라보았고 시누이는 경련에 가깝게 입꼬리를 씰룩이고 있었다.

"오라버니, 이 얼빠진 새언니라는 분은 대체 무슨 말씀을 하고 계시죠?"

"그녀가 말하는 방식은 보통 사람들과 좀 다르다고 그전부터 얘기해 두지 않았니. 서로에게 익숙해질 시간이 필요하단다."

"남들과 다른 것도 어느 정도껏이어야 말이죠. 이런 말장난에는 익숙해지기 힘들 것 같고 별로 그러고 싶은 마음도 들지 않네요. 일단 오라버니는 새언니가 뭐라는 건지 알아듣긴 해요? 그렇다면야 못 알아먹는 나랑 엄마 잘못이겠죠."

그쯤에서 그만둬 주었더라면 좋았겠지만 그녀는 천진하게도 시누이를 위해 보충 설명을 곁들이는 우를 범했다.

"한 포기의 풀도 한 마리의 동물도 한 명의 사람도, 모두 신이 바느질한 한 벌의 옷과 같아요. 우리 눈에 보이지 않는 공기 중의 수많은 조각이 모여 우리라는 존재를 이룬 거예요. 그러면 신이 바늘귀에 실을 꿰었을 때 이미 각자의 본성이 결정되지 않았을까요? 결코 양보할 수도 없고 변할 수도 없는 무언가가 우리에게 주어지지 않았을까요? 풀을 이루는 조각의 일부를 바꾸어 맹금으로 만들 수 있을까요? 우리 각자에게 주어진 성질을 박탈한다는 것은 그전까지 자신이 존재하던 방식을 포기하고 지금의 자리에서 다른 자리로 조각이 옮겨 간다는 뜻이에요. 신이 만들어 낸 우리가 그렇게 허술하고 가볍고 유동적인 존재일까요? 신은 우리를 완벽한 존재로 만들지 않았지만 그렇게 변덕스럽고 추한 존재로 만들지도 않았어요. 근본적인 변화가 가능하다고 인정한다면 그건 존재의 무게를 부정하는 셈이 되어 버려요. 인간이기 때문에 가질 수 있는 최소한의 존엄을 간과하는 것이죠. 그 순간 우리는 완벽하고 깨끗한 한 벌의 옷이 아니라 누더기가 되어 버려요. 신이 세상을 창조

할 때 누더기를 기웠을 리도 없을뿐더러 아가씨는 설마 자신이 누더기였으면 좋겠다고 생각하시는 건 아니겠지요."

시누이는 마시던 우유에 사레들려서 연거푸 기침을 하곤 소매 끝으로 기세 좋게 입을 훔쳤다.

"오, 오라버니. 엄마가 더 이상 허튼소리에 모욕당하지 않으시도록 제발 저 여자의 입을 다물게 해요! 내가 누더기에 대해 알고 있는 거라곤, 우리를 포함해서 이 마을에 사는 사람들 대부분에게 오늘 당장 몸을 가릴 누더기 한 장도 넉넉지 않다는 사실뿐이에요. 이렇게 말 안 통하는 무식쟁이들과 한가족이 되신 새언니에게 위로라도 해 드려야 하나요?"

"아가씨가 불편하셨다면 사과드릴게요. 하지만 저는 아무도 모욕할 생각이 없고, 그저 우리는 누구나 자신의 본질과 개성에 대해 숙고할 필요와 의무가 있다는 얘기로⋯⋯."

"본질이니 개성이니 같은 배부른 소리라니, 부르다 못해 뱃가죽이 뜯어지겠군요. 새언니는 참 잘나셨고 똑똑하지만, 내가 지금 무슨 얘기를 하는지는 이해 못 하는 것 같네요. 나는 당신이 눈 말똥말똥 뜨면서 순진한 척 또박또박 대꾸하는 그 말본새부터 못 견디겠다는 뜻이에요. 뭐 하세요? 오라버니!"

그는 어머니와 여동생이 앞섶을 부여잡고 피를 토하며 식탁 아래 쓰러지기 전에 서둘러 아내를 데리고 그 자리를 피해 나왔다. 두 사람은 건넛집 염소들이 풀을 뜯는 언덕 위에 올라서서 나무

그늘에 앉았고, 그는 가벼운 한숨을 몰아쉰 뒤 아내에게 일렀다.

"당신이 세상 모든 진리를 알고 싶은 욕심으로 끓어넘쳐서 남들보다 책을 많이 읽고 머리가 좋은 줄을 익히 알고 있으니, 이제 그 머리로 보통 사람들의 평범한 가치에 대해서도 좀 생각해 봤으면 좋겠어. 앞으로 틈날 때마다 내가 보편적인 사고방식의 실례를 일일이 거론해 줄 테니까, 한 번만 듣고 기억해서 응용해 줘. 그 정도는 할 수 있지?"

그러자 그녀는 고개를 기우뚱했다.

"저는 제가 머리가 좋다고 생각해 본 적은 없지만, 설령 당신의 말이 사실이라 해도, 진정으로 머리가 좋다는 것은 세상의 모든 무차별한 정보를 쓸어 담아 가둬 두는 데 있지 않다고 생각해요. 우리의 뇌가 그것을 둘러싼 껍질의 크기를 벗어나지 못하는 까닭은, 꼭 필요한 것만 골라서 기억하기 위함이 아닐까요? 보편이 무엇인지 알지 못하더라도 저는 조금도 불편하지 않고, 앞으로도 제가 알고 싶지 않은 것에 대해 굳이 알려고 들지 않겠다는 점에서 이미 왕성한 지식욕과는 거리가 있다고 해야겠지요. 세상은 모르는 일 투성이고, 알고 싶은 것만 알아 나가기에도 인간의 시간은 유한하니까요."

"물론 당신은 불편하지 않겠지. 이 세상이 하나의 거대한 무인도여서 당신 혼자만 살아갈 수 있다면 말이야."

그렇게 내뱉으면서 그는 어느새 자신이 그녀가 말하는 방식이

나 생각의 흐름을 비슷하게 흉내 내고 있다는 느낌에 사로잡혔고, 그녀가 보편적 인간의 생활 규약을 군말 없이 준수하지 않는다면 더 이상은 대화가 아닌 무의미한 소음이 될 것을 짐작했다.

"그런데 여기는 당신 혼자만 있는 게 아니지. 최소한 내 어머니와 여동생, 우리 가족을 배려하는 일조차 당신에겐 불가능한 건가? 당신은 똑똑할지 모르지만 현명함과는 거리가 멀어. 그 머리에 무엇이 들어 있는지와는 다른 문제야."

"그분들은 당신의 배려만으로도 행복하게 살아가실 수 있어요. 어제까지 생판 남이었던 여자에게 행복을 의존하고 싶은 사람이 어디 있어요? 그분들이 지금껏 살아오던 방식과 범주에는 제가 포함되어 있지 않아요. 빈 조각 없이 그걸로 완벽한 한 폭의 그림이지요. 언제 어디서 나타날지 모르는 당신의 아내를 위해 일부러 비워 둔 자리는 없단 말이에요. 그렇다면 그대로 생활을 유지할 일이지, 이제 와서 굳이 저를 끼워 넣는 게 서로가 불편한 일이죠. 그런 것이 현명함이라면 저는 현명해지고 싶지 않아요."

"당신의 말은 당최 어디부터 지적해야 할지 모를 오류들로 가득해. 정말 모르겠어? 이제 당신이 내 아내가 됨으로써 당신 생활뿐만 아니라 우리 생활도 어제와는 달라진 거야. 계약을 체결한 이상 자신이 원하는 대로만 하고 살 수 있는 인간은 이 세상에 없어. 입속에 공짜로 빵이 들어오는 법은 없다는 사실쯤 일곱 살 먹은 어린애도 알아. 하지만 이미 채워진 그림에 당신을 억지로 욱여넣자는 게 아니라, 우리 둘 다 처음부터 다시 그리자는 거라고.”

“적어도 그분들은 그렇게 생각하시지 않는 것 같던데요. 원하신다면 저는 어제와 마찬가지로 제집에 돌아가 있으면 돼요. 당신은 지금 당신이 목마르다고 해서 우물더러 이리로 걸어와 달라고 요구하는 사람 같아요. 아무리 멀리 떨어져 있고 힘들어도 우물을 마시려면 당신이 직접 움직여야 하지요. 그러니 당신들 세 식구는 어제와 같은 모습으로 살아가시고, 그래도 제가 당신 아내가 되었다는 사실에는 변함이 없으니 당신이 필요하실 때마다 언제든 저를 찾아오시면 돼요.”

“그렇게는 못 해! 앞으로도 절대로 그럴 가능성은 없어. 이미 나는 장인어른께 소 두 마리와 밭 일부를 받았고, 장모님께 몇 필이나 되는 아마포와 양털과 소가죽을 받았어. 그 밖에도 숙성된 술과 말린 고기와 싸락눈같이 하얀 밀가루, 이루 말할 수 없이 많은 것들이 모두 당신을 데려가는 조건으로 그분들이 내주신 거야. 당신에게 평범한 시골 아낙이 해야 할 바를 알려 주기 위한 수업료와 마찬가지지. 그 모든 것들을 제자리로 돌려놓을 수는 없어. 당신이 싫다고 해도 나는 당신을 우리 집의 사람으로 만들어 놓을 거야. 어째서 당신은 반대로 내가 우물이고 당신이 물을 마셔야 할 사람이라는 가정은 안 해 보는 거지? 당신이 내키는 대로 떠들어 대는 것도 오늘이 마지막이야. 나를 포함해서 우리 집 누구와도 말싸움은 용납하지 않아. 적어도 내 어머니와 누이가 이해하고 수긍할 수 있는 말을 하게 될 때까지, 당신은 우리가 하는 말을 듣기만 하고 먼저 입을 열지 마."

"하지만 이해한다는 건 사람마다 경험과 사고에 따라 다른 법이고, 어머님과 아가씨가 이해하지 못하는 말들도 세상의 다른 누군가에게는……."

"지금부터 닥쳐. 우리 마을을 벗어나지 않는 한, 우리 가족이 표준이야. 이 마을 어디에도 당신의 말 알아들을 사람 없어. 차라리 당신 부모들이 허풍을 떠는 대로 날아가는 꿀벌이나 팔딱이는 메뚜기하고라도 얘기를 나눠. 그것들의 경험과 사고가 얼마만 한 폭을 지녔는지는 모르지만."

"좋은 말씀이네요. 자연에 관한 한 때론 그것들이 사람보다 이해의 범위가 더 넓기도 하니까요."

"닥치라고 했을 텐데."

그러자 그녀는 정말로 입을 다물었다. 물론 머릿속에서는 한 가지 가능성을 지워 버리거나 흐릿하게 뭉개 놓았을지도 모르는데, 그건 바로 지하 창고에서 세 식구가 주저앉아 고민했던 문제일 것이다. 즉 그와의 사이에서 아이를 낳고 그 아이의 머리 위로 장식용 도끼가 떨어질 가능성 말이다. 그는 지금으로선 아무래도 좋았고, 약속된 땅과 가축을 넘겨받은 이상 그녀를 다스리는 일에는 충분한 시간을 들여도 좋다고 믿었다. 그와 그의 가족에게 있어서 그녀의 존재는 딸려 온 가축과 별다르지 않았으며, 입만 열지 않는다면 그야말로 가축과 거의 같을 테니 일상생활에 문제는 없으리라. 그 또한 아직 한창때인 농가의 남자로서, 스무 살도 되지 않은 아내에게서 당장 자손 욕심을 내려던 건 아니었으니 그녀가 마음속으로 무슨 생각을 하든지 그 정도는 내버려 두는 아량을 베풀었다.

그러나 그동안 도시 장터에 나갈 때마다 틈나는 대로 조금씩 수집하고 익혀 온 '아내 다루는 법'에 대한 여러 가지 매뉴얼이 별무소용이라는 사실만은 분명해졌다. 그중에는 옛날 어느 나라의 이름난 작가가 썼다는 연극 줄거리도 있었다. 그것은 누구도 못 말리는 거만하고 제멋대로인 왈가닥이 신혼 첫날부터 남편의 의도적인 미치광이 행세에 수없이 봉변을 당하고 지친 나머지 결국 순종하는 아내가 된다는 내용이었다. 그러나 이는 어디까지나 있는 집안의 귀부인으로서 도리를 다하게 되었다는 것으로, 농가의 아내는 그렇게 얌전하고 다소곳하기만 해서야 쓸모없었다. 그의 집안에 필요한 것은 우아하고 조신하며 연약한 인형이 아니라 피와 살로 이루어진 인간, 단단한 뼈를 감싼 근육이 꿈틀거리며 도드라지는 일꾼으로서, 그 몸으로 사내아이를 여럿 낳아 주기라도 한다면 금상첨화였다. 어떤 형태로든 생산과 증식에 기여하는 것이 바람직한 농가 아내의 삶이었다. 그러니 속세의 얄팍한 잡지들이 부인들의 질투나 간교, 험담 등을 경계하는 내용으로 알려 주는 그 어떤 요령도 그녀에게는 적용하기 힘들었다. 그녀는 높은 콧대를 휘두르지 않았고 그저 나직하게, 그러나 분명하게 자신의 의견을 말했다. 여러 명의 남자를 향해 이리저리 치맛자락을 펄럭이지 않았고, 오히려 지나칠 정도로 혼자 있는 것을 좋아했다. 함부로 주먹을 휘두르거나 발길질을 하지 않았고, 입을 다물라고 했더니 침묵의 서약을 한 담벼락 너머의 수도사처럼 정말로 아무 말도 하지 않았다. 나중에 어머니나 누이가 처음부터 다시 해야 할 만큼 서툴렀지만 시키는 일도 어찌어찌 해 나갔다. 단지 문제가 있다면 말을 시켰다가는 보통 사람들이 전혀 이해하고 싶어 하지 않는 방식으로 답한다는 것뿐이었는데, 신 앞에서 서약한 사람이 고작 소통의 어려움을 이혼의 구실로 삼을 수는 없는 일이었다.

그러던 끝에 오늘, 그는 누이가 밭에 키운 채소를 거두어다 팔기 위해 아침 일찍 읍내 장터로 떠났다. 누이와 어머니는 오랜만에 장을 보기 위해 그의 마차에 함께 올랐고, 아내는 밭에 남아 호밀을 거두기로 했다. 호밀을 모조리 베어 버리라는 것도 아니었고, 그저 네 식구가 사흘 먹을 호밀 빵을 만들 만큼만 수확하여 굽는 일이었기에, 각자 업무가 분담되었을 때 그녀는 불만을 표시하지 않았다. 오히려 일을 일찍 끝낼 수 있을 것 같아 잘됐다고 생각하는 눈치였다. 그로서는 여러 가지 고민과 배려 끝에 그렇게 한 것인데, 그동안 그녀가 소들을 제법 잘 돌본 데 대한 보상이었다. 그는 그녀가 서툴게나마 일을 마친 뒤 친정에서 얻어 온 기름으로 불을 밝혀 가며 밤늦도록 책을 읽는다는 사실을 알고 있었으며, 가끔은 그녀를 혼자 집에 두어 기분 전환을 시켜 주고 싶었고, 아내를 위해 그런 생각을 하는 스스로에 대해 훌륭한 가장으로서 이루 말할 수 없는 자부심을 느꼈다. 읍내에 다녀오면 꼬박 하루가 걸릴 테니 그녀를 위해 어머니와 누이를 모두 데리고 나간 것이지만, 본심은 어디로 튈지 모르는 고무공 같은 그녀를 읍내까지 데리고 나가서 많은 사람이나 물건을 구경하도록 두고 싶지 않기도 했다. 그녀가 가판대 잡지 같은 데 정신이 팔리기라도 하면 금방 시장에서 길을 잃을 터였고, 조금만 솔깃한 말을 하는 사람이라면 낯모르는 누구든 따라가 버릴지 몰랐다.

호밀만 제때 베어다 빵을 굽는다면야 부는 바람하고든 날아가는 파리하고든 실컷 얘기를 나누라지. 이렇게 생각하며 그는 말고삐를 조였다 풀었다.

그러나 석양이 깔릴 무렵 집에 도착한 세 사람은 그녀가 집 안 어디에도 없다는 사실을 알았다. 어둠이 깔리기 시작한 집 안은 을씨년스러웠고 굳게 닫힌 창문은 살짝 불어오는 바람에 몸을 떨며 울었다. 그녀가 집을 비운 지 오랜 시간이 흘렀음은 분명했고, 지친 몸을 이끌고 돌아온 세 사람이 먹을 호밀 빵이 준비되지 않았음은 물론이었다. 그는 어머니와 누이를 집에 놔두고 호밀밭까지 나가 보았고, 밭 가장자리에 드러누워 있는 그녀를 발견했다. 낮 동안 햇볕 아래서 실신한 채 지금까지 방치되었는지도 모른다는 두려움으로 서둘러 다가가 보니 그녀 얼굴을 반쯤 덮은 한 권의 책이 눈에 들어왔다. 그는 글을 간신히 더듬더듬 읽을 정도였으므로 과학과 문명과 인간 운운하는 제목만 알아보았을 뿐 그 책이 어떤 내용인지는 알 바 아니었고, 다만 상황을 파악해 보니 그녀는 기절한 것도 죽은 것도 아니었다. 거두어야 할 극히 적은 분량의 호밀을 앞에 두고 단 몇 페이지만이라도 책을 먼저 읽고 싶다는 유혹을 뿌리치지 못했으리라는 짐작이 갔다. 그러다가 그녀는 까무룩 잠이 들었을 것이고, 시간은 어느새……. 이 얼마나 불타는 지식을 향한 열의인지! 그러나 피로와 공복이 불러온 급격한 분노가 그를 압도했고, 그는 아내를 깨우는 대신 집으로 돌아가 새를 잡는 방울 달린 그물을 가지고 나섰다. 어머니와 누이가 어찌된 영문인지 모르겠다는 얼굴로 따라 나오려는 것을 쫓아 보내고 그는 호밀밭으로 다시 향했다. 그녀가 다가오는 그의 인기척을 눈치라도 좀 채 주었다면, 일어나서 뒤늦게라도 일을 시작했다면, 그럴 것도 없이 눈만이라도 떠 주었다면 그는 마음이 바뀌었을지 모른다. 그러니 처음부터 마지막까지 이 일은 모두 그녀 탓이었다.

깨어났을 때 그녀는 더 이상 바람의 한숨 소리도 새들의 속삭임도 들을 수 없었다. 단지 거칠고 질긴 그물이 온몸을 감싸고 있을 뿐이었다. 몸을 움직일 때마다 방울 소리가 허공으로 울려 퍼졌다. 열두어 개의 방울이 흔들린다고 그렇게 방해될 리 없는데, 너무나 가까이 귓전에서 울려 세상의 다른 모든 소리를 덮었다. 방울 소리

는 크기가 작은 대신 여럿이 모여들어서 자글자글 끓는 물방울과
도 같은 소리를 내며 청각과 신경을 예민하게 깎아 내었고, 그 조
잘거림은 마치 자신을 힐난하는 것처럼 들렸다. 그녀는 새가 아닌
사람인 자신이 어째서 새 잡는 그물에 걸려 있는지, 자신이 사람
아닌 한 마리의 새라고 한다면 자신을 사냥한 이는 어디에서 이
장면을 지켜보는지 알고 싶었다.

무엇보다도 자신이 누구인지를 알아야 할 것이었다.


"누구신가요?"

오빠로부터 자초지종을 들은 누이는 방울을 있는 힘껏 울리며
문 두드리는 소리를 듣고서도 심술궂게 되물었다.

"거기 혹시……."

"누구세요?"

투덜대며 몸을 일으키는 어머니를 누이는 손짓으로 다시 앉히
고, 새끼손가락으론 귀를 후벼 내서 엄지손톱으로 귀지를 튕겨 날
려 보냈다. 입가에 뜬 미소는 그동안 마음에 들지 않았던 새언니를
이참에 골탕 먹여 주고 싶은 의도로 가득 차 있었다. 어차피 그녀
가 저 방울 소리를 내면서 돌아다니는 한, 마을 어느 집에서도 문
을 열어 주지 않을 터였다. 한동안 집 안을 어슬렁거리던 오빠는 새
언니의 기행과 무책임한 태도와, 그럼에도 불구하고 아직까지 집
으로 기어들어 오지 않았다는 사실에 충격을 받은 나머지 몸이 불

편하다며 일찌감치 자리에 들어 버렸고, 그들 세 식구는 저녁 식사로 호밀 빵을 먹지 못한 채 남아 있던 곡물 가루로 묽은 수프를 끓여 먹었을 뿐이었다. 하룻밤 정도는 밖에서 저렇게 창피를 당하게 내버려 두더라도, 이보다 더 정당한 응징은 세상 어디에도 없었다.

"거기 엘제가 있나요?"

제발 좀 들여보내 주세요,가 아니라 자기 이름을 부르면서 또다시 뜻 모를 소리를 하는 걸 보니 새언니는 조금도 정신을 차리지 못했음이 분명하다. 누이는 귀찮다는 듯 아무렇게나 대꾸했다.

"예, 엘제 있어요."

그러자 문밖에서 새언니가 뭐라고 중얼중얼하는 소리가 들리긴 하나 방울 소리와 바람 소리 때문에 잘 들리지 않았고, 누이는 이어서 덧붙였다.

"아주 말 잘 듣고 일 잘하고 헛소리도 한마디 안 하는 엘제가…… 있어요."

그저 악의 담긴 장난에서 해 본 소리인데 어느새 문밖에서는 더 이상 방울 소리가 울리지 않았다.

"그러니까 오빠를 더 이상 실망시키지 않았으면 좋겠는데요…… 앞으로 잘하겠다고 다짐해 준다면."

느낌이 수상하여 마침내 누이는 식탁 의자를 밀치고 일어섰다. 문을 열자 안으로 습하고 더운 바람만 세차게 쏟아져 들어왔다. 새언니의 중얼거림으로부터 불과 이삼 분이 지났을 뿐인데 사방 어둠 속 어디를 둘러보아도 방울 소리가 들려오지 않았다. 벌써 이토록 멀어지는 일이 가능한가? 마치 한 마리 새가 이 집에 더는 볼일이 없어 날아가 버린 것처럼.

밤새 걷다 보니 어느새 마을 밖을 빠져나온 지 한참 되었다. 걷는 동안 몇몇 집의 문을 두드리고 같은 질문을 하려 했으나, 그녀가 입을 열기도 전에 집 안에 있던 사람들은 창밖만 흘끔 내다보곤 덧문을 닫아 버리는 것으로 대답을 대신했다. 눈앞에서 닫히는 그 수많은 문들은 공동체의 규격에 꼭 들어맞지 않는 여인을 배제하는 확실한 표시였다. 그녀는 평소라면 규격이 대체 어쨌단 말이며 그 규격이란 누가 정한 것인가를 두고 고찰했겠지만, 오랜 굶주림과 피로에 지쳐 맑은 정신으로 따져 물을 수 없었다. 사치가 되어 버린 고민은 가슴속 어딘가에 돌덩이처럼 들어앉기만 했다. 어린아이가 창밖을 내다본 때도 몇 번 있었는데, 오래 걸으면서 점점 그물이 엉키어 한층 기괴해진 그녀의 모습을 보고 아이들은 울음을 터뜨렸다. 어디에도 그녀의 말을 들어 줄 사람은 없었고, 그녀는 자신의 모습이 더 이상 사람이 아니게 되어서 아이들이 겁을 먹었는지도 모른다고 생각했다. 더 이상? 그녀는 더 이상,이라고 자연스럽게 흘러가는 자신의 사고 흐름을 의아하게 여겼다. 애당초 자신이 잠에서 깨어나기 전에 사람이었다는 믿음은 어디에서도 얻을 수 없었고, 처음부터 자신이 다른 누구도 아닌 바로 자신임을 비쳐 보여 줄 거울 또한 존재하지 않았다. 자신을 확인시켜 줄 사람들은 누구도 올바른 말로 대답해 주지 않았다. 나는 내가 아닌 다른 어떤 방식으로도 존재할 수 없어요. 그렇게 말했던 어느 날의 일에 대해 확신을 잃어 갔다. 다리가 무거워지면서 걸음이 느려지다 마침내 멎어 버리고, 그 걸음걸이의 멎음이 흡사 무생물의 것과 같다고 느끼며, 그녀는 자신이 어쩌면 처음부터 엘제가 아니었을 거라고, 엘제인 적은 한 번도 없었을 거라고 온몸으로 받아들이고 있었다.

몇 개의 마을을 거쳐 왔는지 모르고, 주위에는 이제 사람이 사는 거처라곤 보이지 않았다. 달라진 것은 작열하는 정오의 태양뿐이었는데, 그녀는 자신의 몸을 옥죈 그물이 보폭과 움직임에 따라 헐거워지기는커녕 더 단단히 엮이고 있음을 알았으며, 세상 어디로 가도 자신에게 덫을 놓은 이를 발견할 수 없으리라는 두려움에 사로잡혔다. 최소한 자신을 이렇게 만든 사냥꾼이라도 만나야 자신이 정말로 엘제인지 아니면 한 마리 새인지, 그것도 아니라면 그저 한 덩어리의 버터에 지나지 않는지 정도는 알 수 있을 텐데.

다음 순간 그녀는 더는 움직이지 않는 발아래를 내려다보았다. 그저 무기력하고 지쳤기 때문인 줄 알았는데, 연노란색이 감도는 흰 발은 어느새 녹아 흘러내려선 흙바닥에 흥건하게 고이고 있었다. 정말로 나는 엘제도 아니고 그렇다고 한 마리의 새도 아니며 햇빛에 녹아내리는 한 조각 버터일 뿐인가? 그런데 한 조각의 버터는 어떻게 눈앞의 대지와 나무를 바라보며, 무엇으로 생각을 하지?

의문이 풀리기도 전에 그녀는 점점 더 녹아 흘러내리더니 마침내 그 자리에는 방울 달린 그물과 미끈거리는 기름 웅덩이만이 남았다. 그 뒤로 어느 마을의 어느 누구도 그녀를 보았다는 이가 없었다.

거위지기가 본 것

지금이야말로 거의 닿을 듯하다고 생각하며 손을 뻗는 순간, 바람이 키득거리며 사위를 흔들고 그녀의 호박색 머리카락은 파도처럼 너울거린다. 그것을 황홀하게 바라볼 겨를 없이 등 뒤에서 몰아쳐 온 바람이 소년의 모자를 채어 간다. 소년은 모자를 잡으러 뛴다. 넘어지고 구른다. 거의 잡았을 때쯤 모자는 약 올리듯 손아귀에서 빠져나가 바람을 타고 흘러간다. 다시 넘어지고 구른다. 다리가 꼬이고 양 발목이 차례로 접질린다. 마침내 모자를 잡는다. 흙투성이 무릎을 털며 자리로 돌아왔을 때 그녀의 빛나던 머리카락은 눌러쓴 모자 아래로 모두 틀어 올려졌는지 더 이상 보이지 않으며, 오래되고 삭아 쓰러질 듯한 나무의 색깔을 띤 납작한 모자가 머리카락뿐 아니라 그녀의 표정도 가린다. 거위 떼가 나들이를 마친 듯 그녀 주위를 맴돌고, 소녀는 해가 기울어진 방향과 각도를 바라보더니 이제 이곳에서의 볼일과 오늘의 일과를 다 마쳤다는 듯 무심히 엉덩이를 털고 일어난다. 소년은 주위 온 모자를 짜증스럽게 깊이 눌러쓰곤 나뭇가지를 휘둘러 거위들을 한데 모은다. 앞장서서 거위 떼를 몰다가 가끔 대각선 방향으로 뒤를 흘끔거리면, 그녀는 여전히 아무 일도 없었다는 듯 초연한 손놀림으로 몇 가닥 남아 흘러내린 머리카락을 귀 뒤로 쓸어 넘기는데, 그 손가락은 세상에서 가장 바스러지기 쉬운 꽃대를 만지는 양 섬세하다. 문득 소년은, 아마도 지독한 갈증에 신경이 곤두서서 그랬을 텐데, 그 손가락을 잡아채서 꺾어 버리고 싶은 강렬한 충동에 휩싸이지만, 실행에 옮기는 대신 다시 앞을 향해 무뚝뚝한 걸음으로 일관한다.

꾀죄죄한 오버올을 입고 납작한 보터를 쓴, 심부름꾼으로 보이는 아이가 먼저 마차에서 내리더니 분주히 움직여 앞쪽 문을 열었다. 성 안팎 경비병과 일꾼들의 시선은 마차에서 내리는 오늘의 주인공한테로 모였다. 엎드린 심부름꾼 아이의 등에 내디딘 공주의 한쪽 발은 작고 귀여웠으며 구두 발등 부분에 박힌 호박이 마침 쏟아지던 햇빛을 받고 반짝여 한층 돋보였다. 소년은 대열 앞을 에

워싼 어른들의 어깨와 겨드랑이, 허리 사이로 나타난 불규칙한 틈을 통해서만 그 장면들을 조각조각 포착할 수 있었으므로 새로운 손님들의 표정이나 태도를 왜곡해 해석할 가능성을 완전히 배제할 수는 없을 터였다. 공주는 이런 의례에 익숙지 않은 듯 몇 번을 주춤거리다 마침내 양지로 모습을 완전히 드러냈다. 잘 익은 밤껍질과 같은 색의 머리카락이 오랜 마차 여행으로 헝클어져 있었고, 연한 푸른빛이 감도는 드레스는 마차 안에서 이리저리 몸을 뒤틀어 다급하게 갈아입기라도 한 것처럼 레이스며 리본이 구겨지고 주름은 흩어져 있었다. 피곤해 보이는 얼굴에 머뭇머뭇 떠오르는 공주의 미소를 보고 비로소 사람들은 안도의 한숨과 함께 환영의 박수를 보냈다. 공주는 성원에 보답하기 위해 그 자리에 잠깐 멈추어 치맛자락 인사를 해 보이곤 이어서 손을 가볍게 흔들었는데, 그러는 동안에도 심부름꾼 아이의 등을 줄곧 양발로 밟고 있었다. 그 아이는 공주의 미소를 위해 마차 아래에 던져진 나무토막이나 네 발이 묶여 제단에 올려진 한 마리의 양 같았다. 이웃 나라에서 시집온 공주보다 그 아이의 엎드린 등과 고통으로 꿈틀거리는 견갑골의 움직임에 소년의 눈길이 한 번쯤 더 간 것은 그래서였다.

소년은 땅으로 내려선 공주의 미소를 보며 그 각도와 모양이 조금 더 신중해지고 섬세해졌음을, 그것은 곧 친히 마중 나온 왕이 에스코트를 위해 한 팔을 내밀었기 때문임을 알았다. 공주가 이윽고 그 팔에 한 손을 조심스럽게 얹어 놓았을 때 경비병과 일꾼들의 환호와 박수는 절정을 찍었다. 그들은 이 성에 처음 온 공주가 대담하게도 왕이 먼저 인사하기 전에—왕은 먼 길 고단하셨을 텐데 들어가 쉬면서 여독부터 풀라는 의례적인 말을 꺼내기 위해 입을 막 열던 참이었다—그쪽으로 몸을 기울여 귓속말을 건네는 장면을 보며 부러움과 감탄의 웃음을 터뜨렸다.

소년은 그들 모습이 울창한 숲과 같은 정원을 가로질러 성 쪽으로 완전히 멀어지고 나서도 한참 뒤에나 몸을 추슬러 일으키는 심부름꾼 아이를 보고, 얼굴에 진 그늘의 두께와 깊이만으론 세상의 풍랑을 정면으로 맞아 온 노인 같지만, 작은 체구로 보아 자신과 비슷한 또래이거나 조금 더 어릴 거라고 생각했다. 이어서 공주를 전송함으로써 모시던 주인을 잃고 할 일이 없어진 아이의 운명에 대해 짐작해 보려 했지만 머릿속에 선뜻 그려지지 않았다.

그때 문득 소년을 비롯한 사람들은 이쪽으로 뛰어온 한 경비병의 파랗게 질린 얼굴을 보았다. 다음 순간 경비병이 허리에 찬 장도를 뽑아 마차에 매인 말의 목을 단숨에 치자 사람들은 비로소 그가 받은 명령의 내용을 이해했다. 말은 단말마의 울음을 낼 틈도 없이 그 자리에 쓰러졌으며 묶여 있던 마차도 크게 흔들리다가 끝내 쓰러져서 마부는 바닥을 굴렀다. 쳐 낸 말의 목은 허공에 반원을 그리다가 뒤늦게 땅에 떨어져 흙먼지를 일으켰다. 둘러선 사람들은 왕비가 될 여인을 맞이하여 경사스러워야 마땅한 날에 영문 모를 피를 보았음에도 이유를 궁금해하면 왠지 같이 베일 것만 같아 뒤로 주춤거리며 물러났다. 모래에 뒹굴던 말의 목은 그 자리에서 막 낚아 올린 물고기처럼 펄떡거리다 가느다란 진동으로 잦아들었고 순식간에 땅에 피 웅덩이가 생겼다. 바로 그 앞에 서 있던 심부름꾼 아이는 칼날이 빛을 반사하여 번득이면서 허공을 가르는 순간에만 움찔했을 뿐 말의 목을 눈앞에 두고서도 침착해 보였기 때문에 얼핏 보면 별다른 감정 없이 멍하니 그 모습을 내려다보는 듯했지만, 그것은 따뜻한 피가 모락모락 올라오는 말의 눈동자와 마주쳐 공포에 경직된 탓이었을지도 모른다.

마부가 항의하기 위해 앞으로 두 발짝 내딛는 순간 경비병의 장도가 마부의 가슴에 날렵하고 기다란 빗금을 그었다. 사람들은 비로소 비명을 지르며 앞다투어 그 자리에서 도망치기 시작했다. 그들은 성안에서 일어나는 일들의 타당성에 의문을 품거나 두 명 이상이 모여 갑론을박하지 않는 것을 미덕이자 불문율로 알았고, 이 상황만 모면하면 각자의 자리에서 평소대로 노동하며 살아갈 수 있다는 사실에 익숙해져 있었다. 이변이나 축제는 잠시일 뿐 보통 과격한 방식으로 일상으로 되돌아가곤 했다.

놀란 사람들이 대부분 넘어지고 구르면서 도망가 버렸기 때문에, 경비병의 칼끝이 이어서 심부름꾼 아이의 가슴을 겨누는 것을 발견한 이는 많지 않았고, 소년은 그 가운데 하나였다.

앞뒤 사정 살피지 않고 그 칼 앞으로 뛰어들려던 소년이 멈칫한 까닭은, 경비병의 칼끝이 그의 망설임을 충분히 보여 주고 있어서였다. 그는 저항하지 않는 어린애까지 베라는 명령은 받지 못했을 테고, 달려들기 전까지는 마부의 죽음 또한 예정에 없었을 것이다. 심부름꾼 아이는 그 전까지 사람이 취할 수 있는 가장 굴욕적인 자세로 공주의 발판 노릇을 했다고는 믿기지 않을 만큼 침착하고 기품마저 감도는 눈길로 경비병을 올려다보았다. 일찍이 비천한 신분의 어린애에게서 그처럼 고요하고 압도적인 인상을 받은 적 없는 경비병의 칼끝은 한층 더 출렁이고 술렁였다. 마침내 남아 있던 최소한의 양심에 따라 경비병이 칼집에 칼을 꽂고 돌아서서 침을 뱉자 심부름꾼 아이는 제자리에 앉아선 말의 목을 가만히 끌어안았다. 마부만큼은 아니어도 못내 아끼던 말인가 보았다. 누구도 꼭 끌어안은 말의 목과 그 아이를 떼어 놓을 수 없었다. 그렇다고 해서 이제 막 남의 나라로 건너와 주인과 아끼던 말 모두를 잃은 아이에게 형식을 갖춰 위로를 건넬 만큼 친절한 사람도 없었고, 무엇보다 말을 묻을 자리를 봐줄 권한을 가진 자가 없었다. 그나마 남아 있던 이들마저 모두 자기 자리로 돌아갔을 때 그 아이는 넘어진 마차와 마부의 시신과 함께 덩그러니 거기 남겨졌다.

소년은 말의 피를 흥건히 뒤집어쓴 아이가 곧 죽임당해서 말과 함께 묻힐 것이 아닌 바에야 어떻게든 조치가 필요하다고 생각했고, 그러기 위해서는 그 아이에게 일정한 소속이 — 말하자면 노동이 주어져야 한다는 것을 알았다.

그로부터 며칠 뒤, 심부름꾼 아이는 왕비가 될 준비를 차근차근 하던 공주의 은혜로 왕국 밖으로 정처 없이 내쫓기거나 처형당하지 않을 수 있었다. 아이는 소년을 도와 쉰 마리에 이르는 거위를 돌보라는 지시를 받았으며, 한 방울도 남기지 않고 피를 다 쏟아낸 말 머리는 아이의 간곡한 부탁으로 성의 후문 밖에 걸렸다. 그 은밀한 부탁을 들어준 이는 차마 아이를 베지 못한 경비병이었다. 경비병은 왕과 귀족들이 수시로 드나드는 도개교 앞에 그런 것을 걸어 놓을 수는 없으니 주로 일꾼들이 이용하는, 쥐구멍에 가까운 작은 후문에 말 머리를 걸어 주었고, 아이는 그것으로 만족한다는 듯 서글픈 미소를 지었다. 그 기이한 장례의 방식에 소년은 소스라치게 놀랐고, 심부름꾼 아이가 어딘지 모르게 정상은 아니라고 생각했다. 하지만 놀랍게도 그 말의 머리에는 까마귀 한 마리도 날아와 앉지 않았고 구더기도 끓지 않았다. 말의 몸체는 경비병들의 배를 불렸지만 머리는 언제까지고 썩지 않은 채 그 자리에 걸려 있었다.

소년과 그 아이는 성의 축사를 주로 담당하는 일꾼들 스물 남짓과 함께 창고에서 생활했다. 노인과 어린이, 남자와 여자의 구별이 없는 거처였다. 하루의 고된 노동을 마친 자들은 서로의 앞에서 아무렇지도 않게 옷을 벗고 입었다. 짧은 잠을 자기 위해서만 한자리에 모이는 시간이었으므로 어차피 서로를 만지지 않으면 곁에 누가 있는지도 알기 힘든 어둠 속이었다. 가끔 가축들이 한밤중에 새끼를 낳을 때나 꼭 밤에 일해야 할 때가 아니면 그들에게 저녁나절 코앞을 밝힐 등잔 기름은 따로 주어지지 않았다. 정해진 자리와 침구가 없었으므로 옆에 잠든 이가 누구인지 모르게 바뀌었고, 때론 한두 명이 더 들어오거나 아니면 누구도 모르게 떠나고 사라지거나, 설령 보이지 않는 귀신이 다녀간다 하더라도 사람들은 자신의 일과 양식에 큰 변동이 없는 한 신경 쓰지 않았다. 그러다가 이튿날 새벽녘에 눈을 떠 보면 치정 관계의 남녀 일꾼이나 낮 동안 다른 인부와 사소한 다툼이 있던 자 등이 시신으로 발견되기도 했다. 누군가가 밤새 뒤척이며 앓는 소리를 내거나 죽어 갈 때는, 그게 누군지 알아볼 수 없고 그의 이름을 모르더라도 한두 번쯤 괜찮은가, 혹시 물이나 다른 도움이 필요한가 물어보기는 했다. 그러나 대개는 그 소리가 병마나 악몽에 시달리는 소리인지 또는 둘 이상의 사람들이 서로 더듬으며 품속을 파고들다가 물방울처럼 터뜨리는 탄식인지를 신중하게 구별해야 했다.

창고에는 일꾼들 몸에 엉겅퀴 씨앗처럼 달라붙어 온 소, 말, 돼지의 분뇨 냄새가 일상적으로 고여 있었다. 처음 창고에서 자던 날 공주의 심부름꾼 아이는 달려 나가 토했다. 뒤따라 나가 아이의 등을 두드리며 소년은, 이 아이가 살았던 성에서는 일꾼들이 처한 환경이 매우 쾌적했을 것이며 대우나 생활 일반에서도 보통 이상의 호사를 누렸으리라는 막연한 짐작만을 할 수 있었다. 하지만 반드시 그렇다고 단정하기엔 몇 마디 속삭임만으로 자신을 실어다 준 마부를 죽이고 말의 목을 날려 버린 공주의 잔혹함과 앞뒤가 맞지 않았다. 아이는 어깨를 가볍게 흔들어 소년의 손을 떨쳐 냈고, 소년은 둘 곳 없어진 손을 등 뒤로 감췄다.

얼마 지나자 아이는 생활에 곧잘 적응해 나갔지만 소년에게 방해가 될 정도로 일을 잘 못 했다. 그 전 성에서 이와는 다른 일을 했거나 설령 공주의 단순한 말벗으로만 지냈다 쳐도, 몸을 써서 노동하는 생활 자체와 인연이 없어 보였다. 누군가가 잘라 주는 과일만 입에 넣고 살아왔을 것만 같고, 그 손으로는 뛰어다니는 거위 떼를 덮치는 대신 찻잔 고리에 검지를 걸거나 기도하기 위해 깍지를 끼는 게 고작이었을 것만 같았다. 거위의 배설물 한가운데 물통 두 개와 함께 나동그라진 아이를 보고, 소년은 어이가 없어서 물은 적이 있다. 전에 살던 곳에서는 대체 뭘 했니? 말해 주면 그쪽으로 돌리도록 시종장님께 부탁드려 볼 테니까……. 그러자 아이는 입을 꾹 다물고(그것은 단지 이 나라의 말에 서툴기 때문일 수도 있지만) 자신이 떠나온 곳에 대해 한마디도 입을 열지 않았다. 그 대신 무언가 깨달음이라도 얻은 듯, 아니면 단지 귀찮은 질문에서 벗어나기 위해서였을지도 모르지만, 눈에 띄는 속도로 일하는 모습이 나아졌다.

소년은 새로운 동료가 어설프게나마 성실하게 거위를 돌보는 모습이 좋았고, 비록 그 아이가 입은 거의 열지 않았지만 성 안팎에서 같이 일하는 유일한 또래 친구가 될 수 있겠다는 기대감에 한결 더 유쾌해졌다. 그러나 몇 날 며칠을 함께 먹고 자고 일하면서도 그 아이가 어느 날 언덕에서 남몰래 모자를 벗고 머리카락을 풀어 헤치는 광경을 목격하기 전까지, 소녀라는 사실을 알아차리지 못했다.

몰랐다기보다는 모른 척하고 싶었다는 표현이 더 어울릴지도 모른다. 푹 눌러쓴 모자챙 밖으로 끄트머리가 살짝 흘러내린 호박색 머리카락을 귀 뒤로 넘기는 모습이나, 단단한 빵을 한입에 베어 물지 못하고 다만 빵 껍질을 녹이기 위해 벌린 입술 사이로 조심스럽게 내미는 붉은 혀, 어쩌다 잠든 옆자리에서 구멍 난 모포를 서걱거리며 뒤칠 때마다 더러운 일상의 공기에 희미하게 실려오는 향기로운 숨결 같은 것들. 어쩌면 모르고 지나치기가 더 어려운 낱낱의 파편들. 그것을 지각할 때마다 소년은, 이런 돼지우리 같은 곳에 향기가 감돈들 외려 그 향기가 함께 더러워지게 마련이니 별 무소용이라며 고개를 돌렸더랬다. 거기에 성별을 떠나 처음 만났을 때부터 그 아이는 이상한 점투성이였다. 자신을 해칠 수도 있었던 경비병에게 간절히 두 손 모아 말 머리를 성문에 걸어서 아침저녁으로 볼 수 있게 해 달라 청한 것부터 이미 일반적인 사고 범주로 보기는 힘들었다. 그것은 어쩌면 연고도 친구도 없는 타지에서 보일 수 있는 정신적 방어의 하나일 수 있었다. 무너지지 않도록 자신을 붙들어 매기 위한 부적. 그러나 살아 움직이는 다른 일꾼들과 소년을 두고, 심지어 가끔씩 그들이 말을 걸거나 일정 정도 이상의 호감을 보이는데도 불구하고 설마 죽은 말 머리를 친구로 삼을까 싶었는데, 정말로 소년은 밤에 그 아이가 성문으로 나가 말 머리와 대화를 나누는 모습을 보았다. 정확하게는 아이가 일방적으로 말 머리를 향해 무수히 대화를 시도하는 것 같았다. 말의 이름은 팔라다인 듯했지만 나머지는 외국어라서 소년은 알아들을 수 없었고, 당연한 일이지만 말 머리에게서 대답이 돌아오지는 않았다. 말 울음소리라도 한두 번 났다면 그야말로 악령의 농간일 터였다. 성문 밖을 교대로 지키던 모든 경비병들은 어느덧 말 머리에게 말을 거는 가엾은 외국인 심부름꾼 아이의 존재를 알게 되었고, 이따금 소년이 거위를 몰고 지나갈 때면 또래 아이가 미치광이가 되어 버리지 않도록 옆에서 잘 도와줘야 하지 않겠느냐며 핀잔을 주곤 했다.

다음으로 이상한 점이라면, 머지않아 성대한 결혼식을 앞둔 원래 주인이 가끔 자신의 처소로 아이를 불러들이는 일이었다. 공주는 왕의 땅으로 건너왔을 때부터 자기 나라의 모든 것을 버린 처지여서 입궁과 동시에 관례대로 몸에 걸친 속옷 한 장까지 모두 갈아입은 뒤 불태웠다 하고, 속마음이야 어쨌든 최소한 겉으로 보기엔 아무런 미련도 아쉬움도 없이 팔라다의 목을 베었으며―본

국으로 돌려보내도 되는 무고한 짐승의 목을 굳이 쳤다고 하여 왕비로서 위엄을 세우는 데 얼마나 도움이 되었을지 의문이지만—함께 온 심부름꾼의 존재도 잊어버린 줄 알았는데, 이따금 하인들을 보내서 아이를 데려가곤 하는 것이었다.

물론 왕실 법도에 따라 살아 있는 동안 생이별한 가족과 재회하기가 어려우리라는 예감, 낯선 나라의 모르는 사람들, 모든 이들이 자신을 떠받들지만 실은 궁 안에서 누구도 믿을 수 없으며 사방이 적이라는 무언의 확신이 공주를 불안하게 할 터였다. 거기에다 일생을 함께해야 할 스무 살 많은 남편—왕은 아주 고령의 통치자라고 할 수는 없었으나 그와 결혼하기 위해 온 공주는 불과 열네 살이었다—을 비롯하여 자신이 속한 현실을 하나하나 짚어 보면 답답할 만도 했다. 그러니 본국의 말이 통하는 하인을 떠올리고 새삼스레 다시 말벗으로 삼고 싶어진 것도 무리는 아니라며 정원사나 요리사들은 대수롭지 않게 여겼지만, 그럼에도 이 사실을 왕이 알아서 썩 좋을 일이 없으리라는 정도는 어렴풋이 짐작하고들 있었다. 소년을 비롯해 그들 모두는 이 무렵만 해도 공주가 데려온 심부름꾼이 사내아이라 믿어 의심치 않았는데, 어디까지나 모른 척 못 본 척 침묵으로 단결했지만 그 광경을 수시로 목격하는 일꾼들 가운데 배신자가 나오지 않으리라는 단정까지 할 수는 없었으며, 왕이 어떻게든 사실을 알아냈을 경우 공주를 비호하거나 변명할 의리는 없는 것이었다.

누가 뭐래도 한 나라의 왕비가 될 여성의 방에 낮은 신분의 사내아이가 들락거리는 것은 바람직해 보이지 않는 데다, 왕이 외로운 아내를 위해 이 사실을 묵인한다면 상관없지만 그러지 않을 경우 가까스로 생긴 또래 친구의 신변도 안전하지 않을 상황이라 어느 날 소년은 기어이 아이를 말리기 위해 몰래 뒤를 따랐다.

큰 잎이 우거져 남들 눈에 쉽게 띄지 않을 만한 나무 위로 올라 소년은 공주의 방 창문을 건너다보았다. 두 사람은 그들 나라의 말로 얘기하고 있어서, 이 나라 말과 음가가 비슷한 몇 마디를 제외하곤 무슨 대화인지 거의 알 수 없었다. 공주가 낯선 땅에서 외롭고 당황스러워하는 것만큼은 사실인 듯했지만, 그렇다고 예전 하인한테 심적으로 의지하는 것처럼 보이지도 않았다. 두 사람은 일꾼들의 우려 내지는 호기심 섞인 시선과는 달리 서로에게 친밀하지도 호의적이지도 않았으며 공주가 아이를 일방적으로 원수 취급하는 것처럼 보였다. 공주는 아이에게 무언가를 자꾸 따지고 드는 모양이었고, 간혹 테이블에 쌓인 아무 책을 펼쳐다 아이의 눈앞에 흔들어 보이며 소리쳤다. 그게 무슨 책인지 소년은 창문 너머로가 아니라 코앞에 보였대도 알지 못했을 터였고, 마찬가지로 책과 인연이 없을 뿐만 아니라 글자를 읽을 줄도 모를 것이 틀림없는 아이에게 공주는 왜 이것 좀 보란 듯이 책을 내밀며 울먹이는 것일까? 아이는 달리 반응을 보이지 못하고 움츠러들거나 뒤로 살짝 물러날 뿐이며, 그것이 공주의 신경질을 북돋운 모양으로 공주는 아이를 향해 책을 내동댕이치고, 벗어 놓은 드레스와 장갑과 모자 따위를 손에 잡히는 대로 던졌다. 수많은 보석과 리본으로 치장한 드레스가 아이의 머리부터 우연히 척 걸쳐진 장면을 훔쳐보고 소년은 의외로 두 사람의 체구가 비슷하며 그 옷이 아이한테 잘 어울릴지 모른다는 무의미한 착각마저 들었다. 아직도 격의 없이 지내지 못할 뿐만 아니라 말 한마디 섞기도 쉽지 않은 아이를 두고 자신이 그런 생각을 하다니 수치스러운 일인 것 같아서, 소년은 미행에 대해서도 일꾼들의 난처한 입장에 대해서도 아이에게 입을 열지 않았다.

그것이 착각이나 공연한 떨림의 반영이 아닌 확신이 된 것은 어느 볕 좋은 날, 왕의 공무로 예정보다 지체된 결혼식 준비를 시작했을 때였다. 그날 소년은 왕실 축하연에 쓰일 질 좋은 거위 스무 마리를 골라내어 따로 나들이를 시키고 있었다. 더 맑은 상류의 물을 마시게 하고, 더 높은 언덕의 공기를 쐬게 했다. 오늘부터 이 거위들은 언젠가 왕과 귀족들의 잔칫상에 올리기 위해 별도로 깨끗하게 관리될 터였다. 그러는 동안 공주의 심부름꾼 아이는 다른 거위들을 돌보고 있었다.

소년이 거위들을 한데 모아 두고 몰래 아이한테 다가가 보기로 결심한 건 짓궂은 장난에 불과했는데, 굳이 구실을 붙이자면 자신이 자리를 비운 사이 아이가 거위들을 풀어 놓은 채 향수를 앓거나 농땡이를 부리고 있지나 않은지 관리 감독할 의무가 있었다. 그러나 실은 그 아이가 혼자 있을 때 무엇을 하며 어떤 표정을 짓는지가 궁금했다. 아이는 아직도 새벽과 밤 하루에 두 번, 대답 없는 팔라다에게 말을 걸고 있었다. 사람들과는 일할 때나 먹고 입을 때 꼭 필요한 대화만을 나누었고 그마저도 일에 익숙해질수록 점차 줄어들었으며, 대화가 없으니 희로애락을 동반한 표정을 지을 일도 없었다. 아무리 그래도 말라비틀어져 가는 말 머리보다 최소한 살아 있는 사람이 낫다는 것을 알려 줄 수 없을지 소년은 궁금했고, 그렇게 된다면 주체가 바로 자신이기를 바랐다.

발끝이 풀잎을 스치는 소리를 최소한으로 죽이며 아래쪽 언덕으로 다가가던 소년은 문득 물 흐르는 소리에 자연스럽게 섞여 드는 노랫소리를 들었다. 이국의 말로 된 가사라 거의 알아듣지 못했으나, 그 아이의 목소리가 펼쳐진 비단 위를 자유자재로 구르는 황금 구슬 같다는 느낌만은 선명했고, 그것은 거위나 먹이나 똥에 대해 말할 때는 몰랐던 사실이었다. 언제나 건조하며 그나마도 듣기 힘들던 목소리가 생존과 노동에서 벗어나 알지 못할 언어로 노래하니 이토록 달라졌다. 다가갈수록 노랫소리는 점점 더 맑고 투명해졌으며 시각의 착각마저 더해져 소년은 혼란스러웠다. 한층 가까워진 목소리에서 금빛이 발산되어 눈이 부신 나머지 두 눈을 감아 버린 것이다. 그러나 얼마 지나지 않아서 소년은 그 눈부심이 목소리 때문만이 아니며 아이의 뒷모습, 즉 보터를 벗고 그 전까지

갑갑하게 갇혀 있던 곳에서 흘러나와 바람에 출렁이는 호박색 머리카락에서 비롯한 것임을 알았다. 소년은 그전에 누구도 가르쳐 준 적 없고 어디서 비슷한 상황과 마주친 적도 없지만, 이런 경우 좀 더 신중하게 몸을 움직여야 한다는 판단이 섰고, 다가가 그것을 만져 보고 싶다는 강렬한 욕망이 동시에 들었다. 금발에 가까운 풍성한 호박색 머리카락이 어깨와 등을 가리니 소년은 자기도 모르게 때때로 시선이나 호흡이 멈춰졌던 이유를 알 것만 같았다. 뒷모습만으로도 그것은 사내아이가 아닌 소녀의 어깨이며 등이고 허리였다. 그와 함께 문득 첫날 공주의 구두에서 빛나던 커다란 호박 장식이 소녀의 머리카락 색과 무척 닮았다는 생각도 들었다.

그런데 다음 순간 뜻 모르는 가사가 가락과 리듬을 달리하더니 소녀의 노랫소리는 좀 더 높아졌다. 그 머리카락은 거위지기 따위가 함부로 만질 수 없는 신성한 무엇이라는 듯 더욱 풍성히 나풀댔으며, 돌풍이 불어 소년이 쓰고 있던 모자를 언덕 아래로 날려 버렸다. 소년은 졸지에 볼품없는 자세로 언덕 아래까지 질주하는 모습을 그녀에게 보이고 말았고, 등 뒤에서 엿보고 있었다는 사실도 들켜 버렸다. 어쩌면 소녀는 소년이 있다는 사실을 눈치채고 노래를 바꾸어 불렀는지도 모를 일이었다. 마녀의 명령이 아니라 해도 그런 목소리라면 바람도 복종하지 않을 수 없을 테니.

오늘로 세 번째 실패다. 정말로 눈부신 것을 만져 보고 싶을 뿐이라면 등 뒤에서 도둑놈처럼 다가가다 망신살만 뻗칠 게 아니라, 그저 한번 부탁하면 될 일이다. 직접 물어보면 그만이다. 너는 실은 여자애가 맞지? 왜 남자인 척하고 있니? 공주가 그렇게 하라고 했니? 너희 나라에 있었을 적부터 줄곧 그렇게 해 온 거니, 아니면 여기서 그렇게 해 두는 게 지내기 편안하기 때문이니? 공주는 너의 진짜 모습을 알고 있니? 그건 그렇고 머리카락 한 번만 만지게 해 줄래? 아니면 두어 가닥만 뽑아 줄 수 있어? 몇 가지 접근 방식을 머릿속에서 그려 보다 소년은 머리를 흔든다. 이도 저도 안 된다면 한밤중 모두가 곯아떨어져 있을 때 그 애의 옆자리로 다가가면 된다. 육안으로 짐작한 대로 감촉이 충분히 부드러울 테다. 그러나 어디까지나 햇빛 아래에서 빛나는 바로 그 머리카락이 아니면 의미가 없거나 황홀함이 덜할지 모른다.

그날의 산책을 마친 선별된 거위들, 상에 요리로 올려질 것이나 최후의 몇 주간은 귀한 몸이신 거위들을 별도의 우리에 모셔 두고 소년은 돌아선다. 소녀는 나머지 거위들을 원래의 우리에 몰아넣고 저녁을 먹기 위해 자리를 뜬 지 오래다. 소년도 소녀도 그날 일 그날의 장면에 대해 서로 언급하지 않았고, 일할 적에 소녀가 자신을 대하는 모습은 보통 때와 조금도 다르지 않아 거기다 대고 뭔가를 물어본다는 것이 오히려 부자연스럽게 느껴졌다. 그러나 소녀는 어느새 창고 문 앞으로 자리를 옮겨 자기 시작했다. 창고에는 단벌 옷가지나 간단한 개인 소지품이 대체로 일정한 곳에 놓여 있어서 그것이 자기 잠자리라는 무언의 표지가 되기도 하지만, 어디까지나 선착순이라 누군가가 먼저 들어와 자리를 차지하면 그뿐이었다. 그러니 소녀는 일부러 잠자리를 옮긴 것이 아닐지도 몰랐다. 아무렇지도 않게 지나가듯이, 마치 처음부터 숨길 의도가 없었으며 아무도 성별을 묻지 않아서 굳이 먼저 말할 필요를 못 느꼈을 뿐이라는, 그런 정도의 대답을 기다리며 물어봐도 되지 않을까? 원하는 대답을 들으면 공연히 손 내밀어 만져 보고 싶었던 머리카락에 대한 설렘도 사그라지지 않을까?

소년은 비상식량으로 주머니 속에 넣어 두었던 호두알끼리 껍데기를 부딪는 감촉과 진동으로 마음을 가라앉히며 걷다가, 앞에 드리워지는 긴 그림자를 발견하고 한발 뒤로 물러나 고개를 숙인다. 왕은 의관을 갖추지 않은 평상복 차림으로 시종을 대동하지 않은 채 성안의 어디론가 가던 참인 듯하고, 그렇다면 아마 공주의 처소로 향하던 길인 모양이라고 소년은 생각한다. 그러나 왕은 왕비 될 여인을 만나러 가는 일이 그리 급하지 않은 듯, 수년 새 두 번쯤 얼굴이나 마주쳤을까 말까 한 거위지기에게 말을 건넨다.

오, 마침 잘 만났다.

이어서 무슨 말을 할지 짐작 가서 소년은 그 자리에 얼어붙는다.

차라리 정원의 한 그루 나무가 되어 아무 말도 들리지 않았으면 어떨까 싶다.

네가 그 아이를 돌봐 주고 있지? 그녀가 데려온 하인 말이다.

돌봐 줄 필요가 없이 그 아이 혼자 알아서 잘 지내고 있으며 자신은 오히려 방해가 되는지도 모른다는 설명을 하기 구차하여, 소년은 다만 누구를 가리키는지 안다는 뜻으로 머리를 조아리기만 한다. 왕은 주위를 한 바퀴 둘러보곤 한층 더 목소리를 낮춰 묻는데 그 내용은 일꾼들이 염려하던 그대로다. 공주가 남들 보기 좋지 않게 그 하인 녀석을 수시로 방으로 불러들인다는 얘기가 들리니 너는 평소 보거나 들어서 아는 게 있으면 고하라는 것이다. 왕은 만일 그 어린것들의 밀회 현장을 목격하거나 부적절한 관계의 증거를 찾아 준다면 사례하겠다는 은밀한 제안을 하는데 좀 더 분명하게는 그 하인을 밀착 감시하라는 뜻으로, 나라의 왕비가 될 여인이 아무리 사소한들 그런 소문에 둘러싸여서야 왕의 체면이 말이 아니라는 얘기다.

그러자 소년은, 자신이 이 말을 꺼내는 순간 더 이상 소녀 옆에 있을 수 없을 것을 예감하지만 오로지 소녀를 위험에 빠뜨리지 않기 위해서만 선택한다. 왕께서 걱정하시는 일만큼은 그리 쉽게 일어나지 않을 것으로 생각되는데, 함께 온 하인은 여성임이 틀림없으니, 이국 생활에 마음 붙일 데 없는 공주의 유일한 말벗인 만큼 그들의 친분을 눈감아 주시고 오히려 공주의 직속 시녀로 삼아서 적응을 돕는 게 어떠한가 아뢴다. 그 과정에서 조금은 의아했던 장면, 친구라기보다는 공주가 일방적으로 소녀를 괴롭히는 관계로 보인다는 사실은 밝히지 않는다. 한편 소녀로 말하자면 공주와 우정을 나누기보다는 오히려 첫날 베어진 말 머리와 사이가 더 돈독해 보인다는 얘기 또한 숨긴다. 가까이 있어도 손 내밀어 만질 수 없다면 오히려 이편이 나을지 모른다. 소녀는 이제 분뇨 냄새가 밴 창고를 벗어나 공주의 분 냄새와 향수가 가득한 거처에서 그녀를 가까이 모시게 될 것이며, 수시로 주머니에서 삶은 감자를 꺼내 우물거리는 대신, 호화롭지는 않지만 적어도 한쪽 다리가 덜렁거리거나 부러지지 않은 식탁 앞에 앉아 식기를 사용하여 식사하게 될 것이다. 공주의 몸치장을 돕고 난 뒤 자신도 나무로 만든 핀 한두 개 정도는 머리에 꽂을 수 있을 것이다. 그렇게 거처가 멀어지고 나면 소년이 쥐새끼처럼 숨어들지 않는 이상은 이 넓은 성벽 안에서 일 년에 한 번도 소녀를 마주치기 힘들어질 것이다.

왕은 그 자리를 선뜻 떠나지 않고 뭔가 짚이는 바가 있는 듯 생각에 잠긴 얼굴이더니 소년을 다시 붙든다. 너는 그 사실을 어떻게 알았느냐?

소년은 자신의 내밀한 욕망과 치부를 드러내지 않는 선에서 고한다. 자세히 확인해 보지는 못했으나 뒷모습만으로도 여인임을 알아차릴 법한데, 그녀가 무슨 사연으로 머리카락을 감추고 남자아이의 옷을 입는지 알지 못한다 말한다. 다만 바람 속에 호박색 머리카락을 풀어서 땋는 그녀의 모습을 보고 세상 모든 것을 다독이며 보살피는 듯한 노랫소리를 들으면 왕께서도 아시리라 덧붙인다.

이튿날 왕은 전날 약속한 언덕에서 소년과 만나며, 시간이 되자 소년의 신호에 맞추어 아래쪽 언덕으로 내려간다. 과연 신의 축복과 은혜를 입은 밀밭과도 같은 금빛 물결이 그녀의 어깨에서 출렁인다. 왕을 그 자리에 두고 소년은 언제나처럼 그녀에게로 다가가며, 정해진 규칙처럼 모자가 날아가자 그것을 잡으려 뛰고 구른다. 왕은 소년과 달리 그녀가 부르는 이국의 노랫말을 다 알아듣는다. 바람아, 불어라, 내가 머리를 땋을 때까지, 콘라트의 모자를 멀리 날려 보내라. 그것은 어디까지나 등 뒤에서 훔쳐보는 소년을 경계하면서 부르는 노래이고, 소년이 다가가기 전까지의 노랫말은 내용이 조금 다르다.

왕이 평소 의문을 품었던 부분은──그것은 분주한 국무와 일정을 구실 삼아 혼례를 상당 시일 미루는 까닭이 되기도 했는데──정확하게는 공주와 심부름꾼의 관계가 아니었다. 공주는 모든 물적 준비를 갖추어 왔으나 가끔 궁궐의 법도와 예절에 맞지 않는 모습을 보이곤 했는데, 이때마다 왕은 철없고 배움이 적은 열네 살

어린 공주가 낯선 땅에 적응하는 과정의 하나라 믿으며 대수롭지 않은 일로 놔두었다. 공주 또한 열성적으로 말하길, 결혼 서약서와 동봉한 왕실의 편지에 적힌 대로 집안의 막내딸에 천방지축으로 자라 와서 수업이 아직 부족하니 부디 당신에게 어울리는 왕비가 될 때까지 시간 여유를 주시기 바란다는 것이었다.

왕은 그 자신이 한창 바쁘게 정사를 돌보고 정력적으로 바깥 활동을 할 나이인 데다 어린 공주에게 부담을 주고 싶지 않아서 그 청을 들어주었고, 과목별로 전담 교사를 붙여 주었다. 이때 왕은 그래도 공주가 궁정에서 자란 만큼 보고 들은 바가 전혀 없지는 않을 테니 조금만 더 물을 주면 활짝 피어나리라 여겼다. 최초에 한 달을 미룬 혼례가 한 달씩 더 지연되더니 총 세 번 미뤄졌다. 첫 한 달이 지난 뒤 성과 평가를 위해 담당 교사들을 불러 모으자, 교사들은 목이 날아갈 것을 두려워하면서도 입을 모아 성토하기를, 모셔 온 공주는 굳이 따지자면 물과 양분이 필요하다기보다는 뿌리부터 문제가 있어 보인다는 것이었다. 본래 교사들의 의무는 공주의 부족한 점이 무엇인지를 찾아내어 채워 주는 것이었는데 그들은 애당초 공주가 담긴 게 없는 빈 자루 같다고 보고를 올렸다.

그러나 뿌리에 문제가 있는지 없는지는 파헤쳐서 끄집어내지 않고서야 모를 일이고, 교사들의 하소연이 무능력과 무성의를 덮고자 하는 변명이 아님을 확인하기 위해, 왕은 어느 날 몇 명의 직위 높고 믿음직한 신하들과 함께하는 자리에 공주와 거위지기 소녀를 동석시킨다. 공주는 우아한 꽃무늬가 상감된 찻잔 앞에 앉아서 금방이라도 맞은편 거위지기 소녀의 얼굴에 자수용 바늘을 꽂고 싶은 듯한 표정을 감추지 않는다. 거위지기 소녀는 왜 자신이 불려 왔는지 알지 못하므로 당황하고 불안해한다.

필요한 이들이 모두 모이자 왕은 신하가 비단 방석에 받쳐 들고 온 서신을 집어 보인다. 내가 일전에 그대의 나라에 사신을 보내어, 그대가 궁 안에서 적적해하는 듯싶으니 격려 말씀을 주십사 부탁드렸소. 왕은 공무로 바쁘시고 왕비께서 병환 중에도 불구하고 친히 편지를 보내 주셨으니 그대는 우리 앞에서 읽어 주시오. 그러자 공주는 하마터면 잃어버릴 뻔했던 위엄을 갖추고 대답한다. 제게 온 사사로운 편지를 여러 사람 앞에서 읽는다니 당치 않습니다. 더구나 거위를 치는 하인 앞에서 읽다니 말입니다. 그보다 이 아이가 축사가 아닌 이 자리에 함께 있는 이유를 모르겠습니다. 그러자 왕은 말한다. 이 신하들은 입이 무거운 사람이며, 한 나라의 왕비에게 무슨 애로사항이 있는지 알아야 할 의무가 있소. 불편하겠지만 그것이 왕궁의 법도라는 걸, 당신은 나만의 것이 아니고 당신 자신만의 것은 더더욱 아니며 왕비의 관을 쓴다는 것은 사사로운 일들에 제약을 받는다는 뜻임을 잘 아실 텐데? 하다못해 왕자와 공주를 출산하는 모습까지 여러 귀족들 앞에 엄숙히 드러내야 하는 등 여러 가지 관례에 대해 어린 시절부터 가르침을 받았다고 알고 있소만. 그리고 공주 앞에 마주 앉은 저 거위지기로 말할 것 같으면 본국에서부터 데려와 가까이 지닐 정도로 친한 사이니 응당 알아야 하겠지. 내가 듣는 귀와 보는 눈이 없는 줄 알았소? 당신은 틈만 나면 저 아이를 불러다가 무엇을 하는 거요? 지금 바로 이 자리에서 편지를 읽지 않으면 두 사람에 대한 수치스러운 소문을 공주 스스로 인정하는 걸로 알고 두 사람 모두 처형하겠소.

그리하여 공주는 왕이 건넨 서신을 천천히 읽어 내려간다. 공주는 왕이 거위지기를 계집 아닌 사내로 아직까지 오해하고 있으며, 그가 의심하는 부분이 자신의 존재 자체가 아니라 그런 얼토당토않은 일임에 오히려 안심한다. 심호흡하고 긴장하면서 천천히, 그러나 끝까지 틀리지 않고 무사히 읽어 나간다. 내용은 범상하기 이를 데 없다. 왕을 잘 보필하면서 가난한 백성을 품에 안는 어머니가 되라는 당부이며 신께서 항상 지켜 주시리라는 어머니의 기원이 담긴 따뜻한 인사에 지나지 않는다. 무언가 중요한 정치적 메시지가 담겨 있었다면 낭패를 보았을 텐데, 빠른 시일 안에 많은 지식을 집어넣느라 머릿속이 엉킨 공주로선 다행이다. 그러나 단 하나, 마음에 걸리는 부분이 있다. 엠마도 건강히 잘 지내고 너를 염려하고 있으니 그녀에 대해 걱정하지 말라는 내용이다. 엠마는 누구인가? 공주와 하녀 따위가 서로 염려하고 걱정할 리는 없으니 성에 드나들던 귀족 친구 중 하나일 것이다. 특별히 친하게 지냈던 친구나 친척이 있었던가? 하필이면 둘러선 귀족 가운데 한 명이 묻는다. 엠마라는 분과 대단히 친하셨나 봅니다. 이렇게 먼 나라에서도 그녀를 걱정하셨습니까? 공주는 미소 짓는다. 엠마는 워낙 흔한 이름입니다. 친구들 가운데 정확히 누구를 말하는지 잘 모르겠으니, 아마도 어머님께서 이름을 착각하신 것 같습니다. 그러자 이번에는 신하가 공주의 손에서 서신을 조용히 빼내어 거위지기 앞에 갖다 내려놓고, 왕은 같은 명령을 내린다. 거위지기는 소리 내어 읽지 않는다. 왕이 이유를 묻자 소녀는 망설이다 대답한다. 왕비님의 글씨가 아닙니다. 귀족들 사이에서 술렁임이 일어나고, 왕은 태연하게 이어 묻는다. 엠마는 누구냐? 소녀는 이제 눈을 감아 버린다. 이제는 머리만 남아 성 후문에 걸린 팔라다의 아내입니다. 암말이죠. 공주는 그녀에게 찻잔을 던진다. 암말 따위가 '너를 염려하고 있다'니! 그것은 공주로 하여금 엠마를 사람으로 생각하게 만든 핵심 대목이다. 뜨거운 차를 뒤집어쓴 채 거위지기는 말한다. 조금도 이상한 일이 아니야. 팔라다는 머리만 남아서도 나를 염려하고 있는걸.

왕이 공주의 본국으로 사신을 보낸 것은 사실이다. 그러나 그것은 친필 편지를 부탁하기 위해서가 아니었으며 성내의 동물 가운데 공주가 가장 아끼던 것이 있다면 그 이름을 알려 달라는 간단한 요청이었다. 왕은 얼굴이 파랗게 질린 공주를 손가락으로 가리키며 거위지기 소녀에게 묻는다. 너는 누구고 저것은 무엇이냐? 거위지기 소녀는 하늘과 세 방울의 피에 맹세한 바가 있어 다른

이에게 진실을 말하는 즉시 심장이 입 밖으로 튀어나와 죽게 된다
며 망설이지만, 이미 언덕에서 공주의 노랫말을 들은 적 있는 왕은
더 이상 묻지 않는다. 발악하는 공주의 어깨를 두 명의 신하가 찍
어 누르고, 왕은 동의를 구하는 눈빛으로 주위에 둘러선 귀족들을
둘러본다. 귀족들은 추가 설명이나 증거가 불필요하다는 뜻으로
고개를 끄덕이며, 가짜 공주는 그 자리에 주저앉아 대리석으로 된
식탁 다리를 끌어안고 울부짖다 병사들에게 붙들려 바닥에 배와
가슴을 끌리면서 나간다. 그러면서도 절규하는 것을 잊지 않는다.
왕비가 되기 위해 이 나라의 언어를 목에서 피가 나도록 거듭 연
습했으며, 조금만 더 노력하면 잡을 수 있었던 것을 고작 말 한 마
리 때문에 놓쳐 버렸노라고.

　그때까지도 상하지 않은 채, 표정만 보면 마치 살아 있는 것만
같은 팔라다의 머리는 깨끗이 닦이고 뼈에서 분리된 뒤 여러 가지
처리 과정을 거친 끝에 정중한 관리를 받으며 궁궐 홀 한가운데
가장 눈에 띄는 아름다운 벽으로 옮겨진다. 죽어서도 공주를 염려
한 팔라다는 그 자리에서 언제까지나 그녀의 행복을 지켜보게 될
것이다.
　물과 양분을 더할 필요 없이 뿌리가 갖춰진 진짜 공주의 결혼식

준비는 일사천리로 진행된다. 느긋하던 일꾼들의 걸음이 빨라지며, 성은 안팎으로 소란스러워진다. 모두가 아낌없이 촛불을 켜고 밤잠을 아껴 가면서 일한다. 시녀들은 공주가 예식에서 갈아입을 세 벌의 드레스를 처음부터 다시 치수를 재어 만들고 금실로 수를 놓으며, 축사 일꾼들은 소와 돼지를 잡아 가죽을 벗긴다. 일꾼들은 신부가 바뀐 사실을 알지 못하며 거위지기 소녀가 진짜 신부라는 것 또한 모르고 그저 미루어졌던 혼례가 비로소 치러진다고만 들었을 뿐이다. 창고에서 누가 들고 났는지 세어 볼 이유가 없고, 거위 떼를 돌보던 어린애가 하나 더 있었던 것 같은데 어디 다른 데로 일하러 떠났나 보다 하고 짐작한 뒤 일꾼들은 그 존재를 곧 잊어버린다.

따라서 거위지기 아이가 진짜 공주이고 이제 곧 그녀가 왕비가 된다는 사실은 오로지 옆에서 지켜본 소년만이 알고 있다. 왕은 공주의 정체를 알아내는 데에 큰 역할을 한 소년에게 상을 내리겠다고 약속한다. 소년은 그것이 입막음에 대한 비용임을 알고 있다. 어떤 흉계에 의해서든 신부가 한때 바뀌었으며 하마터면 왕이 천민과 결혼식을 올릴 뻔했다는 정황이 널리 알려져서 좋을 일 없다는 짐작쯤은 간다. 왕은 결혼식을 마치는 대로 소년에게 경작할 땅을 살 수 있는 황금을 내리고 그의 신분을 해방시켜 주며, 성 밖으로 나가 자유인으로 살 것을 명하리라 선언한다. 그 황금으로 소년은 원한다면 농장주가 될 수 있다. 나라의 반을 떼어 주겠다는 허황된 약속이 아닌 지극히 현실적인 포상으로, 날마다의 노동에서 벗어날 수는 없으나 거위를 치던 시절과는 비할 바 아닌 유족한 생계를 누릴 것이다. 그러나 두 번 다시 그녀의 얼굴을 먼발치에서라도 보지 못하게 될 것이다. 거기에 비밀이 새어 나갈 것을 염려한 왕이 소년을 후하게 대우하는 척하며 언제 자객을 뒤따라 보낼지 모른다. 소년이 안전을 위해 선택해야 할 가장 바람직한 길이라면 황금을 기다리지 않는 것은 물론 결혼식도 구경하지 않고 줄행랑을 쳐서 누군가가 쫓아와 급습할 시간의 간격을 더 벌리는 것이다.

소년은 공주가 그저 소녀였을 적에 그녀를 보고 사로잡혔던 열망을 충족하지 못했음은 물론 아직 그것의 이름조차 알지 못한다. 어쩌면 그녀의 호박색 머리카락, 수차례 만지려 했으나 바람의 훼방으로 성사시키지 못한 장난을 비로소 치고 나면 그 정체의 실마리쯤 얻을 수 있을지 모른다. 하지만 함부로 다가가서는 안 되는 왕의 신부라서 이제 자신은 그것이 무엇인지 영원히 모르고 죽으리라 예감한다.

그리하여 소년은 그녀를 위한 자신의 모든 행위와 변호와 해명이 무의미한 정도를 넘어 심각한 잘못이었다고 생각하기에 이른다. 고작 열네 살 소녀의 운명과, 왕에게 끝까지 시치미를 떼지 못한 그녀의 선택을 원망한다. 그녀는 이제 자신보다 스무 살이 많은 남자를 남편으로 섬겨야 한다. 부와 권력을 지녔으며 세상을 손가락 하나로 휘두를 수 있는 그 남자는 그녀가 한창 피어날 스무 살이 되었을 때 마흔을 맞이할 테고, 늘 무거운 왕관을 눌러쓴 이마가 벗어지기 시작할 것이며, 그녀는 그 남자의 아이를 낳을 것이다. 그녀가 여성으로서도 어머니로서도, 무엇보다 한 인간으로서도 원숙미가 흘러넘치기에 이르면 그 남자는 이른 새벽마다 가래를 뱉고 몇 가닥 남지 않은 흰머리를 빗어 넘기는 황혼기를 맞이할 것이다. 무엇보다 그녀는 왕자와 공주를 낳고 왕을 모시는 일 외에는 정사에 관여할 수 없을 것이며, 인생의 대부분은 성 밖으로 모습을 드러내지 않고 유폐된 삶을 살아야 할 것이다. 어째서 그녀가, 한 왕국의 공주로 태어났다는 이유만으로 타국에 물물교환처럼 넘겨져 그런 운명을 감당해야 하는가? 어째서 그 눈부신 머리카락을 수많은 백성에게 보여 주거나 때론 아름다운 노래를 부름으로써 그들을 황홀경에 빠지게 해서는 안 되는가?

그런 혼란에서 헤어나지 못한 채 소년은 공주의 심부름을 나온 시녀를 뒤따른다. 결혼식을 하루 앞둔 공주가 친히 거위지기를 불러 왕께서 약속하신 황금과는 별개로 상을 내리고자 한다는 것이다. 소년의 꾹 다문 입술 너머로 절망과 환멸의 말들이 삼켜진다. 따로 불러들이지 않아도 그는 누구에게도 이 비밀을 떠벌리고 다니지 않을 것인데, 공주는 소년을 믿지 못해 그의 입을 막으려고 호출한다. 거위지기의 주제넘은 설렘을 짓밟기에 이보다 더 좋은 방법은 없을 것이다. 소년은 가능한 한 자신이 지어 보일 수 있는 가장 퉁명스러운 표정을 얼굴에 띠고 그녀 앞으로 나아가며 그러는 동안 그것을 내내 유지하느라 얼굴 근육에 경련이 인다. 무뚝뚝한 시선과 실쭉한 입술 정도로 감출 수 있는 초라함이라면 좋을 것이다.

그녀는 정원에서 오후의 티타임 중이다. 보랏빛 드레스도 목걸이와 반지도 그녀의 피부 톤에 잘 어울리며, 직접 손질하여 엉성하게 모자 속으로 밀어 넣지 않고 그녀 등 뒤에 선 시녀가 정성껏 땋아 사파이어 핀으로 고정한 머리카락도 우아하고 깨끗하다. 소년은 어느새 입 안에 괴어 있던 침을 있는 힘껏 삼킨다. 고개를 돌려 소년을 바라보는 그녀의 시선은 이미 왕비의 기품과 자애로 가득 차 있어서, 소년은 그만큼 아득한 거리감을 느끼면서도 조금 전까지 잔뜩 힘주고 있던 눈가와 입가가 이완되는 것을 느낀다. 잔에서 흘러넘친 포도주 같은 그녀의 목소리가 소년의 귓가에 용해된다. 소원이 있으면 자신이 유용할 수 있는 범위 내에서 무엇이든 들어주고 싶다고 말한다. 그 외에는 헛간 밖에서 한 구토나 거위 똥을 밟아 미끄러지고 뒹굴던 일, 그간의 서툴고 더러운 모습을 기억에서 영원히 지워 버리라든지 또는 외부에 함구하라든지 다른 언급이 없다.

당신의……

소년이 입을 열자 공주는 옆을 지키고 섰던 시녀에게 눈짓을 하고, 시녀는 석연치 않은 얼굴을 하면서도 조용히 그 자리를 비켜 난다.

머리카락을, 만져 보고 싶습니다.

두 사람 사이에 흐른 잠깐의 침묵이 소년에게는 영원한 움직임을 반복하는 진자의 시간처럼 느껴진다. 그녀의 배 속에서 조심스레 부풀어 오른 한숨이 향기와 함께 밖으로 토해진다. 그 숨결은 존재에 대한 엄숙한 선고 같다. 공주는 사파이어 핀을 비롯하여 머릿속 어딘가에 작은 정령들처럼 숨어 있던 여남은 개의 핀을 하나씩 천천히 뽑아 식탁에 내려놓는다. 손가락을 깊이 넣어, 시녀가 오랜 시간 공들여 땋았을 머리카락을 살며시 풀어 내린다. 소년은 등 뒤로 다가가 의자에 앉은 공주의 키에 맞추기 위해 풀밭에 무릎을 꿇는다. 그렇게 손에 닿기 원했던 머리카락을 떨리는 손으로 한 줌 움켜쥔다. 천천히 얼굴로 가져가 코로 향기를 깊이 들이마신다. 혀끝에 감기는 머리카락에서 과즙의 맛이 난다. 어느새 머리채를 한쪽 어깨 너머로 걷어 내고 그의 입술은 연체동물의 흡반처럼 그녀의 목덜미를 빨아들인다. 손가락마다 걸린 머리카락을 힘주어 잡아당기자 그녀가 아, 낮은 탄성을 지른다. 근처에서 엿보는 시녀는 이 장면을 간과하지 않을 것이고, 그는 내일 결혼식이 거행되기 전 새벽에 누구도 모르게 처형당한 뒤 머리와 몸통이 따로 들판에 버려져 독수리와 까마귀의 밥이 될 것이다. 어쩌면 모두를 속이고 왕비가 되려 했던 가짜 공주를 처벌한 방식대로 쇠못이 가

득 담긴 술통에 갇혀 언덕을 구른 뒤 강물에 빠질지도 모른다. 그
리고 열망의 이름을 마침내 알아냈으므로 그는 아무것도 후회하
지 않을 것이다.

연무처럼 휘날리는 눈발 사이로, 프록코트 깃을 여미고 실크해 트를 단단히 눌러쓰며 한 신사가 지나갑니다. 이 거리에서 좀체 만나기 힘든 차림새로 가죽 장갑에 외알 안경을 끼고 외투 주머니 밖으론 회중시계의 일부로 짐작되는 금줄을 늘어뜨렸어요. 나는 가려던 길을 잠깐 잊고 그에게 달라붙어 팔짱부터 끼고 봅니다. 이 거리에선 무언가를 파는 이들 모두가 이렇게 합니다. 몸을 밀착시키면 얻어맞거나 구둣발에 차일 확률이 더 높아지지만 한편으론 붙들린 신사나 귀부인이 기겁한 나머지 동전이라도 던져 주면서 뿌리칠 가능성 또한 커지니까요.

 그러나 신사는 동정 어린 눈빛을 잠깐 띠면서도 단호하게, 자신은 담배를 피우지 않고 불이 필요 없다며 내 팔을 떨쳐 내곤 먼지 터는 시늉을 합니다. 참으로 점잖고 양심 있는 진짜 신사입니다. 나쁜 사람들한테 잘못 걸리면 일은 일대로 당하고 동전조차 못 얻는 수가 많으니까요. 신사가 멀어지는 뒷모습 너머로 거대한 화광(火光) 공장의 검은 기둥과 지붕이 보입니다. 밤하늘에 경계가 녹아들어 그 규모를 감히 짐작할 수 없습니다. 그것은 살아 있는 주위 모든 것들을 끌어당겨 자신의 윤곽 안으로 집어삼키고 몸집을 무한히 키워 나갈 것처럼 보입니다. 이야기로나 들었던 먼 옛날의 육식 공룡이 저만할까요. 저곳이 무엇을 하는 곳인지도 잘 모르면서, 이곳에 사는 이들 대부분은 그 크기와 무채색 어둠에 압도당하고 맙니다. 행선지가 바로 저곳이면서도 나는 나도 모르게 뒷걸음질하다 골목의 다 쓰러져 가는 집 벽에 등을 부딪치고, 등줄기의 아픔과 함께 나의 현실로 돌아옵니다.

신사가 사라지고 나니 이곳에 다시금 넘쳐 나는 건 병자와 빈자에 어디를 둘러봐도 나랑 입성이 다르지 않은 이들뿐이어서, 한번 불을 붙이면 당신의 손끝은 물론 심장까지 태울 만큼 뜨거운 불꽃이 오래가는 성냥 팔아요 — 같은 과장을 아무에게도 들려줄 수 없으며 오히려 성냥 든 바구니를 통째로 빼앗기지나 않으면 다행이다 싶게 서로의 표정과 몸짓은 음산하고 흉포합니다. 성냥을 산다는 행위 자체가 이 거리 사람들에게 있어서는 상당한 모험이랍니다. 누군가가 성냥을 필요로 한다 함은 불을 붙여 밝힐 등잔과 기름이 있다는 뜻이며, 더 나아가선 저녁 식사로 끓일 수프에 넣을 시든 채소와 반 조각의 고기가 있음을 암시하기도 하니, 얼마 안 되는 식량과 재산을 힘세고 못된 이들에게 약탈당할 가능성도 따라서 높아지는 셈입니다. 이 거리에서 그와 같은 행위는 지극히 보편적이고 정당합니다. 내 바구니에 담긴 성냥과 같은 훌륭한 밑천을 가진 이들은 많지 않으며, 남의 등을 벗겨 먹지 않고는 살아갈 수 없는 이들이 대부분이니까요. 그러니 웬만한 어둠과 추위라면 차라리 거기 적응하기를 택할 수밖에 없습니다. 익히거나 끓이지 않은 음식을 허겁지겁 주워 먹고 배앓이를 하는 편이 통째로 빼앗기는 것보다 낫고요.

눈보라에 성냥이 젖을까 바구니 뚜껑을 꼭 덮습니다. 두어 시간 전에 헐거운 누더기나마 신발 한 켤레가 생겼습니다. 목적지도 분명해졌으므로 눈을 맨발로 밟으며 기약 없이 헤매지 않아도 된다는 사실이 휘청거리는 다리에 힘을 실어 주며, 그것이 한 동사체의 시신에서 벗겨 낸 신발이라는 죄의식도 묽어지게 합니다.

그녀는 왜 얼어 죽었을까, 신을 신은 걸 보면 적어도 죽기 전까지는 어느 정도 호강을 누렸나 본데—처음 시신을 발견했을 적에 든 생각이었습니다. 그러나 곱은 손가락은 이미 그녀의 신을 벗겨 내려 힘을 주었고, 맨발에 얼어 들러붙었는지 한 짝이 영 떨어져 나오지 않기에 하다 하다 결국 아까운 성냥 한 개에 불을 붙여 뜯어낸 것입니다. 추위 속에서 빠르게 언 그녀의 몸에서는 시취가

나지 않았습니다. 몸을 뒤집어 보니 배와 가슴이 크지는 않음에도 어느 정도 부풀어 있었는데, 시신에서 흘러나온 오물이 몸에 붙어 그대로 언 모양을 보아서는 배 속 아기가 아직까지 살아 있을 가망은 없어 보였어요. 나는 신을 벗겨 가는 보답이라고 하기엔 좀 무엇하지만 시신이 있다는 표시를 하기 위해 손 하나만 꺼내 놓고 그녀를 눈으로 잘 덮어 주었습니다. 이 거리에서 시신이 나타났다 하면 연고 없이 방치되기 일쑤라, 봄이 찾아오기 전까지는 이 열악한 가매장 상태를 그럭저럭 유지할 수 있을 것 같았습니다.

그렇게 노획한 신을 신고 갈 곳은 저 화광 공장입니다. 빛과 열기와 무엇보다도 하루치 빵을 찾는다면 폭설과 성에의 거리에서 미련하게 성냥이나 팔지 말고 화광 공장의 문을 두드려 보라 말한 것은, 호외 뭉치를 옆구리에 낀 남자애였습니다.

그 애는 이 구역에서 남쪽으로 네 블록만 걸어 나가도 거기서는 성냥 같은 걸 구경하기 힘들다고 했어요. 그러면 뭐로 불을 피우고 몸을 녹이지? 나는 어리둥절했어요. 그랬더니 그 애가 하는 말이, 그곳에 사는 사람들 대부분은 '증서'를 가졌다 합니다. 그 애도 증서란 것을 만져 본 적은커녕 구경해 본 적도 없지만 그것이 어디에 쓰이는지는 안다고요. 그건 일종의 결혼반지 같은 거라고 해요. 신부의 넷째 손가락에서 언제까지나 변색되지 않고 빛나는 보석의 약속과도 같아서, 그걸로 저 화광 공장에서 만들어 내는 '힘'을 얻을 수 있다고 합니다. 저 안에서 만들어진 힘은 바깥세상에서 빛이나 열이나 또 다른 무언가가 되어 세상을 움직인다고 해요. 그러니 저렇게 거대해 보여도 실은 톱니바퀴에 지나지 않는다고요.

처음에는 그 애의 말을 믿지 않았어요. 정말로 저 검은 기둥이 괴물의 아가리가 아니라 눈부신 빛과 따뜻한 열의 근원이 되는 힘을 만들어 내주는 것이라면, 어째서 네가 먼저 저곳으로 가지 않는 거야? 그러자 그 애는 호외 뭉치를 두드려 보이며, 이것도 저곳에서 만들어 내는 힘이 있어야만 찍어 낼 수 있다고 그랬어요. 자신은 비록 이곳에 살지만 두 다리가 튼튼하고 하루에도 몇 번이나 네 블록 정도는 오갈 수 있기 때문에 사람들에게 신문을 돌리고 동전을 받는 것이며, 이 뒷골목이 아닌 제대로 된 거리로만 나가 보아도 세상에는 글을 읽을 만큼 교양 있고 현명한 사람들이 많이 있어서 먹고사는 데에 큰 문제는 없다고요. 그러나 저 화광 공장의 불빛이 꺼지면 신문도 찍을 수 없고 그 이전에 사람들은 아무것도 읽을 수도 먹을 수도 녹이거나 데울 수도 없어서 도시 전체가 입에 자물쇠나 채운 듯 침묵에 잠길 텐데, 그런 상태가 되면 남아 있는 휴지 조각을 신문이라고 돌려 보았자 그것은 아무도 얼씬대지 않는 공동묘지를 지키는 해골의 일과 다르지 않으니, 자기로서는 한 명이라도 더 많은 사람이 화광 공장에서 일해 주는 게 좋다고 말이에요.

남자애가 그렇게 자기 편한 대로 속내를 드러냈지만 나로서는 그 애의 말을 한 귀로 흘릴 이유가 없었습니다. 내가 마침 얻어 가지고 있던 것이 하고많은 것들 가운데 증서의 시절에 뒤처진 성냥이었을 뿐, 성냥이 나의 휘장도 아니며 내가 파는 것이 반드시 성냥이어야만 하는 이유는 그 어디에도 없었습니다. 손안에 쥔 성냥한 개비의 무게와, 그것을 그어서 피워 올릴 수 있는 불꽃의 열기는 눈앞의 빵에 비하면—더 나아가 그 이름부터도 어딘지 모르게 단단하고 기대도 좋을 만큼 넉넉하게 들리는 '힘'에 비하면 보잘것없었습니다.

너 가서 자리 잡으면 내 은혜 잊지 마. 배불리 먹는 건 물론이고 성공하기도 어렵지 않을 거야. 예쁘고 말 잘 듣는 애들은 어딜 가서도 뭐든 팔 수 있다더라. 아, 물론 성냥은 말고.

나는 검은 집채 사이사이 괴물의 앞니처럼 빛을 내며 날카로운 눈으로 나를 쏘아보고 있는 화광 공장을 향해 걸어갔습니다. 팔에 건 성냥 바구니는 화광 공장 취업이 확정되면 내다 버릴 셈이었습니다. 공장에서 나 같은 어린애를 써 줄까? 그 이전에 화광 공장은 정말로 불을—그러니까 우리는 그저 익숙한 대로 '불'이라는 이름으로 두루 일컫지만, 이른바 힘을 만들어 내는 곳일까? 나는 힘을 어떻게 만들어 내는지는 둘째 치고 그것이 어떻게 생겼는지도 알지 못합니다. 뜨겁게 타오르며 검은 연기를 뿜어내고 살을 녹이며 피를 태우고 온몸을 집어삼키는 게 아니라면 그것은 불이 아니라고 알았습니다. 작고 가늘고 조금만 힘을 주어도 부러져 버리는 성냥이라는 물건조차 제 몸을 태워 따뜻한 불을 한 점 피우는데,

무엇하러 이렇게 거대한 공장에서 그 불을 일으키는 힘을 만들어 낸다는 걸까요. 무엇보다 그만한 힘을 내는데 어째서 바깥으로 검은 연기가 새어 나오지 않는 건지요. 힘이란 그토록 깨끗하며, 우리로선 헤아릴 수 없는 성분과 크기를 지닌 어떤 것일까요. 다 떠나서 남쪽 구역의 증서 가진 사람들이 쓸 힘이라면 그걸 왜 우리 지역에서 만드는 걸까요. 공장은 그들 사는 곳이 아닌 이곳에 있고 공장 안팎으로 무언가를 실어 나르는 것임이 분명한 거대 차량들이 하루에도 몇 차례씩 몇 대나 들락거린다는데, 어째서 우리는 그 힘을 가지기는 고사하고 만져 볼 수도 없는 걸까요. 그건 참으로 모를 일입니다. 그러나 만에 하나 정말 나 같은 아이라도 일하게 해 준다면, 적어도 힘을 만들어 내는 일꾼들에게는 남쪽 구역 사람들의 반의반 토막쯤 되는 작은 증서나마 주지 않을까요, 나도 힘을 얻거나 쓸 수 있지 않을까요. 검은 입을 벌린 공장 입구에서 두려워하거나 위축되기보다 나는 왠지 모르게 기대가 되었습니다.

공장 입구에서 나는 한 경비원을 만났습니다. 그는 두툼한 갈색 털옷을 입고 있었으며 길고 풍성한 꼬리가 발아래로 처져 있었습니다. 바로 옆에는 꼭 두 사람 정도 들어앉아 쉴 만한 종이 상자가 있었고 안쪽으로 난로가 보였습니다. 경비원은 기간이 되지 않아 채용 광고가 아직 나가지 않았다며, 지금 들어온들 채용을 승낙할 만한 높은 분을 만나기 힘들 테니 다음에 오라고 말했습니다.

그 높은 분은 안 계시나요? 라고 묻자 경비원은 대답하기를, 계시고 안 계시고 간에 자기도 함부로 뵐 수 있는 분이 아니며 세상의 그 누구도 미리 약속을 잡지 않으면 만날 수 없다는 것이었습니다. 나는 다 떨어진 큰 신발과 까져서 피가 흐르는 발꿈치를 보여 주며, 이 지친 몸으로 왔던 길을 돌아가다 얼어 죽을지 모르니 곁불이라도 쬐게 해 달라고 사정했습니다. 경비원은 난처하다는 듯이 내 얼굴을 내려다보다, 이윽고 송곳니를 드러내며 미소를 지어 보였습니다.

그리하여 내가 난로에서 곁불을 쬐는 동안 경비원은 상자 안에서 내 오른쪽 가슴을 만졌습니다. 그 전까지 분명 난로 옆에 있었을 테고 털옷까지 입었으면서 손은 차갑고 축축했어요. 그 어깨 뒤로 보이는 난로 불빛은 흔들리는 꼬리에 가려 잘 보이지는 않았지만 곧 얼어 버릴 것처럼 푸르스름한 색이었습니다.

일을 마친 뒤 그는 내 바구니를 덮은 보자기를 걷어 보더니 담배를 피우게 성냥을 달라고 했습니다. 난로가 있잖아요, 대답하자 그 불은 담배를 피울 때 쓸 수 없는 불이며 난로 덮개를 자기가 함부로 열지 못하게 되어 있다고 그랬습니다. 무엇보다 난로는 불로 돌아가는 게 아니라 공장 안에서 바깥으로 공급하는 힘으로 움직이는 거라고요. 그래서 붉어야 할 불이 그렇게 푸르게 보였나 봅니다. 힘이란 그것이 무엇이든 우리가 흔히 알고 있던 불과는 모습이 같지 않은 모양입니다. 나는 옷을 입고 성냥을 절반 덜어 그에게 나눠 주면서, 통행세를 이중으로 받다니 조금 지나치다고 생각했습니다.

공장 문이 열렸지만 그것은 어디까지나 대문이었을 뿐 나는 곧이어 한기가 도는 또 다른 로비로 들어서서, 아름답고 눈부시지만 무겁고 단단해 보이는 현관문을 올려다보았습니다. 로비임에도 격벽 한 장 없던 바깥과 다를 바 없는 기온이었고, 밖에서 본 것처럼 작은 종이 상자와 그 안의 난로가 엿보였습니다. 현관문은 금빛 빗장으로 가로질려 있었으며 거기에는 또 다른 경비원이 있었는데, 아까 본 이와는 옷차림이 달랐습니다. 그는 진회색 양복을 입었고 반달 모양의 귀에 길고 낭창거리는 꼬리를 갖고 있었는데, 이번에는 경비원이 아니라 공장장의 비서라고 그랬습니다. 경비원이나 비서나 내게는 별다를 바 없었고, 나는 다만 그 비서가 나를 공장장님께 데려다줄 것인지가 궁금했습니다. 그러나 비서는 고개를 저었습니다. 너는 도무지 힘이 없어 보여. 힘을 만들어 낼 수 있을 만큼의 힘을 못 쓸 것 같아! 힘을 만들어 내는 데에는 많은 힘이 필요해. 공장에서는 한 사람분의 힘을 얻기 위해 두 사람을 채용하는 비경제적인 짓은 하지 않아! 그래서 나는 말했습니다. 당신이 생각하는 것보다 나는 팔도 다리도 힘이 좋아요. 한 사람 몫의 힘을 내기 위해 나 같은 사람 둘이 필요한 게 아니라, 오히려 내가 두 사람만큼 일할지도 모르잖아요? 그리고 내가 힘을 만들 만한 힘이 있는지 없는지를 판단하는 것이 당신의 일인가요?

그래서 비서는 나를 공장장님에게 데려다주기로 약속했습니다. 다만 공장장님은 지금 매우 귀한 손님을 만나며 중요한 일을 하고 계시는 중으로, 그 일을 마치려면 적어도 한 시간은 걸릴 것이니 그때까지 기다려야 한다고 말했습니다. 비서는 내가 로비에서 떨며 기다리지 않도록 자기의 상자에 들여보내 주었습니다. 그리고 내 왼쪽 가슴을 만졌습니다. 그런 다음 아까 밖에서 경비원이 그랬던 것처럼 내 바구니를 열어 보곤 자기에게도 성냥을 나눠 달라고 했습니다. 나는 단 한 갑만을 남긴 채 비서에게 나머지 성냥을 모두 주어 버렸습니다. 역시 이중 통행세라는 생각이 들어 나는 의아했는데 비서가 말하기를, 성냥은 통행세가 맞지만 가슴은 곁불에 대한 비용이라는 거였습니다.

안내받은 대로 길고 긴 복도를 따라간 끝에 나는 드디어 공장장님과 만날 수 있었습니다. 공장장님의 방은 난로가 없는데도 풍문으로나 주워들은 열대처럼 따뜻해서, 나는 곧 그 자리에 봄날의 눈사람처럼 허물어졌습니다. 급변한 기온 탓에 어지러움과 구토증이 일어 내 눈이 잘못됐는지는 몰라도 공장장님은 무척 이상하게 생겼습니다. 얼굴은 약간 얼룩얼룩했고 머리와 옷은 검었으며 손발 개수가 보통 사람보다 좀 많은 것 같았는데 그건 어디까지나 내 착각이라고 해 두고, 전체적인 모양도 그렇거니와 몸집이 매우 왜소하여 내 엄지손가락으로 가릴 수 있을 것처럼 보였기 때문에 마치 바구미 한 마리를 보는 듯했습니다. 그래도 어쨌든 이 공장을 이끄는 분이고 이 공장이 없으면 도시의 모든 일이 돌아가지 않는 다고 하니까 보기엔 이래도 엄청난 힘을 가진 분이겠지요.

비서가 엄포를 놓았던 것과는 달리 바구미 공장장님과의 면접 은 생각보다 간단하게 끝났습니다. 바구미 공장장님은 서류에 몇 글자 적더니, 비서를 따라가서 여기 쓰인 대로 하고 이 서명을 보 여 주면 숙식이 제공됨은 물론 지금 바로 일을 시작할 수 있다고 했습니다.

감사 인사를 남기고 그 방을 나오기 전에 공장장님은 내 다리 사이에 손을 넣었는데, 그것은 일종의 수수료인가 보았습니다. 공 장장님이 바구미처럼 작았기 때문에 손이라고는 해도 사실상 머 리와 몸통 전부가 들어온 거나 다름없었고, 방을 나서면서 나는 해 충에 물린 듯 온몸이 가려웠습니다. 어쩌면 방이 너무 더워서 피부 가 놀란 탓일지도 몰라요. 공장장님은 세상에서 제일 큰 힘을 가진 분이기 때문에 단 한 갑 남은 내 성냥 따위는 필요로 하지 않았고, 나는 바깥세상의 추위와 허기를 잊지 않으며 다시는 그리로 돌아 가지 않겠다는 표지로 삼기 위해 성냥 한 갑을 주머니에 깊이 찔 러 넣었습니다.

공장 정문에서부터 생김새가 기이할 뿐만 아니라 행동 또한 불 가해한 이들을 줄곧 지나쳐 온 까닭에, 이 공장에서는 대체 어떤 사람들이 일하고 있으며 과연 '사람'들이 맞기는 한지 조금 걱정

됐지만, 지정된 방에 들어섰을 때 함께 먹고 자며 일하게 된 직원들을 만나 보니 다행히 바깥세상에서 본 것과 같은 보통의 사람들이라 안심했습니다. 그중에서도 '조장'은 나를 보자 대뜸 서로를 형제자매로 부르며 살갑게 지내면 된다고 했고, 나는 이곳에 오길 잘했다는 생각이 들었습니다.

　다른 이들과 마찬가지로 내가 할 일은 물론 내 힘을 써서 외부에 작용하는 힘을 만들어 내는 일이었습니다. 먼저, 만들어 낸 힘이 바깥세상에서 어떻게 활용되는지부터 조장에게 교육받았는데 이건 꽤 합리적이고 체계적인 과정이라 여겨졌습니다. 자기가 무엇을 하는지, 그것이 어디에 어떻게 쓰이는지를 알고 일하는 것은 자신의 존재 가치를 가늠하는 데 중요한 법입니다. 비록 교육 내용은 신문 팔던 아이한테 들었던 것과 크게 다르지 않았고 힘이 발생하는 근본 원리까지는 이해할 수 없었지만, 같은 말이어도 관계자에게서 직접 들으니 무게가 달랐습니다. 그래 봤자 우리가 힘을 모으면 그것이 바깥세상에서 쓰일 수 있는 형태의 큰 힘으로 바뀌고, 그 힘이 사람들로 하여금 편안한 생활을 하게 해 준다는 것만 알면 된다는 정도였습니다. 그러니까 우리의 운동량이 어떤 거대한 '장치'를 통과하면 빛이나 열의 근원이 된다는 것이었는데, 그 장치 안이 실제로 어떻게 생겼는지 본 사람은 공장장님 외에는 직위가 높은 분들 중에서도 단 몇 명뿐이라고 합니다. 그러나 분명한 건 그 빛과 열이 없으면 칫솔 한 개 만들어 낼 수 없고 과일 한 개

열리기도 힘들다는 거예요. 이 공장은 조금의 과장도 보태지 않고 새로운 천지 창조의 장소나 다름없으며, 세상 모든 가족이 집 안에서 떨지 않고 고기와 수프를 익히고 데워 먹을 수 있는 한편 밤늦도록 책을 읽거나 담소를 나누어도 불편 없이 대낮처럼 온 집 안이 환한 일상을 보장할 수 있으니, 그것을 우리 힘으로 이루어 낸다는 것으로 보람은 충분하지 않으냐고 말이에요. 분명 내 기억에 단 한 번도 누려 본 적 없는 일상이었고 꿈속에서도 만나 본 적 없는 장면이었기 때문에 나는 그럼요, 충분하고말고요, 하고 몇 번을 주억거렸습니다. 그러나 조장이 새 작업복을 지급한다며 내 옷을 벗기곤 주머니에서 떨어진 성냥을 신기하다는 듯 내려다보다가, 이런 쓸데없는 고대의 물건이 왜 돌아다니느냐고 혼잣말하더니 내게 묻지 않고 위생 통에 던져 넣었을 때 나는 말없이 고개를 저었습니다. 앞서 나간 조장을 뒤따르다 나는 몰래 그것을 다시 주웠습니다. 의지가지없는 누구더라도 기념품이나 부적은 하여간 있어서 나쁘지는 않으니까요.

흰색 작업복은 머리부터 발가락 끝까지 통으로 이어 붙인 모양이었는데 몸에 달라붙지 않고 펑퍼짐해서 아무리 빈틈없이 지퍼와 단추를 채워도 몸과 피복 안쪽 사이에 공기가 차게 되어, 누구든 그걸 입으면 사람 아니라 자루를 뒤집어쓴 흰 곰으로 보였습니다. 그때 비로소, 우리가 한 마리의 북극곰이 된 것과 마찬가지로 내가 환각이라 간주했던 경비원이나 비서, 공장장님도 각자 자기 역할에 맞는 옷을 입고 있어서 그렇게 보인 게 아닐까 싶었습니다. 작업복은 표면이 반들거려 불빛 아래에서 움직이는 각도에 따라 반짝임과 일렁임이 번갈아 나타났지만 그 천은 막상 만져 보면 생각만큼 부드럽지 않고 팔다리를 움직일 때마다 서걱거렸습니다. 일하기에 간편해 보이지도 않았고 공장에 소속감이나 애사심이 생길 만한 모양의 옷은 더더욱 아닌 데다 마치 절박한 위기로부터 몸을 보호하기 위한 최소한의 장치처럼만 보였기 때문에 어째서 이런 옷을 입고 일해야만 하는지는 알 수 없었지만, 규칙이라고 하니 별수 없었고 오래지 않아 그 옷에 익숙해져서 교대 뒤에도 그걸 입은 채로 쓰러지듯 잠드는 이들도 있었습니다. 원래의 옷으로 갈아입은 뒤 자리에 들어도 세 시간, 길어야 네 시간 뒤에는 다시 그 옷을 입어야 하기에 귀찮았던 까닭도 물론 있었습니다.

그 옷을 입고 나는 다른 사람들과 함께 일했습니다. 식사 시간에는 호흡구에 달린 단추를 두 개 더 풀어서 그 사이로 수프에 적신 빵 조각을 밀어 넣었습니다. 물을 마실 때는 단추 한 개만 풀어도 빨대를 입에 물 수 있었습니다. 비서가 했던 말마따나 일은 힘이 많이 들었지만 뛰어난 기술이나 지혜 내지는 순발력을 필요로 하지는 않았습니다. 그뿐만 아니라 우리의 힘을 모은다던 말과는 달리 유기적인 협동을 필요로 하는 일도 아니었습니다. 그저 팔과 다리를 움직여서 온몸으로 쏟아 내는 힘을 보이지 않는 항아리에 퍼부어 넣는 것과 같은 단순한 일이었으니까요. 항아리에 힘을 담아 가두면 그 안에서 신의 은혜로운 손길이 그것을 어루만지고 그다음에는 그것이 또 다른 형태의 힘으로 바뀌어 바깥세상에 공급되는 과정의 반복이었으니까요. 그럼에도 불구하고 협동심은 우리 일의 기초였습니다. 열 명이 한 조를 이루어 각자의 자리에서 맡은 일을 하되, 누군가 하나가 요령이 없거나 반대로 요령을 피우면 다른 아홉 명이 그 빈틈을 감당해야 했으니까요. 피치 못하게 일을 빠진 사람은 그만큼 급료가 줄었지만, 그의 몫까지 일을 더 나눠 한 우리에게 급료가 추가로 나오지는 않았습니다. 우리는 하루에 정해진 분량만큼 힘을 모으면 그뿐이었는데, 목표를 달성하지 못하면 모두의 급료가 깎였습니다. 그러니 이보다 더 협동 단결이 필요한 일은 세상 어디에도 없다고 보아도 틀린 말은 아니었습니다.

우리는 삼백 명이 누워 잘 수 있을 만큼 넓은 조종실 안에서 일하지만, 각자에게 주어진 공간은 성냥갑만큼 협소했습니다. 서로의 몸과 몸 사이에 주먹 하나 들어갈 만큼의 공간만을 두고 빽빽이 앉아서 팔다리를 움직이며 양손의 레버를 차례로 당기고 양쪽 페달을 밟았는데, 잡담을 하지 않고 일에 집중할 수 있도록 각각 칸막이가 쳐져 있었습니다. 조종실이 결코 넓다고 생각되지 않았어요. 그 안에 들어간 사람은 칠백 명에 이르러 모두 몸을 돌릴 틈이 없이 꼿꼿이 앉아 일했고, 문득 목을 빼 그 모습을 둘러보면 둥근 머리밖에 보이지 않아서 나는 그 장면이 성냥갑 뚜껑을 열 때처럼 익숙했습니다. 어차피 작업복은 시각부와 호흡구만 뚫려 있어서 잡담하기에 좋은 조건도 아닐뿐더러 누가 누군지 알아보기도 쉽지 않아서 대화 자체가 될 리 없는데 뭐하러 이렇게 칸막이까지 쳐야 했는지는 의문입니다. 모두의 자리에서 칸막이 한 장씩만 떼어 내도 지금보단 발 뻗을 자리가 더 생길 텐데 말이에요. 그래 봐야 페달은 계속 돌아가고 발 뻗을 시간이 따로 없으니 하나마나 한 이야기지만요.

각자의 레버와 페달은 긴 줄로 어딘가로 이어져 있는 듯했는데 그곳이 어딘지는 모르지만 이 줄을 짚어서 조종실 밖으로 따라가다 보면 그 끝에 문제의 항아리가 있을 터였습니다. 우리는 단 한 번도 보지 못한 힘 모으는 항아리가 있는 곳을 가리켜 막연히 '중앙'이라고 불렀습니다. 호기심 있거나 머리가 좋은 일부 사람들은 그게 어떻게 생겼으며 얼마나 큰지 상상하기도 했고, 그 안에서는 어떤 일이 일어나기에 힘의 모양과 성질이 바뀐다는 것인지를 궁금해하기도 했지만, 그것은 어디까지나 말뿐이었습니다. 일을 마치고 나면 모두가 지쳐서 간단한 야참 후 죽은 듯 쓰러져 잠들기 바빠 그 이상으로 무언가를 깊이 생각하거나 고민할 여유는 없었습니다. 삼교대로 돌아가면서 일하는데도 네댓 시간 눈을 붙이고 일어나면 누구 하나 팔다리가 돌처럼 굳어지지 않는 사람이 없었습니다. 다시 억지로 레버를 당기고 페달을 밟으면 찌릿한 고통과 함께 온몸의 기관들이 삐걱거리는 소리를 내며 제자리를 찾아갔으므로 그러는 동안 마비된 근육은 점차 부드럽게 풀렸고, 얼마쯤 지나서는 그 과정에도 익숙해졌습니다. 그러나 마른 빵과 채소 수프라는 최소한의 식사를 바탕으로 온몸의 기름과 피를 태워 가면서 뽑아내는 힘이었기에 눈에 띄지 않을 만큼 조금씩 모두의 피부는 버석버석해지고 얇아졌다는 사실을, 피부가 가느다란 뼈에 들러붙을 만큼이 되고 나서야 사람들은 알아차렸습니다.

우리는 앞으로도 언제까지나 풍성한 드레스를 입고 깃털 부채로 얼굴을 가린 도시의 귀부인이 되어 볼 일이 없을 것이니, 피부가 거칠어지는 것쯤 아무렇지도 않았습니다. 그래도 우리에겐 몸을 보호할 작업복이 주어져서 얼마나 다행스러운 일인지요. 게다가 검댕도 먼지도 연기도 보이지 않는 일이라니, 얼마나 깨끗한 일인지 새삼 상기할 필요도 없었습니다. 물론 처음 지급받은 작업복이 구멍 나거나 찢어지면 그다음부터는 직원 자신의 월급에서 작업복을 새로 사야 했으므로 사람들은 대체로 작업복을 소중히 다루었습니다. 그러나 이런 부한 옷을 입고는 비좁은 공간에서 일하는 동안 어딘가에 긁히지 않을 수 없었고, 사람들은 구멍이 난 대로 입거나 숙소에서 대충 바느질로 기웠습니다. 나중에는 어차피 위험하거나 더러운 것도 없는 일인데 무슨 필요냐며 작업복을 입지 않는 사람들도 많아졌고, 가끔 조사를 나온 고위 관리 직원들은 그 모습을 보고 안전 불감증이 문제라며 혀를 찼으나 어디까지나 빈정거림 수준일 뿐, 적극적으로 작업복 입기를 강조하지는 않았습니다.

그래서 괜찮은 줄 알았습니다.


아쉬운 점이라면, 우리가 힘을 뽑아 힘을 만들어 내는 사람들인데도 정작 우리에게는 '증서'가 주어지지 않았다는 것입니다. 물론 우리는 증서가 없이도 공장에서 공급하는 힘 덕분에 열과 빛을 이용하여 하루 두 끼 식사를 할 수 있었고 따뜻한 물로 목욕도 할 수 있었습니다. 다만 그것은 어디까지나 공장의 것을 공장의 필요에 의해 빌려 쓰는 수준이었고 그나마도 절약하지 않는다며 언제나 성화를 들었습니다. 노동력을 뽑아내기 위한 최소 생존 요건 이상으로 우리에게 '여분의' 증서가 주어지지는 않았던 겁니다. 우리가 쏟은 힘만 봐서는 여분의 증서를 얻고도 남을 자격이 있을 법한데 말이에요. 나는 혼자 떠돌던 성냥팔이니 마음이야 조금 불편해도 그럭저럭 버틸 만했지만요, 집에서 식은 수프와 추위를 말없이 견뎌 낼 가족이 기다리는 사람들은 사정이 달랐습니다. 그들은 열심히 일하면 언젠가는 자신의 가족도 증서를 가질 수 있게 되리라는 희망으로 들어왔거든요. 그러나 그들의 가족은 여전히 이제는 고대의 도구로 불리는 성냥을 조금씩 사는 한편 다른 여러 방법을 동원해 가며 근근이 살아가고 있다는 것이었습니다. 우리의 월급으로 증서를 타 낼 만한 신분에 오르려면, 공장 생활을 하는 동안 아무것도 먹지 않고 어디에도 쓰지 않고 꼬박 모은다고 했을 적에 평균 이십사 년이 걸린다는 계산이 나오자, 개중에선 일을 포기하고 고향으로 돌아가는 사람들도 적잖이 나왔습니다. 나 같은 어린애가 다짜고짜 밤늦게 쳐들어갔는데도 그 자리에서 채용된 이유가 그걸로 짐작되었습니다. 나 말고도 그런 식으로 찾아온 이가 한둘은 아닌 모양이니, 대체할 만한 사람이 모자라서 공장이 돌아가지 않은 적은 없는 듯합니다. 그걸 보면 채용 기간 운운했던 경비원의 말은 그저 허위 과장이었어요.

하지만 대부분의 사람들은 그렇게 빨리 포기의 길로 가지는 못했어요. 그러기엔 그동안 움직여 온 팔다리에게 미안할 정도로 이미 오랜 시간을 사각의 틀 안에서 보내 버렸으니까요. 떠나간 사람들은 앞으로 무언가 다른 일을 할 가능성이나 자신감이라도 있는 이들이었고, 남은 사람들은 나이를 너무 많이 먹었거나 몸이 불편하다는 등의 이유로 새로운 일을 배우기엔 늦은 이들이었거든요. 기다리는 가족에게 증서는 못 전해 주지만 빵 한 개라도 벌어다 줄 수 있다고 생각하면 미지의 장소에 손을 뻗기보다는 지금 여기서 레버를 당기고 페달을 밟는 게 차라리 나았어요. 관리 직원을 비롯한 높으신 분들은 우리가 일하고 있는 데를 둘러보다 수시로 빈자리와 새 얼굴을 돌아보며, 요즘 젊은 사람들은 끈기도 근성도 없어서 큰일이라고 중얼거리곤 했습니다. 한편 나로 말할 것 같으면 내 한 몸만 생각했을 때 언제든지 공장의 담벼락 너머로 돌아나갈 수 있는 나이인데도 불구하고, 그렇게 하지 못했습니다. 다시 바깥세상의 추위와 마주한다는 상상만으로도 머릿속을 물처럼 흐르던 생각은 뚝 그치고 말라붙어 버렸습니다. 공장 안 숙소라는 작은 세상이 주는 최소한의 온열이란, 세상에 태어나 한 번도 맛본 적 없는 달콤한 초콜릿이나 부드러운 케이크와도 같은 장력으로 나를 끌어당겨 현실에 붙박아 놓았습니다.

그렇게 내가 무얼 하는지, 무얼 만드는지도 잊고 여느 때처럼 레버를 당기던 끝에 찾아온 어느 날이었습니다. 나는 나흘째 숙소에 누워 일을 나가지 못하고 있었습니다. 힘이 없어서 힘을 만들어 내지 못했기에, 드러누운 지 이틀째부터 내게는 빵이나 돈이 지불되지 않았습니다. 숙소에는 최소한의 난방이 되었지만 내가 누운 한 뼘의 공간까지 온기가 전달되지는 않았고 내게 불 땐 자리를 양보해 줄 만한 여유가 있는 사람은 없었습니다. 조장은 타박하고 조원들은 투덜거렸습니다. 그 전까지 담화 교육 시간에 서로를 언니 동생으로 부르며 한가족처럼 단결하자던 얘기는, 늘어난 노동의 무게 앞에서 온데간데없어졌습니다. 서로를 형제로 부르는 행위는 정을 나누기 위해서가 아니라 책임과 부담을 분배하고 상대를 밀착 감시하기 위해서인지도 몰랐습니다. 우리가 철저히 노동으로 묶인 관계이며 가족처럼 단결,이라는 말부터가 가족이 없는 나에겐 처음부터 맞지 않았다는 걸 애써 외면해 왔을 뿐인지도요.

이곳에서 이유 없이 사라진 사람들의 시작이 대부분 그랬습니다. 먼저 코피가 나면서 흰 작업복을 붉게 물들입니다. 얼마쯤 있다가 그치겠지 하며 고개를 쳐들고 일을 마저 하는데, 콧구멍에 다 고여 있지 못해 출렁이던 피가 두 줄기로 양 뺨을 적시면 이게 단순 피로 때문이 아니며 멎지 않으리라는 걸 비로소 알게 됩니다. 이런 식으로 피가 흐르기 시작한 사람은 곧바로 격리되고 다른 이들과의 접촉이 차단됩니다. 더 이상 몸을 활발히 움직이지 않고 식사를 해도 구토해 버리기 일쑤니 혈액은 불충분하며 얼굴색은 검푸르게 죽어 갑니다. 몸은 말라 가면서 마디마디 뼈가 불거져 곧 피부를 뚫고 나올 것처럼 되어 버립니다. 손가락으로 지그시 누른 자리는 움푹 꺼져 들며 그 자리에 피멍이 고이지요. 아무도 선뜻 믿으려 하지 않지만 흉흉한 소문에 따르면 사라진 사람들은 공장을 그냥 떠나간 게 아니라 예의 '항아리'에 연료로 던져져 항아리의 일부로 살아가고 있다고도 했습니다. 거죽만 남은 사람이라도 그 뼈와 장기에는 힘으로 변용이 가능한 여러 가지 성분이 조금쯤 들어 있다고 하니 그래서 나온 소문 같았습니다.

　나는 늦었지만 더 늦어 버려 돌이킬 수 없게 되기 전에 결정을 해야 했습니다. 내가 퇴사 결정을 미루면 나머지 조원들이 피해를 봅니다. 내가 드러눕든 게으름을 피우든 간에 자리를 떠나지 않으면 그 조는 계속 아홉 명이 열 명 분량의 목표를 달성해야 할 것이고, 그러면 그중 두 명, 세 명 혹은 그 이상으로 누군가가 더 몸져누울지 모릅니다. 마침내 조장 한 명만 남더라도 그 한 명이 열 명

치의 힘을 생산해 낼 것입니다.

피로 오염된 작업복을 가지런히 개켜 놓고 이곳에 처음 들어왔을 적에 입었던 옷으로 갈아입습니다. 나는 증서를 받으려 발버둥친 적 없고 다만 바깥세상의 거대한 추위를 마주하기 두려웠던 것인데, 창문마다 덧문이 닫혀 있고 그것을 열어 볼 생각도 하지 못한 채 이곳에 들어온 뒤로 얼마나 오랜 시간이 흘렀는지 손가락을 꼽아 보지도 않았기에 지금은 이미 추위가 물러가고 봄날의 새순이 돋은 때라는 사실도 몰랐습니다. 손을 뻗어 그 덧문을 열기만 했으면 알 수 있는 일을, 날마다 녹초가 되어 그대로 나가떨어진다는 이유로……. 최소한 이곳에 있으면 얼어 죽지는 않는다는 이유로 그리하지 않았던 겁니다. 이제는 누구에게나 주어지는 한 데나리온과도 같아야 할 햇빛 한 줄기조차 들지 않는 공장 안이 바깥보다 더 춥다는 사실을 압니다. 다만 이제 너무 늦었고 내 몸이 그리 오래 버텨 주지는 않을 것입니다.

나는 거대한 공장의 미로 같은 통로를 따라 어디론가 걷고 있었습니다. 목적지는 출구였는데, 몸이 매미 허물처럼 부서지기 전에 양지의 햇빛을 한 번 더 받고 싶었을 뿐인데, 여기 처음 들어왔을 때는 그렇게 찾기 쉬워 보이던 공장 문이 이제는 어디 붙어 있는지 모르겠습니다. 나가는 문을 찾지 못할 만큼 나는 이곳에서 오랜 시간 길들여진 걸까요. 이곳이 너무 크고 복잡하거나, 내 몸이 아프고 머리가 어지러워 찾지 못하는 걸까요. 나는 내가 어디 서 있는지 알 수 없었습니다. 모두가 칸막이에 틀어박혀 일하고 있을 조종실 말고는 공장의 어디나 어둡고 스산하기 이를 데 없었습니다. 그러고 보니 현관을 통과하면서부터는 줄곧 비서나 누군가의 손에 이끌려 그들을 따라만 다녔기에, 이제 이 어둠 속에서 나 혼자서는 길을 찾지 못하는지도 모릅니다.

입김을 불다 문득 주머니에 넣은 손에 작고 네모진 성냥 한 갑이 만져졌습니다. 바구미 공장장님이 필요로 하지 않았기에 내 손 안에 남아 있는 성냥 한 갑. 그걸 그어 언 손도 잠깐 녹이고 눈앞을 밝혀 나가는 길을 찾을 수 있다면 얼마나 좋을까요.

성냥이 제 머리를 태우며 어둠을 밝혔습니다. 작디작은 불빛이었지만 나는 더 이상 춥지 않았습니다. 그러나 표지가 될 만한 물건이 달리 없이 텅 빈 미로를 걷는 동안 성냥은 스무 걸음 채 딛기 전에 끝까지 다 타고 검은 재만 바닥에 떨어졌습니다. 그래도 포기하지 않고 어둠 속에서 다음 한 개, 또 그다음 한 개…… 한 개비씩 집어서 눈앞을 밝히고 데웠습니다. 일찍이 가져 본 적 없는 촉촉한 빵이나 식탁에 둘러앉은 부모님의 미소나 그들 옆에서 타오르는 벽난로 같은 것들이 신기루처럼 눈앞에 떠올랐다가 사위는 불꽃과 함께 지워지기를 반복했습니다.

그렇게 한 치 앞만 더듬어 나가다가 길이 끊겼습니다. 또 한 개의 성냥불이 꺼졌을 때, 앞으로 뻗은 손에는 차디차고 무거운 벽이 만져졌습니다. 그곳은 막다른 골목 같았고 지금까지 걸어온 길 외에는 다른 방향으로 꺾어지는 통로가 없었습니다. 다시 돌아 나가 지금까지 온 곳을 그대로 골라 디뎌야 하나, 그렇게 할 수는 있을까 싶을 때 막다른 골목의 벽은 차가운 금속성을 울리며 움직였습니다. 그건 벽이 아닌 문이었습니다.

이게 나가는 문일지도 모른다고 생각하며 힘차게 밀자 뺨에 사늘한 기운이 닿았습니다. 내 몸은 바깥으로 나간 게 아니라 또 다른 안, 더 깊은 안으로 들어서 있었습니다. 그 안에서는 이 세상을 모두 파이 조각처럼 잘라 내어 잘게 부숴 버릴 것만 같은 굉음이 들려왔고 그 소리와 울림의 정도가 평소 조종실에서 듣던 것과는 비할 바 못 되었는데 이상하게도 사람이 있는 느낌은 들지 않았습니다.

나는 무언가에 이끌리듯이 남아 있던 성냥 한 뭉치를 모두 그어 횃불처럼 들고 눈앞을 밝혔습니다. 한 개비씩 켤 때보다 더 밝고 큰 불빛이 타오르며 내부를 비추었습니다. 눈앞에 어디다 쓰는 건지 모를 거대하고도 수많은 일련의 쇳덩이로 이루어진 구조물이 드러났습니다. 그 구조물은 차마 내려다볼 수 없으나 아래가 천 길 낭떠러지로 짐작되는 철제 난간을 사이에 두고 내 손을 뻗어도 닿을 수 없을 만큼 먼 곳에 있었는데, 어쩌면 그곳은 공장의 일부가 아니라 사람의 손이 개입하지 않고도 그 나름의 규칙과 논리에 따라서 일사불란하게 움직이는 새로운 형태의 도시 같기도 했고, 어떻게 보면 살아 움직이는 생물 같기도 했습니다. 한 개의 쇳덩이가 다른 쇳덩이를 낳고 그것이 또 다른 쇳덩이를 낳기를 반복하는 것처럼 보였습니다. 나는 마주 세운 두 개의 거울과도 같은 전염과 무한한 증식을 보고 있었습니다. 구조물은 가끔 진동하면서 깊은 곳에서부터 굉음을 계속 길어 올렸는데, 세상에 정말로 신이란 게 있다면 그 신이 이 세상을 만드느라 과로하신 다음 천식에 시달리며 거푸 토해 낸 기침 소리가 꼭 그랬을 것만 같았습니다. 나는 가끔 남들이 버린 신문지로 방적기나 기차의 삽화를 구경한 적이 있는데 이런 종류의 기계는 그림으로도 본 적 없었고 세상에 이렇게 한 도시의 크기와 맞먹을 만한 기계가 있다고 들어 본 적도 없었습니다. 어쩌면 이것은 지금까지 내가 공장 복도를 걸어오며 스쳐 지나간 희미한 신기루들과 같은 종류로서, 성냥을 한 다발 다 긋는 바람에 이토록 크고 압도적인 장면이 나타났을지도 모르는 일입니다.

짤막한 성냥 뭉치는 이미 다 타서 발밑에 재로 흩어졌음에도 눈앞에는 여전히 거대한 구조물이 대낮처럼 환하게 드러나 보였습니다. 난간 아래로는 아득한 심연에 붉은 강이 흐르고 있었습니다. 내가 지금까지 그은 성냥의 불빛을 모두 합쳐도 저렇게 깊은 핏빛의 빨강은 나오지 않을 것입니다. 이 구조물이 지금까지 우리의 힘을 삼켜서 외부로 내보내는 새로운 힘을 만들었다는 걸 이제는 알 수 있었으며, 사라진 사람들이 연료가 된 곳이 어디인지도 짐작할 수 있었습니다.

아래로 향한 머리에 피가 몰리고 눈앞은 붉은빛에 뒤덮여 다른 것이 보이지 않았습니다. 난간에 걸치고 있던 가슴이 울렁거리면서 팔다리에 힘이 빠져나갔습니다. 내게 남아 있던 힘은 원래의 주인을 찾아 나서기라도 한 것처럼 순식간에 내 몸을 버리고 달아났고, 나는 헌 옷처럼 그 자리에 스르르 무너질 듯하다가 난간 밖으로 하느작거리며 떨어져 내렸습니다. 나를 버리지 마세요. 내게서 멀어지지 마세요. 중얼거림은 어느새 붉은 강에 섞여 들어갔습니다. 그리고 이제 나는 항아리의 일부가 되어 영원히 항아리 안에서 살면서 이 세상을 움직이는 힘을 빚어낼 것이며, 다른 이들은 난간을 더럽힌 검은 성냥 조각들만을 볼 수 있을 것입니다.

# 도움받은 글들

## 단행본

그림 형제『그림 형제 민담집』김경연 옮김, 현암사 2012.

베레나 카스트『동화 속의 남자와 여자』이진우 옮김, 철학과현실사 1994.

앤 루니『의학 오디세이』최석진 옮김, 돋을새김 2014.

오이겐 드레버만『어른을 위한 그림 동화 심리 읽기』1·2, 김태희 옮김, 교양인 2013.

이링 페처『누가 잠자는 숲 속의 공주를 깨웠는가?』이진우 옮김, 철학과현실사 2005.

이혜정『그림 형제 독일 민담―새롭게 풀어 보는 상징과 은유의 세계』뮤진트리 2010.

## 논문

권영경「물레방 수호신으로서 프라우 홀레의 기원」,『독어교육』제28집, 2003.

이강복「그림 민담에 나타난 악」,『독어교육』제39집, 2007.

## 반영한 이야기 목록(수록순)

한스 크리스티안 안데르센「빨간 구두」

그림 형제「개구리 왕 또는 강철의 하인리히」

마빈 토케이어 『탈무드』 중 「마법 사과」

그림 형제 「황금 거위와 웃지 않는 공주」

한스 크리스티안 안데르센 「길동무」

새뮤얼 콜리지 「노수부의 노래」

그림 형제 「세 개의 황금 머리카락을 가진 악마」

그림 형제 「괴물 새 그라이프」

러시아 민담 「커다란 순무」

유럽 민담 「단추 수프」

그림 형제 「노래하는 뼈」

그림 형제 「농부와 악마」

그림 형제 「유리병 속의 작은 도깨비」

그림 형제 「영리한 엘제」

그림 형제 「거위지기 아가씨」

한스 크리스티안 안데르센 「성냥팔이 소녀」

## 작가의 말

옛이야기의 변주란──그것이 현대적이거나 악의적이거나 때론 테마와 소재의 단순 변용에 불과하더라도──말하자면 올 것이 왔다는 느낌으로, 그 어느 때보다 숨 쉬는 것처럼 자연스러운 작업 과정이었다. 내가 무엇을 할 수 있으며 무엇을 선호하거나 꺼리는지, 나의 특성을 기민하게 알아차리고 이 기획을 제안해 준 창비에 감사드린다.

각 단편 속에는 일대일 식으로 우리에게 익숙한 한 가지 화소의 이야기만 들어 있지 않으며, 당신이 살아오면서 어디선가 한 번은 들어 봤을 법도 하지만 그것의 출처가 정확히 누구의 어디였는지는 살짝 가물가물한 여러 개의 원본 화소들이 혼재해 있다. 그중 대부분은 권말에 출처를 밝혔으나, 비중이 너무 작아 미처 써 두지 못하고 지나간 화소의 조각들도 있다. 사람이 무한 루프를 그리며 영원히 반복되는 고대의 모티프와 패턴에서 벗어나기를 꿈꾸는 까닭은 어느새 거기 익숙해진 자신의 모습을 발견했기 때문인지도 모른다.

2015년 가을
구병모

창비청소년문학 69

# 빨간구두당

초판 1쇄 발행 • 2015년 9월 4일
초판 5쇄 발행 • 2021년 7월 5일

지은이 • 구병모
펴낸이 • 강일우
책임편집 • 김영선
펴낸곳 • (주)창비
등록 • 1986년 8월 5일 제85호
주소 • 10881 경기도 파주시 회동길 184
전화 • 031-955-3333
팩시밀리 • 영업 031-955-3399 편집 031-955-3400
홈페이지 • www.changbi.com
전자우편 • ya@changbi.com

ⓒ 구병모 2015
ISBN 978-89-364-5669-6 43810